BAD MOOD DRIVE
American English
壞心情驅動
Chinese Traditional

BMD アラン・ダグラスによる悪い気分ドライブ AD

BMD アラン・ダグラスによる悪い気分ドライブ AD

壞心情驅動

Chinese Traditional

Alan Douglas

BMD アラン·ダグラスによる悪い気分ドライブ AD

阿倫道格拉斯

BMD アラン·ダグラスによる悪い気分ドライブ AD

BMD アラン･ダグラスによる悪い気分ドライブ AD

REVIEW by CREATE SPACE

Millionaire Robert Stanley is in Monte Carlo—his yacht Blue Skies in port, a beautiful woman on his lap, and his bodyguard Donald Herman standing nearby, ever vigilant. Stanley's enjoying all the benefits of wealth, little knowing he's about to die.

Stanley's death behind the wheel of his blue Mercedes seems like an accident, but there's no denying many people wanted the man dead. As a businessman, Stanley had been ruthless, gleefully driving competitors into bankruptcy and—it's rumored—suicide. He gained control of his company by turning the board of directors against his own father, an act that cemented his reputation as a merciless egomaniac.

Stanley's behavior at home mirrored his business dealings. Cruel and lascivious, his infidelity drove his wife to suicide. Blamed for her death by his children, Stanley worked to isolate them from each other, leaving them only a small trust from their mother for expenses.

No, Robert Stanley will not be mourned, but was his death murder? And, if so, was he the target of a family plot or organized crime?

A tense thriller from the mind of Alan Douglas, Bad Mood Drive will keep you guessing until its shocking conclusion.

Create Space - Amazon.com Company

通過創造空間導讀

百萬富翁羅伯特·斯坦利是在蒙特卡洛,他的遊艇藍天端口,一個美麗的女人在他的腿上,他的保鏢唐納德·赫爾曼站在附近,時刻保持警惕。斯坦利的財富享受的所有好處,小知道他是關於死。

他的藍色奔馳的方向盤後面士丹利的死亡似乎是一個意外,但也沒有否認有很多人想要的人已經死了。作為一個商人,斯坦利曾無情,興高采烈地駕駛競爭者進入破產 – 這是謠傳自殺。他轉動董事會對自己的父親,這鞏固了他的聲譽作為一個無情的自大狂的行為得到了他的公司的控制權。

在家裡士丹利的行為反映了他的業務往來。殘忍和好色,他的不忠開著他的妻子自殺。指責她去世了他的孩子,斯坦利合作,相互隔離他們,從他們的母親留給他們只有一小信託費用。

不,羅伯特·斯坦利也不會哀悼,但他的死亡殺人?而且,如果是這樣,他是一個家庭的情節或有組織犯罪的目標?

從阿蘭·道格拉斯的心態緊張的驚悚片,壞情緒驅動將讓你猜,直到其令人震驚的結論。

創造空間 – *Amazon.com* 公司

KIRKUS REVIEWS

BAD MOOD DRIVE

English Edition

by Alan Douglas

Pub Date: Feb. 25th, 2015

Getting the largest piece of a wealthy man's inheritance may drive his children to undertake a few bad deeds, including murder, in the English-language version of Douglas' debut thriller.

When billionaire Robert Stanley is run down in an automobile accident in Corsica, his three grown children feel they deserve a sizable chunk of his estate. After all, their relationships with their father have been strained for years after his affair with their governess, Rosa, led to their mother's suicide. And they need the money: Judge Thomas Stanley, the oldest brother, is enamored with Connie, who has expensive tastes; fashion designer Carmen is paying off a blackmailer; and polo player Billy has a heroin addiction. But everything changes with the appearance of Jennifer Stanley, Robert's illegitimate daughter with Rosa. Someone wants controlling interest in Stanley Enterprises—not to mention even more money—and is willing to do whatever it takes to get it, even murder. Douglas does an outstanding job establishing the story's characters. Robert, for example, is undoubtedly the villain, callously sending his kids to separate schools when it was clear that they blamed him for their mother's death. But the children are well-developed, particularly Thomas and Carmen, whose self-made careers are the result of showing Robert that they could make something of themselves. The novel is shrouded in mystery and brimming with plot twists: there's the strange family man who watches his son's baseball game before breaking into the office of Robert's attorney and the children exhuming Robert's body (for a DNA test to prove that Jennifer is related) and finding an empty coffin. Likewise, the story is bolstered by a bit of dark humor, like the French police captain who stalls releasing Robert's body to lawyer George so he can soak up the press' attention for as long as possible. The translation to English from Spanish unfortunately hits some stumbles, with an abundance of typos and odd phrasings, including an explanation of the title: "[Robert] looks at one of the crew member almost angry and this change his mood. He obviously has a very bad mood."

Sturdy characters and an endless batch of surprises make the glaring translation problems relatively easy to overlook.

KIRKUS REVIEWS

科克斯書評

心情不好駕車

英文版

由艾倫·道格拉斯

出版日期：2015 年 2 月 25 日

讓一個富人的遺產的最大的一塊可以驅動他的孩子

承接了一些不好的行為，包括謀殺，在道格拉斯的驚悚登場的英文版本。

當億萬富翁羅伯特·斯坦利在科西嘉島車禍跑下來，他的三個成年子女覺得他們應該得到他的財產相當大的一塊。畢竟，他們與父親的關係一直緊張多年他的事與他們的家庭教師，羅莎，導致他們的母親後自殺。他們需要錢：法官托馬斯·斯坦利，大哥，是迷戀康妮，誰擁有昂貴的口味；時裝設計師卡門初顯成效一個敲詐者；和馬球選手比利有一個海洛因成癮。但珍妮弗·斯坦利，羅伯特的私生女與羅莎的出現改變了一切。有人想在斯坦利控股企業，更不用提更多的錢，並願意盡一切力量來得到它，甚至謀殺。道格拉斯表現十分出色建立這個故事中的人物。羅伯特例如，無疑是小人，無情送他的孩子獨立學校的時候，很明顯，他們指責他為他們的母親去世。但是兒童發育良好，特別是托馬斯和 Carmen，其自製職業是表示羅伯特，他們可以作出一些本身的結果。這本小說是籠罩在神秘和充滿了曲折的情節：有陌生家庭的男人誰才闖入羅伯特的律師的辦公室看著他兒子的棒球比賽，孩子們掘出羅伯特的身體（一個 DNA 測試，以證明詹妮弗相關）和找到一個空棺材。同樣，這個故事是由一個有點黑色幽默的提振，像法國警察隊長誰攤位釋放羅伯特的身體律師喬治這樣他就可以享受新聞的注意力，盡可能長。翻譯到英語，從西班牙不幸擊中了一些磕磕絆絆，有錯別字，奇措辭，包括標題的解釋豐盈"[羅伯特]著眼於船員幾乎生氣之一，這改變了他的心情。他顯然很不爽。"

堅固的人物和無盡的一批驚喜讓刺目的翻譯問題比較容易忽視。

科克斯書評

BMD アラン·ダグラスによる悪い気分ドライブ AD

1

這就是現實，如果你想要的生活是因為它是。

唐納德問，"你有沒有意識到，我們正在被人跟踪，斯坦利先生？"

"是的。"他已經注意到了他們的過去 24 小時。

　　兩個男人和女人們穿著隨便，試圖融入夏季遊客沿著清晨的鵝卵石街道上漫步，但它是很難保持不顯眼的像蒙特卡洛的地方。這是一個世界性的知名城市，其賭場，博物館和花園。羅伯特･斯坦利已經先成為認識他們，因為他們太隨意，過於賣力不去看他。無論他轉過身來，其中一人是他的背景。羅伯特･斯坦利是一個容易的目標跟踪。他是六英尺高，白髮研磨過他的衣領和貴族，幾乎是專橫的臉。他是伴隨著一個驚人的年輕可愛的金髮女孩，純黑色的德國牧羊犬和唐納德･赫爾曼，一個六英尺四英寸的保鏢與一個鼓鼓的脖子和額頭傾斜。很難失去我們，斯坦利想。他知道誰送他們為什麼，他充滿了感迫在眉睫的危險。他早就學會相信自己的直覺。本能和直覺有助於使他最富有的人在世界上。

　　福布斯雜誌估計士丹利企業的價值七十億美元，而財富 500 強評價這九十億。華爾街日報，巴倫周刊，金融時報羅伯特･斯坦利已經全部完成配置文件，試圖解釋他的神秘感，他驚人的感覺時機，偉大的能力是必須創造巨大士丹利企業。他們都沒有完全成功給予充分的解釋。他們都同意的是，他有一

14

個真正的並且基本上大的狂躁能量。他是取之不盡，用之不竭的。他的哲學很簡單：沒有做交易一天是一天浪費不賺錢。他是能夠消除他的競爭對手，他的工作人員，和其他人誰進來與他聯繫。他是一個心理現象。他是自己的男人，畢竟。他是一個虔誠的人。他相信上帝，他相信上帝希望他成為富有和成功，而他的敵人死了。羅伯特·斯坦利是一個公眾人物，和媒體知道關於他的一切。羅伯特·斯坦利是一個私人的身影，記者一無所知了。他們寫了關於他的魅力，他的奢華生活方式，他的私人飛機，他的遊艇，並在夏威夷，摩洛哥，長島，倫敦，法國南部他的傳奇的家園，當然他華麗的莊園，貝爾空氣，在西洛杉磯。但真正的羅伯特·斯坦利仍然是一個謎。

"我們去哪兒？"該女子問。

他太斤斤計較回答。這對夫妻在街道的另一邊是使用交叉開關技術，他們剛剛又變了合作夥伴。隨著他的危險感，感到斯坦利深深的憤怒，他們侵犯了他的隱私。他們敢來他的地方，他從世界各地的秘密天堂。

摩納哥是世界上第二小的獨立國家（梵蒂岡後），幾乎完全是城市。蒙特卡洛是摩納哥沒有的資本，但政府區。全國劃分為四個區域：摩納哥威樂（老城區），康達明（端口季），蒙特卡洛（商務和娛樂），以及豐維耶（娛樂和輕工業）。沒有天然資源，利用比其地理位置和氣候等，該國已成為一個度假遊客和避稅的企業。摩納哥是梵蒂岡的六倍大小和仍然是世界上人口最稠密的獨立國家。

最近的機場是尼斯科特迪瓦-d'Azur 國際，約為 40 公里（24.85 英里）從鄰近的法國市中心的路程。它的工作每天都有航班到幾乎所有歐洲主要城市，如倫敦，巴黎，阿姆斯特丹，羅馬，布魯塞爾，法蘭克福和蘇黎世。有定期 Rapides 蔚藍海岸公交車連接蒙特卡洛同時與終端在尼斯蔚藍-D'Azur 機場，和出租車總是可用的航站樓外。

蒙特卡洛是很容易從法國或意大利的土地邊界被訪問高速公路網絡，最常用使用這是它運行以西蒙特卡洛到尼斯和馬賽東部往意大利邊境的 A8 和。

摩納哥維爾被稱為"樂金莎"或"岩石"。它仍處於心臟中世紀的村莊和一個驚人的美麗如畫的網站。它是由幾乎完全步行街和通道，最上個世紀的房子依然存在。還有一些酒店，餐廳和紀念品商店，遊客可以留下來，吃店。大家還可以參觀王子的宮殿，教堂，海洋博物館，市政廳和聖馬丁花園。

該酒店距離王子的宮殿（王子的宮殿）是老 Monaco-威樂。每天有宮殿的導遊通常全天候運行。故宮還提供了一個令人驚嘆的全景俯瞰港口和蒙特卡洛。在皇宮的正門遊人面前每天都可以觀看由進行保護式的變化"憲兵。" "憲兵"不僅負責王子的安全，但他們給他榮譽的衛隊，並在特殊的場合，是他的護衛。在"宮瑞士利順杜憲兵王子"有一個軍樂隊（誇耀），其執行公共音樂會，正式場合，體育賽事和國際軍事音樂節。

摩納哥大教堂始建於 1875 年，主張在 13 世紀早期教會的網站。這是一個羅馬-拜占庭教堂獻給聖尼古拉斯和房屋摩納哥王妃格蕾絲前王子的遺體。

教堂廣場還包含一些摩納哥維爾的最好的餐廳。

海洋博物館和水族館是一個世界知名的吸引力。位於海拔，博物館包含了海洋動物的驚人收藏品，海洋生物（塞或框架形式），王子阿爾伯特的實驗室船舶車型眾多的標本，並從海上的天然食材烹製工藝製品。在一樓，展覽和電影預測是在會議室的日常呈現。在地下室，遊客可以高興地看海洋植物群和動物群的壯觀表演。擁有 4000 種魚類和超過 200 個家庭的無脊椎動物，水族館現在是在地中海的介紹和熱帶海洋生態系統的權威。最後，遊客可以有午餐"的 La 陽台"，參觀博物館的禮品店。

該花園異國情調（異國情調的花園）是眾多花園摩納哥所提供的。這也是摩納哥最好的旅遊景點之一。來自世界各地的數千名稀有植物列於徒步旅行，這是比較令人難忘的美景，以及植物和植物。由於上升的高度，不僅有沙漠植物多顯示器，但也有極少數亞熱帶植物顯示為好。還有一個洞穴（洞穴）已預定導遊。

摩納哥歌劇院或沙利卡尼爾是由著名建築師查爾斯·卡尼爾建成。歌劇院的禮堂裝飾以紅色和金色，擁有壁畫和所有周圍的觀眾席雕塑。尋找到禮堂的天花板上，遊客將通過高超的繪畫交口稱讚。歌劇院的華麗，但在同一時間很漂亮。已經有一些芭蕾，歌劇在歌劇院的一個多世紀以來舉辦的最優越的國際演出和音樂會。

16

馬爾伯勒美術館始建於倫敦弗蘭克·勞埃德和哈利菲舍爾。第
二個畫廊在羅馬開幕，另一個在紐約，一個更在摩納哥。畫廊
舉行了盛大的集合二戰後的藝術家，甚至繪畫畢加索，米羅，
儒勒·布拉塞，路易絲·布爾喬亞，戴爾胡利，大衛·霍克尼和
馬蒂斯。

格里馬爾迪論壇是摩納哥的會議中心。

王子汽車收藏的一切，從馬車老車，F1 賽車。

舊賭場在蒙特卡洛嘗試在大賭場你的運氣和賭博沿著世界上最
富有，往往最為著名。你需要你的護照進入（如摩納哥公民從
賭博在賭場禁止），以及輸入範圍的費用，極大地取決於你要
什麼房 – 往往是從 30€直到到數百人。您還可以參觀賭場賭
博沒有，也象徵性收費。著裝裡面是非常嚴格的 – 男人必須
穿外套和領帶。遊戲房間本身是壯觀的，有彩色玻璃，繪畫和
雕塑隨處可見。有兩種其他更美國化的賭場在蒙特卡洛。這些
都不具有的入場費，而著裝更隨意。

摩納哥的街道上最著名的一級方程式大獎賽。這也是當年歐洲
首屈一指的社交亮點之一。摩納哥汽車俱樂部每年舉辦這一壯
觀的 F1 比賽。大獎賽大約 263 公里蒙特卡洛的狹窄和扭曲的
街道 77 圈。摩納哥大獎賽的主要景點是超速一級方程式賽車
的比賽觀眾的接近。尖叫發動機，吸煙輪胎和決心司機的快感
也使得摩納哥大獎賽是世界上最激動人心的比賽之一。

水族視覺：在這個迷人的乘船遊覽摩納哥發現從海！ "水
族視覺"是一個雙體船型艇配備有兩個窗口，在船體的水下視
力，從而使乘客探索一種不同尋常的方式海岸的自然海底。
在夏天的時候，蒙特卡羅亮起耀眼音樂會的獨家蒙特卡洛體育
俱樂部。俱樂部已經在其他功能，例如藝術家的娜塔莉·科
爾，波切利，海灘男孩，萊昂內爾·里奇和胡里奧·伊格萊西亞
斯。該俱樂部還舉辦一個小型的賭場，其中包括基本的賭場遊
戲。

在蒙特卡羅購物通常是相當獨特的。有很多地方融化信用
卡旁邊歐洲的高輯。別緻的服飾店都在金環，由大道蒙特卡
洛，大道美術學院和 Allees 呂米埃兄弟，其中愛馬仕，迪
奧，古奇和普拉達都存在一個框架。在和周圍賭場廣場的地區
是高端珠寶商，如寶格麗，卡地亞和蕭邦。

在蒙特卡洛更多的購物是康達明市場。在市場上，它可以在
Place d'Armes 廣場被發現，已自 1880 年以來一直存在，
是生動和有吸引力的 - 很多時間可以花在簡單轉悠，討價還
價的許多小商店，精品店和友好的當地人紀念品。然而，如果
你喜歡更現代的購物，只是需要很短的步行沿著海濱大道的街
卡洛琳公主步行街。

蒙特卡洛是一個非常有趣的，並以老式的方式，中世紀的村
莊，就在阿爾卑斯濱海。它的山頂上編織它的古老的魔法是由
丘陵和山谷壯觀和迷人的景觀覆蓋著鮮花，果園，和松樹包圍
森林。蒙特卡洛本身，有很多藝術家工作室，畫廊和精彩的古
董商店，吸引著來自世界各地的遊客。

　　羅伯特·斯坦利是其中之一。他和他的小組轉向到街杜波特
爾。斯坦利跟那個女人，"索菲亞，你喜歡的博物館？"

　　"是的，親愛的。"她很興奮地討好他。她從來沒有見過任何
像羅伯特·斯坦利。等到我告訴我有關他的看法。我不認為有
什麼留給我了解性別，但我的上帝，他是如此有創意！他真是
太棒了，聰明和刺激。他用他的想像力，產生新的思路性，使
性高潮出現的能力。他讓我感覺筋疲力盡！

他們去上山探望博物館，這在 17 世紀建成的巴洛克風格的教
堂。該博物館收藏的傑作包括魯本斯，蘇爾瓦蘭，里貝拉和意
大利巴洛克大師。羅伯特·斯坦利瀏覽過繪畫的著名的集合。
當他隨便掃了一眼四周，他看到女人在長廊的另一端，認真學
習繪畫。

斯坦利轉向索菲亞。

　　"餓？"

　　"是的，如果你是。"一定不要出風頭，她想。 "グッド。
私たちは、よ吃午飯，在巴黎咖啡館，廣場杜
賭場"。

巴黎咖啡館是斯坦利最喜歡的地方之一。蒙特卡洛，人往哪裡
去，看與被看，與舊時代的蒙地卡羅的感覺嗡嗡作響，大約早
1900s.It 的神經中樞是一個交匯點的所有蒙特卡洛。憑藉其
未來感的新的裝飾，這個賭場邀請您通過星系的旅程。一個創
新的地方，老虎機和系統的獨家在歐洲並排而坐和美國桌面遊
戲是這個世界的...士丹利和索菲亞佔地方在一張桌子。

卡爾，黑色的德國牧羊犬，躺在他的腳下，永遠警惕。狗是羅伯特·斯坦利的商標。斯坦利在哪裡去了，卡爾與他同去喜歡他最好的朋友。它據傳，在羅伯特·斯坦利的命令，動物會撕出一個人的喉嚨。沒有人想考的謠言。唐納德坐在自己在入口附近的一個表，仔細觀察其他顧客，因為他們來了又走。斯坦利轉向索菲亞。

〝難道我為了你，我親愛的？〞

〝是的，謝謝。〞

羅伯特·斯坦利自豪自己是一個美食家。他點了一份蔬菜沙拉和フリカッセ去樂天對他們倆的。

因為他們所服務的主要課程，丹妮拉拉蒙，誰跑的咖啡廳與她的丈夫弗蘭克，走近桌子，笑了。

〝卓悅。一切都好，先生斯坦利？〞

〝太好了，夫人拉蒙。〞

它是將是。索菲亞說，〝我從來沒有來過這裡。它是這樣一個可愛的地方。〞

斯坦利把注意力轉向了她。唐納德曾在蒙特卡洛早一天拿起她的他。

〝斯坦利先生，我帶了一個人給你。〞 〝什麼問題？〞斯坦利問道。

唐納德已經廣泛地笑了。 〝無〞。他曾在路易十五，巴黎酒店，賭場廣場的大堂見到她。在最好的酒店在世界上，這個米其林 3 星級餐廳提供餐飲的完美之中奢華時髦一族。索菲亞在蒙特卡洛幾天剛剛參加一個簡短的假期，享受的地方。

〝對不起，你會講英語嗎？〞

〝是的。〞她有一個輕快的意大利口音。

〝我工作的人想請你一起吃飯了。〞

她已經生氣，驚訝，因為她覺得被侮辱和不公平的待遇。 〝我不是妓女！我是一個演員，〞她是無法忍受的傲慢。事實上，她曾經有過一個跑龍套的角色在保羅 Agati 的最後一部電影，並在朱塞佩返回多爾電影兩行對話的作用。

〝我為什麼要吃飯與陌生人？〞

唐納德已經取出厚厚一摞的百元大鈔。他把其中五成她的手。
"我的朋友是非常慷慨的。他有一艘遊艇，他是孤獨的。"他看
著她的表情經過一系列的憤怒變化，好奇，到興趣。
"碰巧的是，我的圖片之間。"她笑了。
"這很可能不會造成任何傷害到我，如果我有吃飯和你的朋
友。"
"是的，事業的，他會很高興。"
"他在哪裡？"
"在蒙地卡羅"。
唐納德已經選擇好。意大利語。在她的二十年代末。她是一
個感性和性方式的年輕女孩的吸引力。她完全感性的嘴唇。她
是一個美麗與感性。她是性刺激的，非常有吸引力。"你不覺
得她的性感？"唐納德問。是的。她是一個性感的女孩，非常
有吸引力的。這種吸引力往往發生之間的個人。唐納德也有自
己的喜好作為一個個體。這些首選項來對作為一個複雜的各種
他的基因，心理和文化因素的結果。性吸引力是不同的從一個
人到另一個取決於雙方 – 唐納德和索菲亞。她像貓一樣的
臉。全胸的身影。現在，看著她隔著桌子，羅伯特·斯坦利做
了一個決定。
"你喜歡旅行，索菲亞？"
"我很興奮。"
"好，我們這就去一個小旅行。對不起，我一會兒。"
索菲亞看著他走進男廁所裡面的餐廳。斯坦利拿起自己的手
機，撥通。"海洋操作，請。"
幾秒鐘後，一個聲音說，"花蓮運營商海上。"
"我想發出呼叫遊艇藍天。威士忌布拉沃利馬九八零......"
談話持續了五分鐘，當斯坦利已經完成，他撥通了機場尼
斯。談話較短這段時間。
當士丹利是通過談話，他向唐納德，誰迅速離開餐廳。然後，
他回到索菲亞大教堂。"你準備好了嗎？"
"是的。"
"讓我們走。"他還需要時間來制定出一個計劃。
這是一個完美的一天。太陽已經潑彩霞跨越地平線的銀色光芒
的河流貫穿街道。他們沿著街杜波特爾，過去埃格利斯，美麗

的十二世紀的教堂，並停在了花店。當他們出來時，三個觀察家之一，站在外面，忙著學習教堂。唐納德還等著他們。

羅伯特·斯坦利遞花大教堂。〝你為什麼不拿這個到酒店？我會在幾分鐘內沿。〞

〝好吧。〞她笑了，輕聲說，〝快點，我親愛的。〞

斯坦利看著她離開，然後他轉向唐納德。

〝你發現了什麼了？〞

〝該名女子和一名男子是住在街杜波特爾，道路尼斯。〞

羅伯特·斯坦利知道的地方。這是在蒙特卡洛的街道之一。

〝還有其他的嗎？〞

〝指日可待。〞

〝你要我做他們，先生？〞

〝沒事，我會照顧他們。〞

羅伯特·斯坦利的巴黎酒店酒店是在大街 D'奧斯坦德，接近賭場廣場和港口大力士。當斯坦利回到了酒店，索菲亞是在他的臥室，等待著他。她是赤裸裸的。

〝什麼，你花了這麼長時間？〞她低聲說。

為了生存，索菲亞·羅蘭經常撿到錢膠片分配之間的應召女郎，她是用來偽裝性高潮為了取悅她的客戶，但這個男人，沒有必要假裝。他有永不滿足的慾望，她發現自己一次又一次的高潮。當他們終於筋疲力盡，索菲婭把她的胳膊在他周圍，並愉快地低聲說，〝我能永遠留在這裡，我親愛的。〞

我希望我能，斯坦利認為，殘酷。

他們在酒店吃飯巴黎餐廳。晚餐很美味，並為士丹利服務員添加香料的食物。當他們完成後，他們做了他們的方式回到酒店。斯坦利走得很慢，做出一定的他追兵緊隨其後。

有一次 AM，一個人站在馬路對面看著在酒店的燈光被關閉，一個接一個。在四點半上午，羅伯特·斯坦利走進臥室，索菲亞睡著了。他輕輕搖晃著她。

〝索菲亞...？〞

她睜開眼睛，抬頭看著他，期待在她的臉上的笑容，然後皺起了眉頭。他穿戴整齊。她坐起來。

〝怎麼了？〞

"不，我親愛的。一切都很好。你說你喜歡旅行。好了，我們要採取一些旅行。"

她完全清醒和興奮了。"在這個時候？"

"是的，我們必須非常安靜。"

"可是..."

"快點。"

十五分鐘後，羅伯特·斯坦利，索菲亞，唐納德和卡爾被向下移動的電梯到地下車庫，其中一個藍色的奔馳停。

唐納德悄悄打開車庫門，看著流落街頭。除了士丹利的白色海濱大道，停在前面，似乎冷清。"全部清除"。斯坦利轉向索菲亞。

"我們要玩一個小遊戲，你和我會得到在奔馳後面，躺在地上。"

她的眼睛睜大了。"為什麼？"

"一些企業的競爭對手一直在關注我，"他說得很認真和真誠。"我即將關閉一個非大交易，他們正在試圖找出它。如果他們這樣做，它可能花了我很多錢。"

"我明白了，"索菲亞說。她不知道他在說什麼。

五分鐘後，他們開車路過的道路尼斯的車庫門。一個人坐在長椅上看著藍色奔馳，因為它通過門加快。在車輪是唐納德·赫爾曼和他旁邊的是卡爾。該男子急忙掏出蜂窩電話，開始撥打...

"我們可能有問題，"他告訴女人。

"什麼樣的問題呢？"

"藍色奔馳剛剛駛出大門。唐納德·赫爾曼駕駛，和狗在車裡了。"

"和斯坦利是不是在車上嗎？"

"沒有。"

"我不相信，他的保鏢從未離開過他，晚上和狗從未離開他，直到永遠。"

"是他的 Corniche 仍停在酒店門前？"問另一名男子送往跟隨羅伯特·斯坦利。

"是的，但也許他打開車。"

"或者，它可能是一招！調用機場。"

幾分鐘之內，都不約而同地塔。

〝先生士丹利的飛機？魁。它到達一小時前，並已加油。〞

五分鐘後，監控小組的兩名成員是在他們去機場的路上，而第三個一直在留神酒店。由於藍色奔馳通過大道夏洛特公主，斯坦利移動到座位上。〝這是要坐起來，現在好了，〞他告訴索菲亞。他轉向唐納德，〝尼斯機場。快點。〞

45 分鐘後，在尼斯機場，改裝的波音 727 緩緩向下移動，沿著地面起飛點的跑道。在塔中，飛行控制器說，〝他們肯定是在急於得到這架飛機離開地面，飛行員已要求間隙四次。〞

〝誰的飛機是什麼呢？〞

〝羅伯特·斯坦利的。〞

〝他可能是對他的方式，使另一個十億左右。〞

該控制器轉向監控的 Learjet 起飛，然後拿起話筒。〝波音公司 8 九五，這是尼斯離港控制。你可以起飛。五離開了。離開後，右轉至四位一體零一個標題。〞

羅伯特·斯坦利的駕駛員和副駕駛員交換了一個放心的樣子。飛行員按下話筒按鈕。

〝羅傑。波音八九五是起飛清除。右轉至四位一體為零。〞

不一會兒，巨大的飛機轟鳴下來跑道和刀砍入藍天。副駕駛又開口對著麥克風。

〝出發，波音八九五是爬出來三千的飛行高度層 7 為零。〞

副駕駛轉向試點。

〝呼！歐吉桑士丹利肯定著急，我們下車在地上，不是嗎？〞

試點聳聳肩。

〝我們沒有理由，我們卻做死。他怎麼做回來呢？〞

副駕駛起身走到駕駛艙的門，看著機艙。〝他休息。〞

他們從車上又打來電話的機場塔台。〝斯坦利先生的飛機...難道還在地面上？〞

〝不，先生。它已經離開了。〞

〝難道飛行員提交飛行計劃？〞

〝當然，先生。〞

〝在哪裡？〞

〝這架飛機是前往肯尼迪。〞

"謝謝。"他轉身對他的同伴。

"肯尼迪，我們就會具備的人在那裡迎接他。"

當奔馳通過蒙特卡羅的郊區，加快向意大利邊境，羅伯特·斯坦利說，

"唐納德，有沒有機會，我們遵循？"

"不，先生。我們已經失去了他們。"

"好。"羅伯特·斯坦利在自己的座位上，輕鬆的靠在椅背上。沒有什麼可擔心的。他們將跟踪飛機。他回顧了在他心目中的情況。這真的是什麼，他們知道一個問題，當他們知道這一點。他們像獅子的方式下胡狼，希望能帶給他。羅伯特·斯坦利對自己笑了笑。他們低估了他們在處理人。其他人誰做了這個錯誤已經為它付出高昂的代價。有人還要這個時候。他是羅伯特·斯坦利，總統和國王，功能強大，豐富，足以打破了幾個小國經濟的知己。還是...727 在上空。馬賽。飛行員說話對著麥克風。"馬賽，波音公司 8 九五與你同在，爬出來的飛行高度層一九零飛行高度層兩個三零"。

"羅傑"。

梅賽德斯達到蒙特卡洛天亮後不久。羅伯特·斯坦利有城市美好的回憶，但它極大地改變了。他想起的時候，它已經是一個優雅的小鎮擁有一流的酒店和餐館，賭場所在的黑色領帶被要求和財富的地方可能會丟失或一個晚上贏了。現在，它已經屈服於旅遊，大聲目瞪口呆的顧客賭博在他們的襯衫。

奔馳已接近海港 – 大力神港。五分鐘後，奔馳拉升旁邊的藍天，百和，80 英尺的機動遊艇。隊長巴爾加斯和十二名機組人員全部列隊在甲板上。船長急忙下來的跳板，以迎接新來港定居人士。

"早上好，貝盧斯科尼斯坦利，"隊長巴爾加斯說。

"我們會為您提行李，還有..."

"沒有行李，讓我們繼續前進。"

"是的，先生。"

"等待一分鐘。"斯坦利正在研究的船員。他看著船員幾乎生氣之一，這改變了他的心情。他顯然很不爽。大多數類似的情況讓他的傲慢。由於這種不良情緒驅動士丹利表示的結果：

"那人就完了。他是新的，是不是？"

"是的，先生。我們的船艙男孩卡普里生病了，而且我們承擔了這一點。他是非常..."

"幹掉他，"斯坦利訂購。

船長看著他，不解。 "找...？" "付了他。讓我們在這裡了。現在！"隊長巴爾加斯點點頭。 "是的，先生。"

環顧四周，羅伯特·斯坦利充滿了不祥的預感再次感。他幾乎可以伸手摸在空氣中的危險。他不想靠近他的任何陌生人。隊長巴爾加斯和他的船員曾與他多年。他可以信任他們。他轉頭看向那個女孩。由於唐納德已經把她抱起來隨意，那裡有沒有危險。至於唐納德，他的忠實保鏢救了他的命不止一次。斯坦利轉向唐納德。

"保持離我很近。"

"是的，先生。"

斯坦利了索菲亞的胳膊。 "我們出國，我的愛人。"

唐納德·赫爾曼站在甲板上，看著工作人員準備摘掉。他掃視了港口，但他看到沒有什麼可擔心的。在早晨的這個時候，有非常小的活動。遊艇的巨大的發電機衝進生命，正在進行的船隻得到。隊長走近羅伯特·斯坦利："你不說我們在那裡的標題，貝盧斯科尼斯坦利。"

"不，我沒有，沒有我，隊長？"他想了一會兒。

"阿雅克肖。"

"是的，先生。"

"順便說一句，我希望你能保持嚴格的無線電靜默。"

隊長巴爾加斯皺起了眉頭，在羅伯特·斯坦利。 "無線電靜默是的，先生，但是如果...？"

羅伯特·斯坦利說，"別擔心。只要做到這一點。我不想使用衛星電話的人。""好的，先生。我們將通過鋪設在阿雅克肖？"

"我讓你知道，隊長。"

羅伯特·斯坦利了索菲亞的遊艇之旅。這是他珍貴的財產之一，他喜歡展示它關閉。這是一個驚人的船隻。它有一個豪華的主人套房，客廳和一間辦公室。辦公室很寬敞，配有舒適的沙發，幾個簡單的椅子和一張桌子，它的後面是足夠的設備來運行的一個小鎮。在牆上是用小動小船展示遊艇的當前位置的大型電子地圖。滑動的主人套房開到外面的陽台甲板上配備了躺椅和四把椅子一張桌子的玻璃門。柚木欄杆跑沿外。在風和日麗的日子裡，這是史丹利的定制有在陽台上的早餐。有六間特等客艙，每一個手繪絲板，觀景窗，以及帶按摩浴缸的浴室。大庫是在洋槐木做的。餐廳擁有一個座位可容納 16 位客人。設備齊全的健身沙龍是在下層。遊艇還包含一個酒窖和一個劇院，這是理想的運行影片。羅伯特·斯坦利有世界上最大的 DVD 電影庫，包括色情之一。整個容器的家具都是精緻的，而畫會自豪的任何博物館。

"好了，現在你已經看到了大部分，"斯坦利告訴索菲亞在參觀結束。

"我會告訴你剩下的明天。"

她讚賞。"我從來沒有見過這樣的事情！這...這就像一個城市！"

羅伯特·斯坦利笑著對她的熱情。

"管家會告訴你你的小屋。讓自己感到舒服。我有一些工作要做。"

羅伯特·斯坦利回到了自己的辦公室，並檢查在電子地圖上的牆遊艇的位置。藍天是利古里亞海，往東北方向。他們不知道我已經走了，斯坦利想。他們將等著我在肯尼迪機場。當我們到阿雅克肖，我會擺正一切了。

三萬五千英尺的高空，727 的飛行員獲得新的指令。"波音公司 8 9 5，你是直接清零三角洲印度上月航線 40 為申請。"

"羅傑，波音公司 8 九五清除直接上路線 40 為申請。"他轉向副駕駛。

"全部清除"。

試點伸展，起身，走到駕駛艙門。他看著機艙。天空是夏天天藍色的，大的，但不是威脅，雲層銀白色的。將高起來反對開放的天空和移動的雲彩，這是另一回事。慶祝大地和天空的聯盟。藍色的天空上一個陽光燦爛的日子的顏色。天空是清澈如玻璃。這是一個黑暗的，粉紅色的灰色；雲通過它暴露盤旋雲高，灰暗的銀行。

"怎麼是我們的乘客在幹什麼？"副駕駛問。

"他看起來餓了我。"

2

　　利古里亞海岸是意大利里維埃拉，在一個半圓從法國和意大利邊境周圍掃熱那亞，然後繼續下降到拉斯佩齊亞海灣。海岸美麗的長帶狀和波光粼粼的水域包含阿雅克肖，Vemazza 的傳奇端口，超越他們，厄爾巴島，撒丁島，科西嘉島和。藍天一度逼近阿雅克肖，甚至從遠處是一個令人印象深刻的視線，覆蓋著橄欖樹，松樹，柏樹和棕櫚樹的山坡。

羅伯特・史丹利，索菲亞，和唐納德都在甲板上，學習接近海岸線。

"你去過阿雅克肖往往？"索菲亞問道。

　"有幾次。"

"哪裡是你的主家？"

太私人。"你會喜歡阿雅克肖，大教堂。這真的很漂亮。"

隊長巴爾加斯走近他們。"你想有一個船上吃午飯，貝盧斯科尼斯坦利？"

"不，我們將有午餐アジャクシオ酒店。"

　"太棒了。而且，我還準備午飯後立即起錨？"

"我想不會。讓我們享受這個地方的美麗。"

隊長巴爾加斯研究他，不解。羅伯特・斯坦利的情緒驅動，使他成為一個可怕的匆忙，或看來他已經在世界上所有的時間。和無線電被關閉？聞所未聞的吧！狗屁。媽的發生。沒有什麼可以做這件事。

當藍色的天空中有環閣德拉城堡，史丹利，索菲亞拋了錨，和唐納德把遊艇的推出上岸。小海港很迷人，有各種有趣的商店和室外飲食店排隊，導致到山上的路單。十幾左右的小漁船被拉升到鵝卵石海灘。

斯坦利轉向索菲亞。 "我們將有一個午餐在酒店上了山頂。有從那裡的美景。"他點點頭走向一輛出租車停超出了碼頭。

"乘坐出租車在那裡，我會滿足你在幾分鐘的時間。"他遞給她一些錢。

"很好，親愛的。"

他的眼睛跟著她，她走了；然後他轉向唐納德。 "我打個電話。"

但不能從船，唐納德認為。男人去了兩個電話亭在碼頭邊。唐納德看著士丹利走了進去其中的一個，拿起聽筒，並插入一個令牌。

"運營商，我想發出呼叫瑞士聯合銀行日內瓦。"

一個女人接近第二電話亭。

唐納德踩在它的前面，擋住她的路。 "對不起，"她說。

"我..."

"我在等一個電話。"

她詫異地看著他。 "哦。"她看了一眼希望在電話亭士丹利英寸

"我不會等待。"唐納德說用叫聲聲。 "他將是在電話上很長一段時間。"

女人聳聳肩走開了。 "您好？"

唐納德看著士丹利對著喉舌。

"彼得？我們有一個小問題。"斯坦利關上門展位。他說話非常快，而且唐納德聽不清他在說什麼。在對話結束後，斯坦利更換接收器，打開門。

"一切都還好嗎，斯坦利先生？"唐納德問。

"讓我們得到一些午餐。"

地方的房子酒店是阿雅克肖，與下面的翡翠灣的壯麗全景酒店的皇冠上的明珠。酒店迎合了非常豐富的，和嫉妒

守護自己的聲響。羅伯特·斯坦利和索菲亞共進午餐在露台上。

"難道我命令你嗎？"斯坦利問道。 "他們有一些特色菜在這裡，我想你可能會喜歡。"

〝請，〞索菲亞說。

斯坦利下令火車人香蒜醬，當地的意大利面，牛肉和意式薄餅，該地區的鹽漬麵包。

〝而且為我們帶來了一瓶施拉姆 88 的。〞他轉身對索菲亞。

〝它獲得了金牌，在國際葡萄酒挑戰賽在倫敦。我自己的葡萄園。〞

她笑了。〝你很幸運。〞

運氣無關，用它做。〝我相信人是為了享受已經把地球上的味覺的美食。〞他拉著她的手在他的。〝等美食了。〞

〝你是一個了不起的人。〞

〝謝謝。〞

它高興士丹利擁有美麗的女人欣賞他。這一次是足夠年輕是他的女兒，而他興奮，甚至更多。

當他們吃完午飯，斯坦利看著索菲亞，笑了。〝讓我們回到遊艇。〞

〝哦，是的！〞

羅伯特·斯坦利是一個多變的情人，充滿激情和熟練。他巨大的自我使他更關心的是滿足一個女人比約滿足自己。他知道如何激發女人的情色區，他精心策劃了他的做愛通過感官和交響樂帶來他的戀人，他們以前從未達到的高度的滿足感，提供樂趣。他們花了下午士丹利的套件，而當他們完成做愛，索菲婭被耗盡。羅伯特·斯坦利穿好衣服，走到橋上看隊長巴爾加斯。

〝你願意去到撒丁島，貝盧斯科尼斯坦利？〞隊長問。

〝讓我們停止掉在厄爾巴島第一〞。

〝是的，先生。一切都滿意嗎？〞

〝我希望如此，〞斯坦利說。〝一切都令人滿意。〞

他感覺再次引起。他回到索菲亞的客艙。他們到達厄爾巴島的第二天下午，和錨定在費拉約港。厄爾巴是托斯卡納，意大利地中海島國。托斯卡納群島最大的島嶼，厄爾巴也是托斯卡納的國家公園和意大利的第三大島西西里島和撒丁島後的一部分。它位於第勒尼安海和利古里亞海，科西嘉島的法國島約 50 公里（30 英里）東部之間。

波音 727 進入北美空域，飛行員檢查了與地面控制。

"紐約中心，波音八九個與你同在，通過飛行高度層兩個六零飛行高度層兩個四零"。

紐約中心的聲音傳來。 "羅傑，你被清除一2000，直接JFK。電話上一二七點 4 的方法。"

從飛機的後面傳來一陣低吼。 "易親王。這是一個很好的男孩，讓我們幫你解決這個安全帶。"

有四個人在等待的時候 727 降落。他們站在不同角度能看到有乘客從飛機下降。他們等了半個多小時。唯一的乘客走出來是一個黑色的德國牧羊犬。

費拉約港是厄爾巴島的主要購物中心。街道兩旁的優雅，精緻的商店，和海港的背後，十八世紀的建築物下，佛羅倫薩公爵建造的陡峭十六世紀的城堡藏。

羅伯特·斯坦利參觀了島上很多次，在陌生的路上，他覺得在家裡在這裡。

這是拿破崙·波拿巴是繼他在退位流亡楓丹白露由盟軍各國政府和厄爾巴島登島於 1814 年 5 月 4 日的地方。

"我們要看看拿破崙的別墅，"他告訴索菲亞。 "我會在那裡等你。"他轉向唐納德。

"帶她到別墅代米爾斯的。" "是的，先生。"

斯坦利看著唐納德和索菲亞離開。他看了看手錶。時間不多了。他的飛機就已經降落在 J·F·肯尼迪。當他們得知他不上船，在搜捕行動將重新開始。它會帶他們一段時間來拿起步道，斯坦利想。到那時，一切都將相繼入駐。

他在碼頭年底步入一個電話亭。

"我想撥打電話到倫敦，"斯坦利告訴操作員。

"巴克萊銀行一七分之一..."。

半小時後，他拿起索菲亞領她回港。

"你出國，"斯坦利告訴她。

"我還有一個打個電話。"

她看著他趨過到碼頭旁邊的電話亭。他為什麼不使用對遊艇的電話？索菲亞想知道。

裡面的電話亭，羅伯特·斯坦利說，"住友銀行在東京的..."

十五分鐘後，當他回到了遊艇，他在憤怒。

"我們將要錨定在這裡過夜嗎？"隊長巴爾加斯問。

30

"是的，"斯坦利搶購。 "不！讓我們前往撒丁島。現在！"

撒丁島是地中海的第二大島。撒丁島海岸普遍偏高和岩石，與海岸線長，比較直的延伸，很多優秀的海岬，數寬，深海灣，河口，許多入口和各種小外海島嶼。島上有一個典型的地中海氣候。在這一年中有近 300 天的日照，降雨在冬季和秋季，一些大驟雨在高原春季和降雪的主要濃度。

切爾沃港是一個小城鎮在撒丁島。這是地中海沿岸最美麗的地方之一。切爾沃港的小鎮是一個避風港富人，有星羅棋布的艾倫金博爾建成別墅區的很大一部分。的第一件事羅伯特·斯坦利做時，他們停靠是前往一個電話亭。唐納德跟著他，站崗外展位。

"我想發出呼叫在羅馬邦卡銀行 D'意大利。"該電話亭的門關閉。

談話持續了近一個半小時。當斯坦利走出電話亭，他是在嚴重麻煩。唐納德不知道發生了什麼事情。斯坦利和索菲亞共進午餐，在切爾沃港的海灘上。斯坦利下令他們。 "我們將開始與馬妻斯。"麵團片製成的硬粒小麥。 "然後服務。"小乳豬，熟桃金娘和月桂葉。 "對於葡萄酒，我們將有 貝爾納和甜點，我們將有壞蛋。"油條充滿了新鮮的奶酪和磨碎的檸檬皮，撒苦蜂蜜和糖。

"好處的，閣下。"服務員走開，留下深刻的印象。至於士丹利轉身跟索菲婭，他的心臟突然漏了一拍。入口附近的餐廳兩人坐在一張桌子，學習他。穿著夏天的陽光深色西裝，他們甚至沒有費心去假裝他們是遊客。之後我是他們還是他們無辜的陌生人？我不能讓我的想像帶走，斯坦利想。索菲亞說。

"我以前從來沒有問過你。有什麼事，你呢？"

斯坦利研究她。這是令人耳目一新，是與別人誰也不知道他。"我退休了，"他告訴她。 "我只是四處旅行，享受世界。"

"和你所有的人來嗎？"她的聲音充滿了同情。 "你一定很寂寞。"

這是他所能做的不笑出聲來。 "是的，我是，我很高興你在我身邊。"

她把她的手放在他的。 "我也一樣，親愛的。"

眼角的余光，看到斯坦利的兩名男子離開。

當午餐結束後，斯坦利和索菲亞和唐納德回到了城裡。斯坦利為首的一個電話亭。 "我希望里昂信貸銀行巴黎...."

看著他，索菲亞採訪了唐納德。 "他是個了不起的人，是不是他？"

"有沒有人喜歡他。"

"你有多久一直與他嗎？"

"兩年來，"盧克 – 唐納德說。

"你很幸運。"

"我知道。"唐納德走了過來，站在為電話亭外的警衛權。他聽到斯坦利說，

"奔？你知道為什麼我打電話...是...是...你會？

...那太好了"他的聲音充滿了解脫。"不不存在。讓我們在科西嘉滿足...這是我們完美的會議結束後，我可以直接返回家中。謝謝你，本。"斯坦利放下接收器。他站在那裡一會兒，面帶微笑，然後在洛杉磯撥了一個號碼，一個秘書回答說，"先生弗蘭克·哈羅德的辦公室。"

"這是羅伯特·斯坦利，讓我跟他說話。"

"哦，斯坦利先生！對不起，先生弗蘭克·哈羅德是在度假。其他人也可以...？"

"不，我對我的方式回到美國。你告訴他我星期一早上要他在洛杉磯貝爾空氣九點鐘，告訴他帶給我的意志和公證的副本。"

"我會盡力。"

"不要輕易嘗試。做吧，我親愛的。"他放下聽筒，站在那裡，腦子裡的賽車，當他走出電話亭，他的聲音很平靜。 "我有一個小企業採取，索菲亞照顧。去大酒店等我。"

"好吧，"她說調情。

"不要太長。"

"我不會。"

這兩名男子看著她走開。

"讓我們回到遊艇上，"斯坦利告訴唐納德。

"我們要走了。"

唐納德看著他驚訝。〝什麼...？〞
〝她可以欺負她聰明的驢子踏上回家的路。〞
當他們回到藍天，羅伯特·斯坦利去看隊長巴爾加斯。
〝我們正在前往科西嘉島，〞他說，〝讓我們繼續前進。〞
〝我剛剛收到最新的天氣報告，貝盧斯科尼斯坦利恐怕有一個
壞的風暴，它會更好，如果我們等它出來，...〞
〝我現在想離開，隊長。〞
　隊長巴爾加斯猶豫。〝這將是一個粗略的航程，先生。這是
一個 libeccio ...西南風。我們將有大浪和狂風。〞
〝我不關心這個。〞在科西嘉島的會議是要解決他所有的問題。
他轉向唐納德。〝我要你安排直升機接我們，科西嘉島，並採
取羅馬，使用公用電話在碼頭上。〞
〝是的，先生。〞
唐納德·赫爾曼走回碼頭，進入電話亭。二十分鐘後，藍色的
天空正在權衡。

3

　　他愛和崇拜的人是大衛·史密斯，他經常使用的名字作為他的試金石？

"我不在乎你說的史密斯，他用實際值的唯一的政客。家庭，這就是它的全部。如果沒有家庭觀念，這個國家將達到小溪，甚至比它差。所有這些年輕的孩子們同居而不結婚，生孩子，這是令人震驚的。難怪有這麼多的犯罪。對婦女的身體和性侵犯發生內部和家庭以外，家庭內暴力既是犯罪從一個陌生人的暴力，所以不要忍了吧。如果大衛·史密斯曾經運行為總統，他肯定了我的票。"這是一個恥辱，他認為，因為一個愚蠢的法律，他不能投票，但是，不管他背後史密斯一路。

　　他有三個孩子：鮑勃，七；和兩個女孩：任何和瑪麗，九和十二個。他們都是非常好的孩子，他最大的快樂是什麼花，他喜歡叫質量時間與他們。他的週末是完全投入到孩子們。這顯然是孩子們在他的生活中的重要作用。孩子可能會出現他是從開發新源關係和直接感知。他烤的他們，打他們，把他們帶到了電影和球遊戲，並幫助他們與他們的家庭作業。所有在附近的年輕人崇拜他。他修理自己的自行車和玩具，並邀請他們在野餐和他的家人。他們給他爸的暱稱。在一個陽光明媚的週六早晨，他坐在看台上，觀看棒球比賽。這是一個畫面完美的一天，有溫暖的陽光和柔軟的積雲斑紋天空。他 7 歲的兒子，鮑勃，是在棒，看起來很專業，在他的小聯盟統一長大了。爸爸

34

的兩個女孩和他的妻子在他身邊。它沒有得到任何比這更好
的，他高興地想。為什麼不是所有的家庭像我們這樣？
這是第八局的底部；比分被追平，與二出口和基地加載。鮑勃
在板，三分球和兩個罷工反對他。爸爸叫出來，令人鼓舞的
是，"找他們，鮑勃！在柵欄！"

　　鮑勃等待的間距。這是快速和低和鮑勃瘋狂搖擺和錯過。
裁判喊道："打三分"！
一局結束了。共有來自人群的父母和家人朋友的呻吟聲和歡呼
聲。鮑勃站在那兒心灰意冷，看著球隊換邊。
爸爸叫了一聲，"這都是正確的，兒子。你會在下一次做到這
一點！"鮑勃試圖強顏歡笑。
約翰·布萊克本，球隊經理，在等待鮑勃。
　"你就大功告成了！滾出這裡！你不能再玩"他說。
"不過，布萊克本先生..."
"出去。下車領域。現在！"
Bob 的父親看著驚奇地傷害他的兒子離開了現場。他不能做到
這一點，他想。他給鮑勃一次機會。我得說布萊克先生和解
釋。緊接著，移動電話，他攜帶響了起來。他讓它響四次之
前，他回答了。只有一個人有多少。他知道我不喜歡在週末被
人打擾，他想憤然。
　　不情願，他抬起天線，按下一個按鈕，並談到對著話筒。
"您好？"
在另一端的聲音靜靜數分鐘發言。爸爸聽了，點頭，不時。最
後他說，"是的，我明白了。我會好好照顧它。"他把電話了。
　"一切都好，親愛的？"他的妻子問。
　"不，我恐怕是沒有的。他們要我工作過週末。我打算一個
不錯的燒烤為我們的明天。"
他的妻子拉著他的手親切地說，"別擔心，你的工作更重要。"
不是因為我的家人一樣重要，他認為固執地。
大衛·史密斯會理解的。他的手又開始癢了激烈而他劃傷了。
為什麼一定要他這樣做呢？他想知道。我得去看皮膚科醫生，
這些日子之一。
　　約翰·布萊克是經理助理在當地的超市。一位身材魁梧的男
子 50 多歲，他已同意管理少棒隊，因為他的兒子是一個球

員。他的球隊已經失去了，因為年輕的鮑勃下午。這家超市已經關閉，約翰布萊克是在停車場，走向他的車，當陌生人走近他，怀揣著包。

"對不起，先生布萊克本。"

"是嗎？"

"我不知道如果我能和你聊了一會兒。"

"這家商店是封閉的。"

"哦，這並不是說，我想和你談談我的兒子。鮑勃是非常失望，你帶他出去比賽，並告訴他，他不能再打球。"

"鮑勃是你的兒子嗎？對不起，他甚至在比賽中。他永遠不會成為一個球員。"

Bob 的父親認真地說，"你不公平，布萊克先生，我知道鮑勃，他是一個真正的精品棒球運動員，你會看到，當他扮演在下星期六..."

"他不會玩下週六，他是出來。"

"可是..."

"沒有，但的。就這麼簡單。現在，如果沒有什麼別的..."

"哦，是有的。" Bob 的父親在他的手解開了包裹，露出了棒球棍。他懇求說，"這是鮑勃使用。你可以看到，它的插話蝙蝠，所以它是不公平的懲罰他，因為..."

"你看，先生，我不給一個關於蝙蝠該死的，你的兒子了！" Bob 的父親嘆了口氣不幸。 "你確定你會不會改變你的想法？"

"沒辦法。"

至於布萊克本達成他的車門把手，鮑勃的父親隨即對後窗和砸它的蝙蝠。布萊克震驚地盯著他。

"什麼？你到底在幹什麼？"

"預熱，"爸爸解釋道。他提出的蝙蝠，並再次揮動它，它砸對陣布萊克的膝蓋骨。約翰·布萊克尖叫著倒在地上，扭動著痛苦。

"你瘋了！"他喊道。

"救命！"

Bob 的父親跪在他身邊，輕聲說，"讓一個聲音，我就打斷你的膝蓋骨等。"

布萊克抬頭凝視著他的痛苦，嚇壞了。

"如果我的兒子是不是下週六的比賽中，我會殺了你，我就殺了你兒子，難道我讓自己清楚了嗎？"

　　布萊克看著那人的眼睛，點點頭，爭取以避免與痛苦的尖叫。

"好，呵呵，我不希望這樣出去。我有朋友。"他看了看手錶。他有足夠的時間趕上下一個航班到洛杉磯。他的手又開始癢了。

七點鐘週日上午，身著西裝的既得利益和攜帶昂貴的皮革公文包，他坐地鐵到洛杉磯市中心。他走近信託大廈入口。與幾十個租戶在這個龐大的建築，就沒有辦法守在前台可以識別他。

"早上好，"那人說。

"早上好，先生，我可以幫你嗎？"

他嘆了口氣。　"即使是上帝也幫不了我。他們認為我什麼都沒有做，但我花星期天做的工作，別人應該做的。"

門衛說，頗有心得，"我知道這種感覺。"他推了日誌轉發。

"你登錄，好嗎？"

他簽署，走到電梯的銀行。他一直在尋找的辦公室是在五樓。他乘電梯到六樓，走下一個航班，並且向下移動的走廊。門上的傳奇讀取，雷諾和坦誠哈羅德，律師事務所。他環顧四周，使某些走廊上空無一人，然後打開他的公文包，拿出一個小挑和張力工具。他花了五秒鐘打開鎖著的門。他走了進去，並關上了門在他身後。會客室被佈置老式保守的味道，自在洛杉磯的頂級律師事務所之一。該男子站在那裡一會兒，定向自己，然後走向了回來，到立案大廳，其中記錄被保留。房間裡面是不銹鋼櫥櫃與前面的字母標記的銀行。他試圖櫃分為 R-S。它是鎖著的。從他的公文包，他取出一個空白鍵，文件和鉗子。他把小櫃鎖裡面的空白鍵，左右輕輕轉動它到另一邊。過了片刻，他縮回來，並檢查它的黑色斑紋。抱著與鉗子的關鍵，他仔細魚貫而出的黑點。他把鑰匙插入鎖一遍，重複此過程。他靜靜地喃喃自語，他拿起鎖，他笑了，因為他突然意識到什麼，他哼著。

　"很遠的地方。"

　　我要度假我的家人，他高興地想。一個真正的假期。我敢打賭，孩子們會喜歡夏威夷。櫥櫃抽屜裡開了，他把它向他。只花了一點時間來找到自己想要的文件夾。他取出一個小賓得相機從他的公文包去上班。十幾分鐘後，他結束了。他把幾件面巾紙從公文包，走到飲水機和濕他們。他回到了立案大廳，並抹去了鋼刨花在地板上。他鎖定的文件內閣，使他的出路走廊，鎖上前門辦公室，離開了大樓。

4

　　正是在這一天風和日麗。那天晚上，隊長巴爾加斯來到羅
伯特·斯坦利的客艙。
〝貝盧斯科尼士丹利...〞
〝是嗎？〞
船長指著牆壁上的電子地圖。〝我怕風越來越差。在
libeccio 集中在博尼法喬海峽。我建議我們暫避海港，直
到...〞斯坦利打斷了他。〝這是一個很好的船，你是一個好
隊長。我敢肯定，你可以處理它。〞
隊長巴爾加斯猶豫。〝照你這麼說，閣下。我會盡我所能。〞
〝我相信你會的，隊長。〞
羅伯特·斯坦利坐在他的隨員的辦公室，規劃自己的戰略。他
會滿足本在科西嘉島和得到的一切理順。在此之後，直升機將
飛往他的羅馬，並從那裡他會包租飛機送他洛杉磯。一切都會
好起來的，他決定。所有我需要的是 48 小時。剛剛 48 小
時。
　　他被驚醒，在上午二點通過遊艇的野生投球和嚎叫大風之
外。斯坦利曾在風暴之前，但是這是最差的一個。隊長巴爾加
斯是對的。羅伯特·斯坦利下了床，抓著床頭櫃上穩住自己，
做他的方式在牆上的地圖。船在博尼法喬海峽。我們應該在阿
雅克肖在接下來的幾個小時，他想。一旦我們在那裡，我們將
是安全的。
後來發生的事件是炒作的問題。第二天，羅伯特·斯坦利在阿
雅克肖。他度過了一夜酒店。早餐後，他告訴唐納德·赫爾

曼： 〝我要到打一個電話，留在街對面，看著我，〞唐納德說。

〝好了，先生。〞十分鐘後，羅伯特·斯坦利走去唐納德。突然一輛大卡車來到身邊，高速的角落。司機無法阻止卡車和唐納德·斯坦利被擊中，倒在街上。唐納德運行羅伯特·斯坦利，但為時已晚。

他叫了救護車的屍體被送往最近的醫院。什麼後來被發現羅伯特·斯坦利有可怕的頭部骨折大量出血，導致他的死亡。

5

　　隊長弗蘭克·杜瓦爾，廚師民警在科西嘉島，是心情不好。島上是擠滿了大量遊客的夏天誰是無力的抓著自己的護照，錢包，或他們的孩子。長期投訴來意流在整天的小警察總部 2 賽道拿破崙街關 SERGENT Casalonga。

"一個人搶走了我的錢包..."

"我的船航行沒有我。我的妻子是在黑板上..."

"我買這款手錶從別人在大街上。它裡面有什麼..."

"這裡的藥店不執行我所需要的藥..."

問題是無窮無盡的。現在它似乎是隊長有一個身體在他的手上。"我沒有時間為這個負載狗屎了，"他喊了出來。"但他們在外面等著，"他的助手告訴他。"我會告訴他們呢？"

隊長杜瓦爾急於去他的女朋友。

　　他的衝動正準備說，"把身體其他一些小島"，但他畢竟是在島上的首席警官。

"很好。"他嘆了口氣。

　"我去看看他們的簡要介紹。"

片刻之後，隊長巴爾加斯和唐納德·赫爾曼被護送進了辦公室。

"坐下，"隊長杜瓦爾說，不客氣。這兩名男子拿了把椅子。

"告訴我，拜託，到底發生了什麼。"

隊長巴爾加斯說，"我不知道到底。我沒有看到這一點。"他轉身對唐納德·赫爾曼。"他是一名目擊者。也許他可以解釋它。"

唐納德深吸了一口氣。"這是可怕的。我的工作...工作過的人。"

〝做什麼，先生？〟

〝保鏢，按摩師，司機。我跑救他，但沒有什麼我能做的。我打電話求救。救護車來了。但為時已晚，他被殺害了車禍。〟

〝我很抱歉。〟他不可能關心較少。隊長巴爾加斯開了口。

〝這是意外，但現在我們想允許採取的身體回家。〟

〝這應該是沒有問題的。〟他仍然有時間喝一杯與他的女朋友，他回家向妻子之前。〝我將有一個死亡證明和出境簽證

身體立即做好準備。〟他拿起一個黃色墊。〝受害者的名字嗎？〟

〝羅伯特·斯坦利。〟

隊長杜瓦爾突然一動不動。他抬起頭。〝羅伯特·斯坦利？〟

〝是的。〟

〝羅伯特·斯坦利？〟

〝是的。〟

和隊長杜瓦爾的未來突然變得更亮。神在他的腿上下降的祝福。羅伯特·斯坦利是一個國際性的傳奇！他去世的消息會被重複了世界各地的回音，而他，隊長杜瓦爾，在控制局面。眼前的問題是如何處理這一事件的最大利益為自己。杜瓦爾坐在那裡，盯著進入太空，思考。

〝你們多久才可以釋放身體？〟隊長巴爾加斯問。

他抬起頭。〝嗯，這是一個很好的問題。〟它需要的時間為記者到達？我應該問遊艇的船長參加面試？第為什麼分享他的榮耀？我會獨自處理這個問題。

〝有很多工作要做，〟他遺憾地說。

〝論文準備...〟他嘆了口氣。

〝這可能一周或更長時間也可以。〟

隊長巴爾加斯感到震驚。〝一個星期或更多？但你說...〟

〝有一定的手續待觀察，〟杜瓦爾嚴厲地說。

〝這些問題不能操之過急。〟他拿起黃色墊了。〝誰是下一個他的親戚？〟

隊長巴爾加斯看著唐納德尋求幫助。

〝我想你最好帶他在洛杉磯的律師檢查。〟

〝名字？〟

〝雷諾茲和坦誠哈羅德律師事務所。〟

6

　一個標誌可能是其可以理解為"傳說門上面所看到的，雷諾已經去世很久。弗蘭克·哈羅德仍然非常活躍，並且在七八，他是供電的辦公室裡，有 65 律師在他手下工作的發電機。他是危險地薄，與白髮全鬃毛，而他的嚴厲直車廂的軍人走了。這時，他來回踱步。他總是有什麼心事。摸索通過使用更多的不到好工作似乎很長一段時間。他的頭腦是一個麻煩。

　他停在他的秘書面前。　"當斯坦利先生打了電話，並沒有給他任何指示他要見我了這麼急？"

　"不，先生。他只是說，他希望你能在他家九點鐘星期一早上，並把自己的意志和公證。"

　"謝謝你，問布朗先生進來了。"

　喬治·布朗是在辦公室明亮，新穎的律師之一。在哈佛法學院畢業他四十多歲，他又高又瘦，金髮，好奇的藍眼睛閃爍著娛樂，和一個簡單的，優雅的存在。布朗是疑難解答的公司，和弗蘭克哈羅德的選擇接手一天。如果我有一個兒子，哈羅德認為，我會希望他像喬治。他看著喬治·布朗走了進來。

"你應該是鮭魚在紐芬蘭，"喬治說。

"發生什麼事了。坐下來，喬治，我們有一個問題。"

喬治嘆了口氣。　"還有什麼是新的？"

　"這是關於羅伯特·斯坦利。"

羅伯特·斯坦利是他們最有聲望的客戶之一。半打其他律師事務所辦理各種士丹利企業的子公司，但雷諾和弗蘭克·哈羅德

處理自己的個人事務。除了哈羅德，沒有堅定的成員曾見過
他，但他是在辦公室的一個傳奇。

"什麼士丹利現在做什麼？"喬治問。 "他得到了自己的死
亡。"

喬治看著他，感到震驚。 "他什麼？"

"我剛剛接到一份傳真警方科西嘉島。顯然士丹利穿過街
道，被擊中一輛卡車。"

"我的上帝！"

"我知道你從來沒有見過他，但我已經代表了他三十多年。
他是一個困難的人。"

哈羅德向後靠在椅子上，想著過去。 "有真二羅伯特斯坦利
's-公眾一個誰也哄鳥落搖錢樹，誰幸災樂禍地摧毀人的狗娘
養。他是一個魔術師，但他可以把你喜歡的動物。他有一個分
裂個性，他是兩個馴獸師和動物。"

"聽起來很吸引人。"

"這是大約三十年前-31，是準確的當我加入了這個律師事
務所。老人雷諾處理士丹利那麼，你知道人們如何使用"比生
命更大"這句話嗎？嗯，羅伯特·斯坦利真的大於生活中，如果
他不存在，你不能發明了他。他是一個巨人。他有一個驚人的
能量和野心。他是一個偉大的運動員，他的盒裝在大學，是一
個十目標的馬球運動員。但甚至當他年輕的時候，羅伯特·斯
坦利是不可能的。他是唯一一個我所知道誰是完全沒有同情
心。他是虐待狂和不合理的殘酷和不公平對別人誰傷害了他，
他有狼的本能誰用別人的問題和痛苦為自己的優勢。他愛迫使
他的競爭對手破產。據傳言，有超過，因為他的幾個自殺。"

"他聽起來像一個怪物。"

"一方面，是的。但另一方面，他創立在新幾內亞的一家孤
兒院，並在孟買一家醫院，他給數百萬給慈善機構，以匿名方
式。沒有人知道會發生什麼事情接下來。"

"他怎麼變得這麼富有？"

"怎麼是你的希臘神話？"

"我有點生疏了。"

"你知道俄狄浦斯的故事嗎？"

喬治點了點頭。 "他殺害了他的父親讓他的母親。"

〝是的。嗯，這是羅伯特·斯坦利，唯一不同的是，他殺死了自己的父親得到母親的票。〞

喬治盯著他。

〝什麼？〞

哈羅德傾身向前。〝在 30 年代初，羅伯特的父親有一家雜貨店在洛杉磯，它沒有這麼好，他開了第二個，不一會兒，他有一個小的連鎖雜貨店。當羅伯特大學畢業，他的父親帶他到企業作為合作夥伴，並把他的董事會。正如我所說的，羅伯特是雄心勃勃。他遠大的理想。與其買肉類包裝房子，他想鏈，以提高自己的牲畜。他想它買土地和壯大自己的蔬菜，可以在其自己的商品，他的父親不同意，他們打了很多。

〝然後，羅伯特，他最大的是頭腦風暴。他告訴他的父親，他希望公司能夠建立一個連鎖超市的銷量一切從汽車到家具到人壽保險，打折，並負責客戶的會員費。羅伯特的父親認為他瘋了，他拒絕了這個想法，但羅伯特並不打算讓他的方式讓任何事情，他決定，他必須擺脫的老人。他說服他的父親需要很長的假期，而他走了之後，羅伯特去上班了迷人的董事會。

〝他是一位傑出的推銷員，他賣了他們對他的理念，他說服了他的姑姑和叔叔，誰是在黑板上，把票投給他，他 romanced 董事會的其他成員。他帶他們吃午飯，去獵狐一個，另一個打高爾夫球。他睡了董事會成員的妻子誰曾影響了她的丈夫。但他的母親誰持有股票的最大塊，並有最終投票。羅伯特說服她給他和投票對她的丈夫〞。

〝這是令人難以置信！〞

〝當羅伯特的父親回來了，他得知他的家人已經投出了他的公司。〞

〝我的上帝！〞

〝還有更多。羅伯特是不放心的。當他的父親試圖進入自己的辦公室，他發現，他從大樓禁止。而且，記得，羅伯特只有三十多歲呢。他圍繞公司的綽號是冰人。但功勞是因為，喬治。他一手打造士丹利企業進入了世界上最大的私人控股的企業集團之一。他擴大了公司，包括木材，化工，通訊，電子，房地產達到了驚人的數量。他結束了所有的股票。〞

〝他一定是一個令人難以置信的人，〞喬治說。

〝他是為了男人，和女人。〞

〝他是不是結婚了嗎？〞

弗蘭克·哈羅德坐在那裡很長一段時間，記住。當他終於開口了，他說，〝羅伯特·斯坦利嫁給我見過的最漂亮的女人之一。在王牌。他們有三個孩子，兩個男孩和一個女孩。在來自一個非常社會化的家庭在貝爾空氣她崇拜羅伯特，她試圖接近她的眼睛對他的欺騙，但有一天它一定是太多了。她有一個家庭教師為孩子，一個叫羅莎·紐曼的女人。年輕和有吸引力的。即使是什麼讓她羅伯特·斯坦利更具吸引力的事實是，她拒絕去睡覺了他。這驅使他瘋了，他不是用來排斥反應。那麼，當羅伯特·斯坦利打開的魅力，他是不可阻擋的，他終於拿到了進入羅莎床上。他讓她懷孕，她去看醫生。不幸的是，醫生的兒子，女婿是個專欄作家，他拉住了故事和印刷了。有一個醜聞的地獄。你知道洛杉磯洛杉磯，這是全國各地的報紙。我仍然有剪報它的地方。〞

〝她有沒有進行人工流產？〞

哈羅德搖了搖頭。〝第羅伯特希望她能有一個，但她拒絕了。他們有一個可怕的一幕。他告訴她，他愛她，想和她結婚。當然，他告訴了幾十個女人，但在偷聽他們的談話，並在當天晚上，她自殺的中間〞

〝這太可怕了。發生了什麼事的女教師？〞

〝羅莎紐曼消失了。我們知道她有一個女兒，她叫珍妮，在聖約瑟夫醫院在邁阿密，她發了一張字條給斯坦利，但我不相信，他甚至不屑於回答。那時，他曾參與新的人。他沒有興趣羅莎了。一般情況下，他沒有給出一個關於別人的屎。〞

〝迷人的...〞

〝真正的悲劇，是後來發生了什麼事。孩子們理所當然地指責自己的父親母親的自殺，他們是 10，12 和 14 的時候。老得足以感到痛苦，但太年輕了，打他們的父親。他們恨他。而羅伯特的最害怕的是，有一天，他們會做給他什麼，他做了他自己的父親。於是，他做了一切他所能，以確保從未發生過。他打發他們去到不同的寄宿學校和夏令營，並安排為他的孩子看到少彼此盡可能他們沒有收到他的錢。他們住在小的信任，他們的母親已經離開了他們。他們所有的生活，他用胡蘿蔔和

– 堅持的做法與他們。他伸出他的財富為胡蘿蔔，然後縮回來，如果他們不高興了。"

"發生了什麼給孩子？"

"托馬斯是一個法官在舊金山。威廉巡迴法院沒有做任何事情。他是一個花花公子。他住在貝爾空氣和賭注押在高爾夫球和馬球。幾年前，他拿起一個女服務員為用餐者，讓她懷孕了，出乎所有人的意料，她結了婚。卡門是一個成功的時裝設計師，嫁給了一個法國人，他們住在紐約。"他站了起來。

"喬治，你有沒有去過科西嘉？"

"沒有。"

"我希望你能飛到那裡。他們拿著羅伯特·斯坦利的身體，和警方拒絕釋放它。我希望你能理順的問題。"

"好吧。"

"如果今天你離開的機會..."

"好吧，我會解決它。"

"謝謝。我很感激。"

在法航通勤航班從巴黎到科西嘉島，喬治布朗閱讀科西嘉島旅遊的書。他了解到，島內主要是山區，它的主要港口城市是阿雅克肖，而且它是拿破崙·波拿巴的出生地。這本書充滿了有趣的統計數據，但喬治卻毫無準備的美麗

島上。當飛機接近科西嘉島，遠遠低於他看到白色的岩石高固牆，類似於多佛白崖。這是驚人的。

這架飛機降落在阿雅克肖機場。阿雅克肖是科西嘉島的法國地中海島嶼的首府。喬治打了一輛出租車下來賽道拿破崙，從將軍廣場，戴高樂向北延伸到火車站的主要街道。他的飛機隨時候命飛羅伯特斯坦利的遺體運回巴黎，棺材將被轉移到飛機到洛杉磯作出安排。所有他需要的是得到一個釋放身體。喬治有的士落他送行，在上賽道拿破崙縣建設。他走到樓梯口的一個航班，走進了接待室。一個穿制服的警官坐在桌前。

"卓悅。PUIS-JE VOUS 教唆？"

"誰是這裡的負責人？"

"隊長杜瓦爾。"

"我想見到他，請。"

"什麼是它關注的關係？"警長是他的英語感到驕傲。喬治拿出他的名片。 "我的律師羅伯特·斯坦利，我是來把他的遺體運回美國。"

警長皺起了眉頭。 "依然存在，請。"他消失在隊長杜瓦爾的辦公室，仔細關閉身後的門。該辦公室是人頭攢動，洋溢著記者從電視和新聞服務，從全球各地。所有的人都似乎是發言的同時。

"是否有犯規動作的跡象？" "你做了屍檢？"

"請，先生們。" 隊長杜瓦爾舉起手。 "請，先生們，拜託了。"他環視了一遍房間，所有的記者掛了他的每一個字，他欣喜若狂。他曾經夢想著這樣的時刻了。如果我處理這個正確的，這將意味著一個大的宣傳和...中士打斷了他的思緒。"隊長 ..."他低聲在杜瓦爾的耳朵，並遞上喬治·布朗的卡。隊長杜瓦爾研究了一下，皺起了眉頭。 "我看不到他了，"他厲聲說道。 "告訴他明天回來十點鐘。"

"是的，先生。"

隊長杜瓦爾看著若有所思的警長離開了房間。他不打算讓任何人帶走他的榮耀時刻的。他轉身向記者笑了。 "現在，你到底在問...？"

在外面的辦公室，警長是說布朗：

"我很抱歉，但隊長杜瓦爾非常繁忙馬上，他希望你明天早上暴露自己十點到這裡。"

喬治·布朗感到失望和不安。他看著沮喪的警長。

"明天早晨？這太可笑了，我不想等那麼久。"

警長提高，然後降低了他的肩膀，以示喬治不知道的東西，或者不關心它。 "那是你的選擇，先生的。"

喬治使得憤怒，不滿，和困惑的表情。

"很好。我沒有預訂酒店，你能推薦一家酒店？"

"這是正確的。我很高興能夠推薦酒店樂多芬，八大街巴黎。"

喬治猶豫。 "是不是有某種方式...？"

"明早十點鐘。"

喬治轉身走出了辦公室。在杜瓦爾的辦公室，隊長被愉快地應對記者的提問彈幕。一家電視台記者問道，"你怎麼能肯定這是一個意外？"

杜瓦爾看著相機的鏡頭。 "幸運的是，有一個目擊者這一可怕的事件，他的保鏢目睹了這一切，並立即打電話求救，救護車把屍體送到醫院，但為時已晚。"

"什麼做了屍檢顯示？"

"科西嘉島是一個小島，先生們，我們沒有適當的裝備做一個完整的屍檢。但是，我們的法醫報告說，死因是頭部骨折，因為車禍大出血。有犯規動作的跡象。 "

"現在哪裡是身體？"

"我們保持它在寒冷的儲藏室，直到授權給它被帶走了。"

其中一個攝影師說，"你介意我們把你的照片，隊長？"

隊長杜瓦爾猶豫了一會兒。 "不請，先生們，做什麼，你必須這樣做。"和攝像機開始閃爍。

酒店 Le 多芬是一個溫和的酒店，但乾淨整潔，而且他的房間是令人滿意的。喬治的第一個動作就是打電話弗蘭克·哈羅德。

"恐怕這將需要更長的時間比我想像的，"布朗說。

"有什麼問題嗎？"

"紅帶。我要見那人掌管明天早上，我會得到它理順。我應該對我的方式回到洛杉磯了下午。"

"很好，喬治，我會告訴你的明天。"

他吃了午飯在拉豐塔納的 Rue 巴黎聖母院，並與天殺的休息，開始探索城鎮。阿雅克肖是一個多姿多彩的地中海小鎮，還是曬已被拿破崙·波拿巴的出生地的榮耀。我認為羅伯特·斯坦利也已經確定了這個地方，喬治想。

這是在科西嘉島的旅遊旺季，街上擠滿了遊客法語，意大利語，德語和日語聊天了。

那天晚上，喬治有一個意大利晚餐，薄伽丘，回到他的旅館。

"任何消息？"他問了房間店員，樂觀。

"不，先生。"

他躺在床上，他的思緒回到什麼弗蘭克哈羅德告訴他關於羅伯特·斯坦利。

"她有沒有進行人工流產？"

"第羅伯特希望她能有一個，但她拒絕了。他們有一個可怕的一幕。他告訴她，他愛她，想和她結婚。當然，他告訴了幾十個女人，但在偷聽他們的談話，而在當晚，她自殺的中間。"喬治想知道她是怎麼做的。他終於睡著了。

十點鐘，第二天早晨，喬治·布朗再次出現在縣。警長坐在桌子後面。

"早上好，"喬治說。

"卓悅，先生。我能幫助您提供幫助？"喬治遞給警長又一張名片。"我在這裡看到隊長杜瓦爾。"

"A 的時刻。"軍士起身，走進裡間辦公室，關上了門在他身後。

隊長杜瓦爾，身著令人印象深刻的新制服，正在接受採訪來自意大利的 RAI 電視台工作人員。他一直在尋找進入相機。"當我把情況下充電，第一件事就是要做出一定的，有參與斯坦利先生的死沒有任何犯規動作。"

記者問："你滿意，有沒有，隊長？"

"完全滿意。毫無疑問，這是一個不幸的意外。"

導演說，"貝內。我們切到另一個角度，近距離投籃。"

警長趁機出手隊長杜瓦爾布朗的名片。

"他在外面。"

"你是怎麼回事？"杜瓦爾咆哮著。

"你沒看見我正忙著嗎？讓他明天再來。"他剛剛收到消息說有他們的方式十幾個記者，有的來自遙遠的俄羅斯和南非，"德棉"。

"OUI"。

"你準備好了，隊長？"導演要求。隊長杜瓦爾笑了。"我準備好了。"

警長回到外面的辦公室。"對不起，先生。隊長杜瓦爾是出於商業的今天。"

"我也是，"喬治厲聲說道。"告訴他，所有他所要做的就是簽下一紙授權斯坦利先生的身體的釋放，我會在我的方式。這並不是過分的要求，是嗎？"

"我很害怕，是的，隊長有很多職責，而且..."

〝不能別人給我的授權？〞

〝哦，不，先生。只有隊長可以做的權威。〞

喬治·布朗站在那裡，沸騰。〝我什麼時候能見到他？〞

〝我建議，如果你再試試，明天早上。〞

這句話再次嘗試碎喬治的耳朵。〝我會的，〞他說。〝順便說一句，我知道有一個目擊者事故...先生。斯坦利的保鏢，唐納德·赫爾曼。〝

〝是的。〞

〝我想和他談談。你能告訴我在哪裡，他住？〞

〝澳大利亞〞。

〝那是一間酒店？〞

〝不，先生。〞有可惜他的聲音。〝這是一個國家。〞

喬治的聲音提高了八度。〝你告訴我，唯一的目擊證人士丹利的死亡讓警方離開這裡之前，任何人都可以審問他嗎？〞

〝隊長杜瓦爾審問他。〞喬治深吸了一口氣。〝謝謝。〞〝沒問題，先生。〞

當喬治回到他的酒店，他報告給弗蘭克·哈羅德。

〝它看起來像我將要在這裡住了一夜。〞

〝發生了什麼事，喬治？〞

〝負責該男子似乎是非常繁忙的，這是旅遊旺季。他可能尋找一些丟失的錢包。我應該離開這裡到明天。〞

〝保持聯繫。〞

儘管他的刺激，喬治發現科西嘉島迷人的小島。它有海岸線幾乎千里，與住雪突破到七月飆升，花崗岩山。島上已經排除了意大利人，直到法國接管了它，並且這兩種文化的結合是令人著迷。

在他的晚餐在酒店，他想起了如何哈羅德·弗蘭克曾形容羅伯特·斯坦利。〝他是唯一的人，我所知道誰是完全沒有同情心...虐待狂和惡意的...〞

那麼，羅伯特·斯坦利造成了很多，甚至死亡麻煩地獄，喬治想。途中他的酒店，喬治停在一個報攤拿起國際先驅論壇報的副本。標題寫著：會發生什麼全斯坦利帝國？他支付了報紙，當他轉身離開，他的眼睛被抓獲的頭條新聞中的一些支架上的其他外國報紙。他抱起，並期待通過他們，目瞪口呆。每一個報了頭版報導有關羅伯特·斯坦利的死亡，並在他們每個人，隊長杜瓦爾在顯著位置，從頁他的照片喜氣洋洋。所以這是什麼讓他這麼忙！我們走著瞧吧。

九45 的第二天早晨，喬治回到隊長杜瓦爾的接待處。中士是不是在他的辦公桌，以及大門內的辦公室微微張開。喬治推它打開並走了進去。

該隊長被改變成一個新的統一的，準備為他上午接受記者採訪。他抬頭喬治輸入。

"Qu'est 策爾 vous faites ici? 花蓮未局女貞。Allez-vous 恩！"

"我與紐約時報，"喬治·布朗說。

瞬間，杜瓦爾亮。 "啊，進來，進來吧。你說你的名字是......"

"瓊斯，湯姆·瓊斯"。

"我可以給你的東西，也許是？咖啡？干邑？" "沒事，謝謝。"喬治說。

"拜託，拜託，坐下。"杜瓦爾的聲音變得陰沉，黑暗，壓抑，悲哀的，非常嚴重。

"你在這裡，當然，關於可怕的悲劇發生在我們的小島嶼，可憐的先生斯坦利。"

"你打算什麼時候釋放身體？"喬治問。

隊長杜瓦爾嘆了口氣。 "啊，恐怕不是很多，很多天。有形式大量填寫在男人一樣重要斯坦利先生的情況。有協議，要遵循，你明白..."

"我想，我做的，"喬治說。

"也許十天。也許，兩個星期。"屆時記者的權益將已經冷卻下來。

"這是我的名片，"喬治說。他遞給隊長杜瓦爾卡。該隊長瞟了一眼，然後帶著一探究竟。 "你是一名律師，你是不是記者？"

"不，我是羅伯特斯坦利的律師。"喬治·布朗上漲。 "我要你的授權釋放他的身體。"

"嗯，我想我可以給你，"隊長杜瓦爾說，遺憾。 "不幸的是，我的雙手被縛，我不明白..."

"明天。"

"那是不可能的！沒有辦法..."

"我建議你取得聯繫，在巴黎的上司。斯坦利企業有幾個非常大的工廠在法國。這將是一種恥辱，如果我們的董事會決定關閉所有的人都下來，並建立在其他國家。"

隊長杜瓦爾盯著他。"我...我有過這樣的事情無法控制的，先生。"

"但我做的，"喬治向他保證。"你會看到斯坦利先生的身體是明日公佈給我，或者你會發現自己在更多的麻煩比你所能想像。"喬治轉身離開。

"等一下！先生！也許在幾天之內，我可以..."" 我明天說。"和喬治不見了。

三個小時後，喬治·布朗在接受他的旅館打了電話。

"布朗先生？嗯，我有好消息給你！我設法安排斯坦利先生的遺體被立即釋放給你。我希望你明白的麻煩..."

"謝謝你。明天早晨七點的私人飛機將離開這裡八點來接我們回去。我想所有適當的文件會以屆時"。

"是的，當然。別擔心，我會看到..."

"好。"喬治替換接收機。

隊長杜瓦爾坐在那裡很長一段時間。 Merde！真是運氣不好！我本來是一個名人，至少一個星期。

當一架載羅伯特·斯坦利的身體降落在洛杉磯國際機場在洛杉磯，有在棺材被運，等著迎接它的車輛。殯葬服務是要舉行三天後。

喬治·布朗報告給弗蘭克·哈羅德。"因此，老人終於回家，"哈羅德說。"這將是一個相當團聚。"

"A 團聚？"

"是的，它應該是有趣的，"他說。

"羅伯特·斯坦利的孩子們來到這裡慶祝他們的父親的死亡。托馬斯，威廉和卡門"。

7

　　這是週一晚上。法官托馬斯·斯坦利第一次看到舊金山站 WBBW 的故事。他盯著電視機，催眠，他的腎上腺素增加了他的心臟開始怦怦直跳。有遊艇藍天的圖片，和時事評論員所說，＂...在阿雅克肖，悲劇發生時，唐納德·赫爾曼，羅伯特·斯坦利的保鏢，是一位目擊者事故，但未能挽救他的雇主羅伯特·斯坦利在金融界被稱為智能的一個...＂

這是他最想聽到的消息。他的頭是很清晰，所有它要圓。托馬斯坐在那裡，看著移動的圖像，回憶，回憶...

這是響亮的聲音驚醒了他在半夜。他十四歲。他聽取了憤怒的聲音了幾分鐘，然後爬下樓上大廳的樓梯。在下面的大廳，他的母親和父親分別有一拼。他的母親是尖叫，他看著父親摑了她一個耳光。

　　在電視機的圖像偏移。有羅伯特·斯坦利在白宮橢圓形辦公室的場景，握手總統比爾·克林頓。

＂...一個總統的新的金融工作隊的基石，羅伯特·斯坦利是一個重要的顧問。＂

他們踢足球的房子後面，和他的兄弟，比利，把球朝房子。托馬斯追逐它，因為他把它撿起來，他聽到他的父親，在對沖的另一邊。＂我愛你，你知道！＂

他停了下來，激動不已，他的母親和父親都沒有打架，然後他聽到自己的家庭教師，羅莎的聲音。 〝你結婚了。我希望你能留下我一個人。〞

他突然感到不適，他的胃。他愛他的母親和他愛羅莎。他的父親是一個可怕的陌生人。

屏幕上的畫面閃過一連串的羅伯特·斯坦利投與撒切爾夫人...密特朗總統...戈爾巴喬夫冒充...播音員在說，〝傳說中的大亨同樣在家裡與工廠工人和世界各國領導人〝。

他被路過門口對他父親的辦公室時，他聽到薔薇的聲音。 〝我要走了。〞然後他父親的

聲音，〝我不會讓你離開。你必須要合理，羅莎！這是唯一的方式，你可以和我...〞

〝我不會聽你的。而且我讓孩子！〞然後羅莎已經消失。

在電視機的情景再次轉移。有史丹利家庭在教堂前的舊片段，看著棺材被提升到一個靈車。評論員也說：〝...羅伯特·斯坦利和棺材旁邊的孩子。...夫人士丹利的自殺是由於她的身體每況愈下。據辦案民警，羅伯特·斯坦利...〞

在半夜，他被搖醒了他的父親。 〝起來，兒子。我對你的一些壞消息。〞

十四歲的男孩開始顫抖。

〝你的母親出了車禍，托馬斯。〞這是一個謊言。他的父親殺死了她。她犯了，因為他的父親和他的事理與羅莎的自殺。報紙上已經充滿了故事。這是一個醜聞轟動洛杉磯和小報把它充分利用。有沒有辦法讓這個消息從斯坦利兒童。他們的同學取得了他們的生活地獄。在短短的 24 小時，三個年幼的孩子失去了兩個人，他們最喜愛。而這是他們的父親是誰是罪魁禍首。

〝我不在乎他是我們的父親。〞卡門抽泣著。 〝我恨他。〞

〝我也是！〞

〝我也是！〞

他們想過逃跑，但他們無處可去。他們決定造反。

托馬斯被授予他談談。 〝我們希望有一個不同的父親。我們不想你。〞

羅伯特·斯坦利曾看著他說，冷冷地說：〝我認為我們可以安排的。〞

三個星期後，他們都運到不同的寄宿制學校。隨著歲月的流逝，孩子們很少見到他們的父親。他們在報紙上讀到他，或者看著他在電視上，護送美女，或與名人聊天，但他們與他唯一的一次是在他所謂的〝場合〞 – 照片的機會在聖誕節或其他節日展現什麼是奉獻父親他。什麼是地獄，孩子被送回各自不同的學校和營地，直到下一個〝機會〞。

托馬斯坐在沙發上。他完全被他的消息是看吸收。在電視畫面上是在世界不同地區的工廠的蒙太奇，與父親的照片。 〝...一個在世界上最大的私人持股的大型企業集團。羅伯特·斯坦利，誰創造了它，是一個傳奇...在華爾街的專家們心中的問題是什麼將要發生的家族企業，現在其創始人是去了哪裡？羅伯特·斯坦利留下了三個孩子，但它是不知道誰將會繼承數十億美元的財富斯坦利留下，或誰將會控制公司...〞

他六歲。他喜歡走動的房子，沒有明確的目的和方向，通常是一個長期的，探索所有令人興奮的房間。這是關閉的限制，以他的唯一的地方是他父親的辦公室。托馬斯意識到，重要會議繼續在那裡。身著深色西裝冠冕堂皇男子不斷地進進出出，他的父親見面。事實上，辦公室是關閉的限制，以托馬斯使其無法抗拒的。

當他的父親不在家一天，托馬斯決定進入辦公室。偌大的房間是壓倒性的，真棒。托馬斯站在那裡，看著大辦公桌和巨大的皮椅，他的父親坐在有一天我會坐在那個椅子上，我要成為重要的像我的父親。他搬到了書桌前，並檢查它。有幾十個就可以了正式的前瞻性論文。他四處走動，在辦公桌的後面，坐在他父親的椅子上。這感覺太好了。我現在重要的呢！

〝你到底在幹什麼？〞

托馬斯抬頭一看，嚇了一跳。他的父親站在門口，大發雷霆。

〝誰告訴你，你可以坐在那張桌子後面？〞

年輕的男孩在顫抖。 〝我...我只是想看看是什麼樣子。〞

他的父親衝進了他。 〝好吧，你永遠不知道是什麼滋味！決不！現在得到地獄離開這裡，留下來了！〞

托馬斯跑上樓，一邊抽泣著，而他的母親來到了他的房間。她把她的手臂在他周圍。 "不要哭，親愛的，這將是所有的權利。"

"這...這不會是所有的權利，"他抽泣著。

"他...他恨我！"

"不，他不恨你。"

"我所做的只是坐在他的椅子上。"

"它"。

"這是他的椅子上，親愛的，他不希望任何人坐

他無法停止哭泣。她抱著他接近，說："托馬斯，你父親和我，結了婚，他說他希望我成為他公司的一部分。他給了我一股的股票，這是怎樣的一個家庭笑話。我想給你的份額。我把它放在你信任。所以，現在你是公司的一部分了。好嗎？"有股票赤柱企業百股份，而托馬斯是現在的一個份額驕傲的主人。

當羅伯特·斯坦利聽到他的妻子做了，他嘲笑她，在某種程度上表明，她是愚蠢的談論它，"你認為什麼是地獄，他會做一個分享？接管公司？ "

托馬斯關掉電視機，坐在那裡，調整的消息。他感到滿意的濃濃。傳統上，兒子想成為成功取悅他們的父親。托馬斯·斯坦利曾渴望成為一個成功的，所以他可能會破壞他的父親。作為一個孩子，他有一個夢反復出現，他的父親被指控謀殺了他的母親，和托馬斯是誰也通判之一。你一句我一句，在電椅上死！有時候，夢想會有所不同，和托馬斯會判他的父親被絞死或毒死或射殺。夢想變成了幾乎實時。

軍事學校，他被送到了在得克薩斯州，並在四年純粹的地獄。托馬斯討厭的紀律和剛性的生活方式。他在學校的第一年，他認真考慮自殺，並攔住他是決心不給他父親的唯一的事情"的那種滿足感。"他殺死了我的母親。他不打算殺。

這似乎是托馬斯，他的導師是特別難在他身上，他確信他的父親是負責任的。托馬斯拒絕讓學校打破他。雖然他被迫回家度假，他的訪問與他的父親越想越不愉快。他的哥哥和姐姐也回家假期，但沒有意識的家庭關係。他們的父親曾摧毀。他們都是不相識的彼此，等待假期結束，以便他們能夠逃脫。

　　托馬斯知道，他的父親是一位億萬富翁，但是，小津貼托馬斯，比利和卡門都來自母親的遺產。隨著年齡的增長，托馬斯懷疑他是否有權家庭的財富。他確信，他和他的兄弟姐妹受到了欺騙。我需要一個律師。這，當然是不可能的，但他的下一個想法是，我要成為一名律師。當托馬斯的父親聽說兒子的計劃，他說，"所以，你要成為一名律師，是吧？我想你認為我會給你士丹利企業工作。好吧，算了吧。我不會讓你的它一英里之內！"
當托馬斯從法學院畢業後，他可以練在洛杉磯，因為姓氏，他會受到歡迎的數十家企業的董事會，但他更願意讓遠離他的父親。

　　他決定設立在舊金山的法律實踐。在開始時，這是困難的。他拒絕對他的家人的名字進行交易，和客戶稀少。舊金山的政治是由機上運行，和托馬斯很快了解到，這將是有利的年輕律師參與與強大的中央舊金山律師協會。他給出的地區檢察官辦公室工作。他有一個敏銳的頭腦，是一個快速學習，這是不長，他成了無價之寶之前。他起訴重罪指控每一個可以想像的犯罪，和他的定罪紀錄是驚人的。他通過等級迅速上升，終於有一天，他收到他的獎勵。他被選為舊金山巡迴法庭法官。他認為他的父親終於會為他感到驕傲。他錯了。

　　"你？一個巡迴法庭法官？看在上帝的份上，我就不讓你判斷一個烘焙比賽！"

　　法官托馬斯·斯坦利是一個短，稍微超重的人用鋒利的，計算的眼睛和嘴巴硬。他有沒有父親的魅力和吸引力。他的顯著特點是深刻的，洪亮的聲音，完美的宣判。托馬斯·斯坦利是一個私人的男人誰保持他的想法自己。他是四十二歲，但他看上去比他多年的老得多。他自豪自己有沒有幽默感。生活太殘酷了輕浮。他唯一的愛好是下國際象棋，每週一次，他在當地的俱樂部，在那裡，他總是贏出場。托馬斯·斯坦利是一個輝煌的法學家，由他的法官，誰經常來向他討教敬重。很少有人知道，他是在斯坦利之一。他從來沒有提過他父親的名字。

　　法官的庭是在大舊金山刑事法院大樓在第二十六屆和加州的街道，一個 14 層樓高的大廈的石頭與領導到門前步驟。這是一個危險的街區，內外的通知，說：BY 司法命令，所有的人事進入這個建築物須提交給搜索。

這是托馬斯的地方度過了他的日子，聆訊涉及搶劫，盜竊，強姦，槍殺，毒品案件謀殺。無情的在他的決定，他成為著名的懸掛法官。一天到晚，他聽取被告求情貧困，虐待兒童，破碎的家庭，和其他一百藉口。他接受了沒有。一個犯罪是犯罪，必須受到懲罰。而在他的內心深處，始終是他的父親。

托馬斯·斯坦利的其他法官知之甚少他的個人生活。他們知道，他曾經有過痛苦的婚姻，現在正在離婚，他獨自一人住在一個小三房喬治亞風格的建築在貝克街靠近布埃納文圖拉公園。該地區周圍是美麗的老房子，因為 I87I 的巨大火被夷為平地舊金山有奇怪。他在附近做沒有朋友，和他的鄰居也不知道他。他有一個管家誰進來，每週兩次，但托馬斯做了購物本身。他是一個有條理的人有固定的程序。上週六，他到一家小商場在他家附近，或與 G 先生的精細食品或奇的食品。不時，在正式聚會，托馬斯將滿足他的同胞法學家的妻子。他們感覺到，他是孤獨的，他們提供給他介紹　給女性朋友或請他吃飯。他總是拒絕。

"我忙到晚上。"

他晚上似乎滿，但他們不知道自己在做什麼他們。

"托馬斯是不感興趣的東西，但法律規定，"評委之一，解釋了他的妻子。

"他只是不有興趣的滿足任何女人呢。我聽說他有一個可怕的婚姻。"

他是對的。

他離婚後，托馬斯曾發誓自己，他就不會成為情感參與了。然後，他就遇到了康妮，一切都突然改變了。康妮很漂亮，敏感，有愛心，那為什麼托馬斯想花他的餘生帶。托馬斯·愛康妮，但為什麼要康妮愛他嗎？一個成功的模式，康妮有幾十個仰慕者，其中大多數是富裕的。康妮喜歡昂貴的東西。

托馬斯認為，他的事業是沒有希望的。有沒有辦法跟別人康妮的喜愛競爭。但一夜之間，他的父親去世，一切都可以改變。他能成為富人超出了他最瘋狂的夢想。　。他可以給康妮世界。

托馬斯走進首席法官的庭。

〝林恩，恐怕我得去洛杉磯的幾天，家庭事務。我不知道你會有人接手我的工作量對我來說。〞

〝當然，我會安排吧。〞審判長說。

〝謝謝。〞

這天下午，法官托馬斯·斯坦利在他的途中到洛杉磯。

BMD アラン・ダグラスによる悪い気分ドライブ AD

　　天氣多雲。天下著雨在巴黎，一個溫暖的八月雨發送行人
沿著街道賽車的住所或尋找不存在的出租車。裡面有關於街的
Faubourg 聖一角大的灰色大樓的禮堂 – 奧諾雷，出現了恐
慌。十幾個半裸的模特們在一種歇斯底里的跑來跑去，而助手
設置完椅子和木匠搗爛走在木工的最後一分鐘位。每個人都在
尖叫和瘋狂指手劃腳，而噪音水平是很痛苦的。
在颶風的眼睛，試圖撥亂反正的，是情婦自己，卡門士丹利
腎。時裝秀原定開始前四個小時，一切都分崩離析。
　　災難：華盛頓的約翰·費爾柴爾德，DC 被意外將是在巴
黎，也沒有座位了。
悲劇：揚聲器系統不能正常工作。災難：百合，頂級車型之
一，是生病了。
　　　緊急情況：其中兩個化妝師在打架後台，遠遠落後於計
劃。
災難：所有的香煙裙子的接縫被撕裂。
　　換句話說，卡門認為苦笑，一切正常。
　　卡門士丹利腎可能已被誤認為是自己的模型之一，並在同
一時間，她曾經是一個典範。她散發出精心策劃的優雅，從她
的金髮髻到她的香奈兒泵。關於她的目的她，曲線，她的指甲
油的陰影，她的音色笑，定制彬彬有禮別緻的一切。她的臉，
如果剝奪了其精心的妝容，其實平淡，但卡門煞費苦心地看
到，沒有人意識到了這一點，沒有人做過。
她分身乏術。

〝誰點燃了跑道上，雷·查爾斯？〞

〝我希望有一個藍色的背景下...〞

〝襯裡是顯示修復它！〞

〝我不想做模特的髮型和妝容，在等候區。有勞拉找到他們更衣室！〞

卡門的場地經理匆匆來到了她。

〝卡門，三十分鐘，太長了！太久了！這個節目應該是不超過 25 分鐘...〞

她停了下來她在做什麼。〝你有什麼建議嗎，保羅？〞

〝我們可以切幾的設計和...〞

〝不，我將有機型移動得更快。〞

她再次聽到叫她的名字，轉身。

〝卡門，我們無法找到帕姆。你想塔尼亞切換到深灰色外套搭配長褲？〞

〝不給，要丹妮拉，給貓西裝，中山裝，以塔尼亞。〞

〝那暗灰色的球衣？〞

〝西爾維亞。並確保她穿的黑灰色絲襪。〞

卡門看了看板的固定一組模型的寶麗來照片在各種禮服。當他們被設置時，圖像將被放置在一個精確的順序。她跑了老練的眼光在板。〝讓我們改變這一點。我想米色開衫先出來，然後分離，其次是露肩絲質球衣，那麼塔夫綢晚禮服，下午禮服相匹配的夾克...〞

她的兩個助手趕緊到她。

〝卡門，我們有關於座位的說法，你想要的零售商一起，還是你想與名人混呢？〞

其他助理開了口。〝或者我們可以混合名人和記者在一起。〞

卡門是很難聽。她已經起來了兩個晚上，一切檢查，以確保不會有事的。〝解決它自己，〞她說。

她環顧四周，在所有的活動和思考的顯示，是即將開始，並從世界各地的會是誰在那裡鼓掌她曾創造了著名的名字。我要感謝我的父親這一切。他告訴我，我決不會成功...

她一直都知道，她想成為一名設計師。從時間她是一個小女孩，她曾經有過的風格自然感。她的娃娃有時尚服裝的魅力。她會炫耀她最新創作的媽媽的批准。她的母親會擁抱她，並說："你是非常有才華，親愛的。總有一天，你將成為一個非常重要的設計師。"

和卡門是肯定。

在學校裡，卡門學習平面設計，結構圖，空間概念和色彩協調。

她的一位老師"開始，最好的辦法"已經勸她，"就是成為一名模特吧。這樣一來，你會滿足所有的頂尖設計師，如果你睜大你的眼睛，你會向他們學習。"

當卡門曾提到她的夢想，她的父親，他看著她，說："你？一個典範！你一定是在開玩笑！"

當卡門完成學業，她回到了貝爾空氣。父親需要我跑的房子，她想。當時有十幾個僕人，但沒有一個是真正負責。由於羅伯特·斯坦利是走了大量的時間，工作人員留給自己的設備。卡門試圖組織的東西。她原定的家庭活動，擔任主持人的她父親的政黨，而所做的一切，她可以讓他舒服。她渴望他的批准。相反，她遭受劣評如潮。

"是誰僱傭了那個該死的廚師？幹掉他..."

"我不喜歡你買了新的菜餚。凡到底是你的味道..."

"誰告訴你，你可以重新裝修我的臥室？

保持地獄救出來..."

不管是什麼卡門一樣，它是永遠不夠好。

這是她父親的霸氣殘酷和心情不好的駕駛終於將她趕出家門。它一直是一個無情的家庭，她的父親沒有理會他的孩子，除了要盡量控制和管教他們。

一天晚上，卡門偷聽她的父親說給訪問者，"我女兒有像馬的臉。她將需要大量的資金掛鉤差一些傻逼。"

這是最後一根稻草。第二天，卡門離開洛杉磯，前往紐約。

獨自一人在她的酒店房間，卡門認為。行。在這裡，我在紐約。我如何成為一名設計師？我怎麼打入時尚界？我怎麼有人甚至注意到我？她想起了她的老師的建議。我就開始當模特。這是開始的方式。

第二天早上，看著卡門通過黃頁，複製建模機構的名單，並開始做圓。我必須誠實地面對他們，卡門認為。我會告訴他們，我可以跟他們呆只是暫時的，直到我開始設計。

　　她走進了第一局她名單上的辦公室。一位中年女子辦公桌後面說，"我可以幫你嗎？"

　　"是的，我想成為一個典範。"

　　"我也是，親愛的。算了吧。"

　　"什麼？"

　　"你太高。"

卡門變得很不高興。　"我倒要看看誰是這裡的負責人。"

　　"你看她。我是業主"。

　　接下來的六七個站沒有更多的成功。　"你太矮了。"

　　"太單薄。"

　　"他太胖了。"

　　"太年輕了。"

　　"太舊"。

　　"錯誤類型"。

　　到了週末，卡門是越來越絕望。

有她的名單上多了一個名字。

派拉蒙模型是在曼哈頓的頂級模特經紀公司。有沒有人在前台。從辦公室的一個一個聲音說，"她會在下週星期一，但你可以有她只有一天。她排到了未來三個星期。"

　　卡門走到辦公室，裡面張望。一個女人在一個量身定制的西裝是說在手機上。

　　"是的。我去看看我能做些什麼。"雷娜塔馬克斯維爾取代了接收器和抬頭。

　　"對不起，我們不找你的類型。"

　　卡門說拼命，"我會為你想讓我成為任何類型的。我能長高或者我可以更短。我能年輕或年長，更薄..."

雷娜塔舉起她的手。

　　"拿著它。"

　　"我要的是一個機會，我真的需要這個..."

　　雷娜塔猶豫。有關於這個女孩一個有吸引力的渴望，她確實有一個精緻的人物。她不漂亮，但有可能進行正確的妝...

〝你有什麼經驗？〞

〝是的，我一直穿的衣服都是我的生活。〞

雷娜塔笑了起來。〝好吧，讓我看看你的投資組合。〞卡門看著她面無表情。

〝我的投資組合？〞

雷娜塔嘆了口氣。〝我親愛的姑娘，沒有自尊的模式走周圍沒有一個投資組合。這是你的聖經。這就是你的潛在客戶會去看看。〞

雷娜塔又嘆了口氣。〝我希望你能得到兩個頭 shots-- 酮微笑，一個嚴肅的。轉身。〞〝對。〞卡門開始轉動。

〝慢慢地〞。雷娜塔研究她，〝還不錯，我想你在游泳衣或內衣，無論是最討人喜歡的你的身材的照片。〞

〝我會得到每一個，〞她說，非常興奮。

雷娜塔只好苦笑著她語重心長。〝好吧，你是....呃...不同的，但你可能有一個鏡頭。〞

〝謝謝。〞

〝不要謝我太早。建模時尚雜誌不是那麼簡單，因為它看起來，這是一個艱難的業務。〞

〝我已經準備好了。〞

〝我們會看到的。我要去碰碰運氣你，我會送你出去一些中間人看到。〞

〝對不起？〞

〝一去，看到的是，在這裡客戶趕上所有的新車型。屆時將有來自有其他機構的模型了。這是怎樣的一個牛叫的。〞

〝我可以處理它。〞

這一直是開始。卡門接著一打去，看到一個設計師之前很感興趣，有她穿他的衣服。她是那麼緊張；她幾乎被說得太多溺愛她的機會。

〝我真的很喜歡你的衣服，我想他們會很好看我。我的意思是，他們會很好看任何女人，當然，他們是太好了！但是我想他們會看起來特別好，在我身上。〞她很緊張，她結結巴巴。設計師同情地點點頭。〝這是你的第一份工作，是不是？〞

〝是的，夫人。〞

她笑了。〝好吧，我會盡力你。你說什麼你的名字是？〞

65

"卡門斯坦利。"她想知道，如果她會使她和斯坦利之間的連接，當然，沒有理由為他。

雷娜塔是對的。造型是一個艱難的業務。卡門不得不學會接受拒絕不變，走，看，導致無處，和週沒有工作。當她沒有工作，她在化妝時上午六時，完成了拍攝，接著下一個，而且往往沒有打通，直到午夜過後。

一天晚上，一整天的拍攝與半打等車型之後，卡門看著鏡子，呻吟著，"我不能明天還要上班。你看怎麼樣我浮腫的眼睛！"

其中一個模型說，"把黃瓜片在你的眼前。或者你可以把一些甘菊茶包在熱水中，讓他們冷靜，並把他們交給你的眼睛十五分鐘。"

當天上午，浮腫消失了。

卡門羨慕誰在不斷需求的車型。她會聽到雷娜塔安排其預訂："我本來給斯泰西次要的米婭打電話告訴他們，她會用，所以我將它們移動到一個試探性的..."

卡門很快就學會了從來沒有批評她造型的衣服。她結識了一些頂級攝影師的業務，並有照片複合而成的去與她的投資組合。她隨身帶著裝滿日用品，服裝，化妝，一個 nail-護理包，首飾模型的袋子。她學會了吹乾頭髮倒掛，給它更多的身體，以及添加捲曲她頭髮加熱輥。有很多東西要學。她的攝影師的最愛，而其中一人拉著她一邊給她一些建議。"卡門，總是保存您的微笑鏡頭的拍攝結束。這樣，你的嘴將有較少的壓痕。"卡門變得越來越流行。她不是傳統的下拉死亡美女，這是大部分車型的標誌，但她更多的東西，優美典雅。

"她有一流"的廣告代理商之一說。並且把它概括。

她也是寂寞的。時不時她出去約會，但他們毫無意義。她工作穩定，但她覺得自己並沒有接近她的目標不是她，當她在紐約曾第一次來到。我必須找到一種方法，使與頂級設計師接觸，卡門認為。

"我中有你預訂了下四周，"雷娜塔告訴她。

"每個人都喜歡你。"

"雷娜塔..."

"是的，卡門？"

"我不想這樣做了。"

雷娜塔盯著她，懷疑地。 "什麼？"

"我想要做的跑道造型。"
跑道造型是大多數機型渴望。

這是最令人興奮和建模的最有利可圖的形式。

雷娜塔是可疑的。 "這幾乎是不可能的。要打破進入和..."

"我要去。"

雷娜塔研究她。 "你是說真的，不是嗎？"

"是的。"

雷娜塔點點頭。 "好吧，如果你是認真的，你必須做的第一件事就是學會走路的光束。"

"什麼？"

雷娜塔解釋。

這天下午，卡門買了一個六英尺窄的木橫梁，砂紙打磨，以避免碎片，並把它放在她的地板上。前幾次，她試圖走就可以了，她摔了下來。這不是一件容易的事，卡門決定。但我會做到這一點。

每天早上，她早早起了床，實行走在橫梁上她的腳球。導致的骨盆。感覺跟腳趾。放下腳跟。一天一天，她的平衡改。她大步走來，早在穿衣鏡前，與音樂播放。她學會了走路一本書在她的頭上。她從練習運動鞋和短褲高跟鞋和晚禮服瞬息萬變。

當卡門覺得自己準備好了，她又回到雷娜塔。

"我堅持我的脖子上了你，"雷娜塔告訴她。 "羅德里格斯正在尋找跑道的模式。我建議大家，他是要給你一個機會。"
卡門興奮。羅德里格斯是最輝煌的設計師在業務之一。

接下來的一周，卡門來到了展會。她試圖以看似隨意的其他車型。羅德里格斯交給卡門第一衣服她穿，笑了。

"祝好運。"

"謝謝。"

當卡門出去在跑道上，這是因為，雖然她一直在做這一切她的生活。即使是其他車型留下了深刻印象。演出大獲成功，並從那個時候起卡門是精英中的一員。她開始與時尚界的巨頭工作 - 聖羅蘭，Halston 的，迪奧，Donna Karan 的，卡爾文克萊恩，拉爾夫勞倫，和聖約翰。卡門是在不斷的需求，前往表演世界各地。在巴黎高級時裝秀在一月和七月舉行。在米蘭，峰值個月的三月，四月，五月，六月，而在東京，顯示見頂四月和十月。這是一個忙碌，忙碌的生活，而她愛的每一分鐘。卡門不停地工作，她不停地學習。她模仿著名設計師的衣服，想到了她的變化將使如果她的設計師。她學會了如何衣服應該適合，以及怎樣織物應該移動和左右擺動身體。她了解到削減和窗簾和剪裁，什麼身體部位女人想躲，什麼地方，他們想顯示。她在家裡做草圖和思路似乎流動。有一天，她帶著素描的投資組合的頭部在買家 B.馬丁。買家留下了深刻印象。

"誰設計了這些？"她問。

"我做到了。"

"他們是很好的。他們是非常好的。"兩個星期後，卡門去了多納·卡蘭擔任助理工作，並開始學習服裝貿易的業務方面。在家裡，她不停地設計服裝。一年後，她有她的第一場時裝秀。

這是一場災難。該設計是普通的，沒有人關心。她給了第二場演出，也沒有人來了。我錯了職業，卡門認為。

"總有一天，你將成為一個非常重要的設計師。"

我究竟做錯了什麼？卡門懷疑。

際來到時，她突然明白了什麼，在半夜。卡門驚醒，躺在床上，想著，我設計的禮服模特穿著。我應該設計為真正的女性真正的就業機會和真正的家庭。聰明，但舒適。別緻，但實用。

花了卡門大約一年讓她接下來的表現，但它是一個急功近利。

卡門很少回到貝爾空氣，當她這樣做了，訪問是可怕的。她的父親並沒有改變。如果有什麼事情，他已經變得更糟。他仍然在他心情不好的駕駛。

"有沒有人上鉤呢，不是嗎？也許永遠也不會。"

這是在一個慈善舞會卡門遇見大衛腎。他曾在紐約一家經紀公司，在那裡他處理外幣國際台。小五歲以上的卡門，他是一個有吸引力的法國人，身材瘦。他是迷人的，周到的，和卡門立即被吸引了過去。他問她一起吃飯。第二天晚上，他們去附近的餐廳和一個晚上，卡門就上床睡覺了他。每天晚上之後，他們在一起。

一天晚上，大衛說，"卡門，我瘋狂地愛上了你，你知道的。"

她輕聲說，"我一直在找你我所有的生活，大衛。"

"有一個嚴重的問題。你是一個巨大的成功。我不作近盡可能多的錢，你。也許有一天，任何地方..."卡門已經把她的手指在嘴唇。"別鬧了，你給了我比我以往任何時候都可能有希望的。"

在聖誕節那天，卡門帶著大衛貝爾空氣能滿足她的父親。

"你要嫁給他嗎？"羅伯特·斯坦利爆炸。"他是一個人！他娶你，他認為你將得到的錢。"如果卡門曾所需的任何進一步的理由嫁給大衛，這將是它。他們得到了第二天結婚在拉斯維加斯。和卡門的婚姻大衛給她的幸福，她從來沒。"你不能讓你父親讓你狗屁，"他告訴卡門。"所有他的生活，他已經用自己的錢作為武器。我們不需要他的錢。"

和卡門曾愛過他。大衛是一個美妙的丈夫，善良，體貼，關懷。我擁有的一切，卡門高興地想。過去的已經死了。她已經成功，儘管她的父親。在幾個小時內，時尚界是要專注於她的才華。

雨已經停了。這是一個好兆頭。

該節目是驚人的。在其結束，音樂播放和閃光燈此起彼伏，啪，卡門走出到跑道上，他鞠躬，並獲得了熱烈歡迎。卡門希望大衛能已經在巴黎與她分享她的勝利，但他的經紀公司拒絕給他的休息時間。

當眾人離開，卡門又回到她的辦公室，感覺非常高興和激動。她的助手說，"阿信來找你，這是手遞"。

卡門看了看棕色信封她的助手遞給她，她突然感到一陣寒意。她知道究竟是什麼了，她打開了它。在信中寫道：

親愛的夫人腎，
我很遺憾地通知您，野生動物保護協會是缺乏資金了。我們將立即需要$ I00,000 支付我們的開銷。這筆錢應該被連接到帳號 804072-A 在蘇黎世的瑞士信貸銀行。
沒有簽名。

卡門坐在那裡，盯著它，麻木了。它永遠不會停止。敲詐是永遠不會停止。另一個助手來到匆匆走進辦公室。"卡門！我很抱歉。我只是聽到了一些可怕的消息。"
我不能忍受任何更可怕的消息，卡門心想："什麼...那是什麼？"

"有是在無線電遠程盧森堡公告。你父親是...死了。他在車禍中喪生。"花卡門時刻為它逐步了解和認識這些話的全部意義。她首先想到的是，我不知道什麼會令他自豪。我的成功或事實，我是殺人犯？

9

　　安妮塔·金已經結婚威廉"比利"斯坦利兩年，但貝爾空氣的居民，她仍然被稱為"那個女服務員。"梅艷芳一直在等待的格柵雞餐廳表時，比利第一次見到她。比利·斯坦利是貝爾空氣的金童。他住在家裡的別墅，有經典的外型美觀，是迷人的，喜歡與其他人。他曾在貝爾航空所有渴望 debutantes 目標。因此，它是一個地震震動時，突然有一個二十五歲的女服務員誰是樸實無華的，高中輟學，和日工和家庭主婦的女兒私奔。

它更是一個衝擊，因為大家一直期待比利結婚妮可·卡森，一個美麗，聰明的年輕女繼承人到木材發財誰是瘋狂地愛上了比利。

　　作為一項規則，貝爾空氣的居民傾向於八卦一下他們的僕人，而不是他們的同齡人的事情，但在比利的情況下，他的婚姻是那麼離譜，他們破例。信息迅速蔓延，他已經得到了安妮塔·金懷，然後娶她。他們相當肯定這是更大的罪。

　　"看在上帝的份上，我能理解男孩讓她懷孕，但你不嫁給一個服務員！"

整個事件是它的經典案例似曾相識。

二十四年前，貝爾空軍已經震撼涉及士丹利的一個類似的醜聞。　在特朗普，創始家族之一的女兒，曾自殺，因為她的丈夫得到了孩子們的家庭教師懷孕。比利·斯坦利發的事實，他恨他的父親，和一般的感覺是，他娶了女服務員出儘管如此，證明他是一個更可敬的人比他的父親不是什麼秘密。受邀參加婚禮的唯一的人是梅艷芳的哥哥，哈羅德，誰從紐約飛到。哈羅德·比袁詠儀大兩歲，並在布朗克斯一家麵包店工作。他高大消瘦，有麻面和沉重的布魯克林口音。

"你剛開了一個偉大的女孩，"他告訴比利儀式結束後。

"我知道，"比利音減輕說。

"你好好照顧我妹妹的，是吧？" "我會盡我所能。"

"是的，酷。"

一個麵包師和最富有的人在世界上的兒子之間的談話不值得紀念。婚禮結束後四個星期，梅艷芳失去了孩子。

貝爾空氣是一個非常獨特的社區。這是隱私富裕，自成一體，和保護，人均更多的警察幾乎比世界上任何其他地方的避風港。它的居民引以為豪的被低估。他們駕駛 Tauruses 或旅行車，和自己的小帆船，一個 18 英尺的閃電或 24 英尺快步。

如果一個人是不是天生的吧，人有賺是這個社區的貝爾空軍成員的權利。威廉·斯坦利之間的婚後"的女服務員，"燃燒的問題是什麼人會做地接受新娘到他們的社會居民？夫人米歇爾·布里克曼，貝爾航空的老前輩，是所有社會糾紛的仲裁者，而在生活中她虔誠的使命是保護她的社區對暴發戶和暴發戶。當新人來到貝爾航空曾不幸得罪布里克曼太太，這是她的習慣已經交付給他們，她的司機，皮革旅遊案例。這是她通知他們，他們不歡迎的社區的方式。

她的朋友們欣喜地告訴車庫機械師的故事和他的妻子誰買了一所房子在貝爾空氣。布里克曼太太送他們自己的儀式旅行袋，當妻子得知其意義，她笑了。她說，"如果老褐色蝶類認為她可以開車帶我離開這個地方，她是瘋了！"

但是，奇怪的事情開始發生。工人和修理工人突然無法使用，雜貨商是 AL-出路的項目，她訂購的，它是不可能成為木星島俱樂部的一員，甚至得到保留在任何一個優秀的本地餐館。沒有人對他們說。三個月收到行李箱後，夫妻倆賣掉了自己的房子，搬到了。

所以有人說，當比利的婚姻消息傳出，社會各界舉行了集體的氣息。逐出安妮塔·金也將意味著其開除她的丈夫受歡迎。有投注正在悄悄地進行。

對於前幾個星期，沒有邀請吃飯或任何通常的社區功能。但居民喜歡比利，畢竟，他的祖母在他母親的身邊一直貝爾航空的創始人之一；漸漸地，人們開始邀請他和梅艷芳家園。他們高興地看到他的新娘等。

〝老女孩必須有一些特別的東西，或比利永遠不會娶她。〞他們是在一個大的失望。梅艷芳是枯燥和粗俗，她沒有個性，她身著嚴重。她沒有吸引力或時尚：寒酸的是，來到了人們心中的話。比利的朋友們無法理解究竟是驅使他作出一個愚蠢的決定的原因。他聰明夠不根據他心情不好的車程，使他的頭腦。 〝你到底他是否在她看到了什麼？他能有結婚的人。〞

其中第一個邀請的是從妮可·卡森。她已經被摧毀了比利的結婚的消息，但她太自豪地透露它。當她最親密的朋友曾試圖說，安慰她〝算了吧，妮可！你會得到超過他，〞妮可曾回答說，〝我會接受它，但我從來沒有得到過他。〞

比利力圖使婚姻成功。他知道自己犯了一個錯誤，他不想懲罰梅艷芳吧。他拼命做一個好丈夫。問題是，梅艷芳沒有共同之處與他或他的任何朋友。唯一的人安妮塔顯得舒服是她的哥哥，她和哈羅德天天談到了電話。

〝我很想念他。〞梅艷芳抱怨比利。

〝你願意讓他下來和我們住在一起了幾天？〞

〝他不能。〞她看著丈夫凌辱說，〝他找到了一份工作。〞

在派對上，比利試圖把梅艷芳入談話，但它很快明顯的是，她沒有什麼貢獻。她坐在來者不拒，張口結舌，緊張，舔她的嘴唇，顯然是不舒服的。比利的朋友都知道，即使他住在赤柱別墅，他從他的父親疏遠，而且他生活過的小年金，他的母親已經離開了他。他的激情是馬球，他騎著由朋友所擁有的小馬。在馬球世界，玩家通過目標排名，

有十個進球是最好的。比利是九球，而他自己騎用馬里亞諾維護和從布宜諾斯艾利斯，維基 EL 阿芬來自得克薩斯州，安德烈斯·迪尼茲來自巴西，和許多其他的首要目標。大約只有一二十個目標的球員在世界上，和比利的駕駛野心是加入該群。

〝你知道為什麼，是不是？〞他的一個朋友說。

〝他的父親是十個目標。〞

由於妮可·卡森知道比利也買不起自己的馬球小馬，她購買一個字符串為他騎。當朋友問為什麼，她說，"我要讓他快樂以任何方式我可以。"

當新人問比利為生活做了，人就是提高他們的肩膀，然後把它們表明他們不知道也不關心它。在現實中，他過著二手生活，賺錢，玩皮的高爾夫，投注馬球比賽，借用別人的小馬和賽車遊艇，以及有時，別人的妻子。

婚姻與梅艷芳在迅速惡化，但比利拒絕承認這一點。

"梅艷芳"，他會說，"當我們去參加聚會，請嘗試加入了談話。"

"我為什麼要？你的朋友們都認為他們對我太好了。"

"嗯，他們沒有，"比利向她保證。

每週一次，貝爾空氣文藝圈，在滿足了最新的書籍討論鄉村俱樂部，隨後的午宴。在這個特別的日子，因為女士們餐飲，乘務員上前布里克曼夫人。 "威廉·斯坦利太太在外面。她想加入你們。"

現場一陣沉默，在桌子上。

"讓她進來，"布里克曼太太說。

片刻之後，安妮塔走進飯廳。她洗她的頭髮，把她最好的衣服。她站在那裡，緊張地望著組。

布里克曼太太給她點點頭，然後愉快地說，"斯坦利太太。"

梅艷芳急切地笑了笑，"是的，夫人。"

"我們將不再需要你了。我們已經有一個女服務員。"和布里克曼太太轉身回到她的午餐。

當比利聽到這個故事，他怒不可遏。 "她怎麼敢這樣對你！"他把她抱在懷裡。 "下一次，問我，你以前做這樣的事情，梅艷芳，你有被邀請的午餐。"

"我不知道，"她繃著臉說。

"這是所有權利。今晚我們遇到的布雷克'吃飯，我想..."

"我不會去！"

"但是，我們已經接受了他們的邀請。"

"你去。"

"我不想去沒有..."

"我不去。"

比利獨自前往，並在這之後，他開始去的每一方沒有安妮塔。

他會回家的全部時間，和安妮塔確信他已與其他女人。這起事故改變了一切。它發生在一個馬球比賽。比利被打的數三的位置，和對方球隊的一員，試圖搏球近距離，不小心碰到了比利騎著小馬的腿。小馬去了，滾在他身上。在隨後的堆積，第二小馬踢比利。在醫院的急診室，醫生診斷為腿部骨折，三根肋骨骨折，並刺破肺部。

在接下來的兩週內，有三個獨立的業務，和比利是難以忍受的疼痛。醫生給了他嗎啡來緩解它。梅艷芳每天都來看望他。哈羅德飛到紐約去安慰他的妹妹。

他的身體疼痛難以忍受，唯一的救濟比利曾是從藥物的醫生處方保存了他。這是後不久，貝利回到家，他似乎變了。他開始有劇烈的情緒波動。很不爽。前一分鐘他是他一貫的熱情洋溢的自我，和下一刻，他會進入突然憤怒或深抑鬱症。晚餐時，笑著講笑話，比利會突然變得憤怒和對梅艷芳虐待和暴出。在一個句子的中間，他會昏昏陷入了深深的沉思。他變得健忘。他會做的日期，顯示不出來；他會邀請人們到他的家，而不是在那裡當他們到達。每個人都在關注他。不久，他成為辱罵梅艷芳在公眾面前。一個上午把一杯咖啡的朋友，梅艷芳灑了一些，和比利冷笑道，"一旦一個女服務員，總是一個女服務員。"

梅艷芳也開始表現出身體虐待的跡象，當人們問她發生了什麼事，她會找藉口。

"我碰到了一門"或"我掉了下來，"她會輕視它。該社區被激怒了。現在是梅艷芳他們感到惋惜。但是，當比利的古怪行為冒犯了某人，梅艷芳將保衛她的丈夫。

"比利是下了很大的壓力，"安妮塔會堅持。

"他是不是他自己。"她不會允許任何人說，對他什麼。

這是湯普森博士誰最終把它公開化。他問梅艷芳來見他在他的辦公室一天。

她很緊張。"怎麼了，醫生？"

他研究了一會兒。她對她的臉頰擦傷，她的眼睛被打腫。

"梅艷芳，你知道比利是做藥？"

她的眼睛閃爍著憤怒。 "不！我不相信！"她站了起來。 "我不會聽這個！"

　"坐下，安妮塔。這是關於你所面對的真相時，這已經成為有目共睹的事情。當然，你已經注意到自己的行為。一分鐘，他是在世界之巔，談論如何精彩的一切，而下一分鐘他自殺"。

梅艷芳坐在那裡，看著他，她的臉色有些蒼白。

　"他沉迷其中。"

她的嘴唇收緊。 "不，"她固執地說。

　"他不是。"

　"他是，你得面對現實。難道你想幫他？"

　"當然，我做的！"她絞著雙手。 "我願意做任何事情來幫助他。任何事情。"

　"好吧，那麼讓我們開始，我要你幫我拿比利進入康復中心。我請他進來見我。"

梅艷芳看著他很長一段時間，然後點了點頭。 "我會告訴他，"她平靜地說。

　那天下午，當比利走進湯普森博士的辦公室，他是在一個愉悅的心情。 "你要見我，DOC？這是關於梅艷芳，不是嗎？"

　"不，這是關於你，比利。"

比利看著他的驚喜。 "我是什麼？我的問題嗎？"

　"我想你知道你的問題是什麼。" "你在說什麼？"

　"如果你再這樣下去，你會毀掉你的生活和安妮塔的生活。你在服用，比利？"

　"以？"

　"你聽說過我。"

有一個長時間的沉默。 "我想幫助你。"

比利坐在那裡，盯著地板。當他終於開口了，他的聲音嘶啞。 "你說得對。我...我已經盡力自己的孩子，但我不能這樣下去了。"

　"你的什麼？"

　"海洛因"。

　"我的上帝！"

〝相信我，我已經試圖阻止，但我...我不能。

〝它〞。

〝你需要幫助，而有些地方你可以得到

比利疲憊地說，〝我希望上帝，你是對的。〞

〝我要你去到港集團診所木星。你會嘗試嗎？〞

有一個短暫的猶豫。

〝是的。〞

〝誰提供你海洛因？〞湯普森博士問道。

比利搖了搖頭。 〝我不能告訴你。〞

〝很好。我會在診所替你安排。〞

第二天早上，湯普森博士坐在警察局長的辦公室。

〝有人在與海洛因供應他，〞湯普森博士說，〝但他不會告訴我是誰。

警察墨菲首席看著湯普森博士點點頭。 〝我想我知道是誰。〞

有幾種可能的嫌疑人。貝爾航空是一個小的飛地，每個人都知道其他人的生意。一個賣酒的商店已經上橋道，使得交付給他們的貝爾航空的客戶在所有時間的白天和黑夜的最近打開的。醫生在當地的診所已被罰款超過處方藥。健身房開了一年前，在水道上的另一邊，又傳出

教練把類固醇和有可供他的好客戶等藥物。但警方墨菲首席想到的另一名嫌疑人。

蒂姆·布魯克斯曾擔任園丁許多在貝爾空氣的房屋多年。他早年就讀園藝和愛花他的日子創造美麗的花園。花園和草坪，他往往是最可愛的貝爾空氣。他是一個安靜的人誰保持自己和他工作過的人都知道得很少了。他似乎過於良好的教育是一個園丁，人們都好奇他的過去。墨菲送他。

〝如果這是我的駕照，我更新了，〞布魯克斯說。

〝坐下，〞墨菲訂購。

〝有一些問題？〞

〝是啊，你是一個受過教育的人，對吧？〞

〝是的。〞

警察局長向後靠在椅子上。 〝那麼怎麼來，你是個園丁？〞

77

"我碰巧熱愛大自然。"

"你還有什麼發生愛情嗎？"

"我不明白。"

"你有多久了園藝？"

　布魯克斯看著他，不解。 "有什麼我的客戶一直在抱怨？"

"只要回答這個問題。"

"大約十五年了。"

"你有一個漂亮的房子和船嗎？"

"是的。"

"你怎麼能買得起所有的東西你做一個園丁？"貝克說，"這不是什麼大不了的房子，這不是什麼大不了的船。"

"也許你賺小錢就在身邊。"

"你是什麼...？"

"你工作的一些人在邁阿密，不是嗎？"

"是的。"

"有很多意大利人那裡，你永遠做他們一些小恩惠？"

"有什麼好處樣？"

"像推藥。"貝克看著他，嚇壞了。 "我的上帝！當然不是。"

　墨菲身體前傾。 "讓我告訴你一件事，貝克。我一直在注視你。我有一個談話
　一些你工作的人。他們不希望你或你的朋友黑手黨在這裡了。清楚了嗎？"布魯克斯擠壓他的眼睛關閉一秒鐘，然後打開它們。

"很清楚的。"

"好，我會希望你離開這裡了，明天，我不想再看到你的臉。"

　比利·斯坦利走進港集團診所三個星期，當他出來的時候，他是老比利－迷人，親切和愉快的興。他又回到了打馬球，馬術妮可·卡森的小馬。

　週日是棕櫚灘馬球俱樂部的十八週年，南岸大道是沉重的交通三萬餘名球迷聚集在馬球場地。他們趕到填補該領域的西

側包廂和看台的另一端。一些最優秀的球員在世界上都將會在當天的比賽。

袁詠儀在旁邊妮可卡森，因為妮可的客人一個包廂。

"比利告訴我，這是你第一次馬球比賽，梅艷芳。你為什麼沒有去過一次呢？"

安妮塔舔她的嘴唇。"我...我想我一直緊張得看比利玩。我不想讓他得到再次受傷。這是一個非常危險的運動，不是嗎？"

妮可若有所思地說，"當你得到八名球員，每個重約175磅，他們的九百磅小馬在賽車上互相300碼到四十英里的時速，是的，事故可能發生。"

梅艷芳喊了出來。"我再也無法忍受，如果什麼事，比利了。我真的不能。我發瘋擔心他。"

妮可·卡森輕輕地說，"別擔心，他是最好的之一。他師從布朗HARY，你知道的。"

梅艷芳看著她面無表情。"誰？"

"他是一個十年的目標球員，一個馬球的傳說。"

"哦。"

有從人群雜音的小馬在田野裡移動。

"發生了什麼？"梅艷芳問。

"他們只是在比賽前完成了練習賽。他們已經準備好，現在開始。"

在球場上，兩隊已經開始了佛羅里達州的炎熱陽光下排隊，準備好裁判之遙而定。比利看著精彩，棕褐色和健美的lithe--準備做戰。梅艷芳揮了揮手，吹了他一個吻。

兩支球隊在排隊了，相映成趣。隊員們舉行了木槌下來扔項。

"通常有玩六個時期，被稱為球員，"妮可·卡森解釋梅艷芳。"每個球員持續七分鐘。該球員結束鈴響起時。然後有一個短暫的休息。他們改變小馬每一個時期。該得分進球最多勝的球隊。"

"沒錯。"

妮可想知道梅艷芳到底有多少了解。在球場上，球員們的眼睛盯著裁判，預測當球會被拋出。裁判看了看周圍的人群，然後突然擊殺兩排球員之間的白色塑料球。本場比賽開始了。該行動是迅速的。比利所做的第一出戲，讓控球和擊球越位的正手。球加速走向球員在對方球隊。該播放器後，衝下了場。比利騎著他身邊，他迷上槌破壞他的射門。

"為什麼比利做呢？"梅艷芳問。

妮可･卡森解釋。 "當你的對手拿到球，是合法的勾他的木槌，所以他不能得分或者傳球。比利將利用控制球旁越位中風。"

該行動發生得如此之快，這是幾乎不可能效仿。

有呼喊"中心..."

"董事會"。

"離開它。"

和隊員們領域全速賽跑下來。小馬 – 通常是純或三季度純種–負責 75％的車手"的成功。小馬必須要快，又有什麼球員叫水球意識，能夠預見他們的車手的一舉一動。

比利曾經的輝煌在前三球員，得分在每一個兩個進球和被歡呼的人群咆哮。他槌似乎無處不在。這是老比利･斯坦利，騎象風一樣，無所畏懼。第五球員結束，比利的團隊遙遙領先。玩家們去了外地的突破。

比利通過安妮塔和妮可，坐在前排，他微笑著看著他們兩個。安妮塔變成妮可･卡森，興奮地。 "是不是他的精彩？"

她看著梅艷芳。 "是的，在各個方面。"比利的隊友都祝賀他。 "對大衛，老伙計！你是美妙的！"

"大劇！"

"謝謝。"

"我們打算在那裡擦鼻子中有一些更多的，他們沒有得到一個機會！"

比利笑了。 "沒問題。"

他看著隊友們搬出來現場，他突然感到疲憊。我把自己太辛苦，他想。我是不是真的準備好回到遊戲呢。我不打算要能這樣保持下去。如果我去那裡，我會出醜。他開始慌了，他的心臟開始英鎊。我需要的是一點點接我行動。不！我不會那樣做。我不能。我答應了。但球隊在等著我。我會做只是這一次，再也不會。我向上帝發誓，這是最後一次。他去了他的車，並把手伸進手套箱。

　　當比利回到了場上，他喃喃自語，他的眼睛不自然地明亮。他向觀眾揮手致意，並加入他的隊伍等待。我也不需要一個團隊，他想。我能打敗那些混蛋單幅一手。我是最好的球員該死的世界。他咯咯笑著自己。

　　第六球員期間發生的事故，雖然一些觀眾後來，這不是偶然的堅持。

　　小馬都皺在一起，爭著向球門，和比利有對球的控制。他的眼睛的角落，他看到了對方球員逼近他的。用尾巴拍，他送球給小馬後面。它拾起理查德·史密斯在對方球隊中最好的球員，誰開始對賽車的目標。比利在他之後全速。他試圖鉤史密斯的木槌和漏診。小馬被越來越接近目標。比利一直拼命想獲得控球，並

　　　　每一次失敗。史密斯接近目標，比利故意越過他的小馬撞上史密斯和乘坐他的無球跑動。史密斯和他的小馬去翻滾在地。人群上升到它的腳，尖叫。裁判憤怒地吹響了哨子，並舉起一隻手。

馬球的第一條規則是，當一個球員有控球的，並走向球門，這是非法的跨越中，玩家旅遊線路切斷。任何球員誰越過該行創建了一個危險的境地，並犯規。播放停止。裁判走近比利，憤怒的他的聲音。

"這是一個故意犯規，斯坦利先生！"

比利笑了。　"這不是我的錯！他該死的小馬..."

　　"反對者將獲得一個點球的目標。"

　　該球員變成一場災難。比利致力於 3 分鐘對方在兩個公然違反。的處罰導致對其他隊兩個進球。在每種情況下對手被授予自由點球命中的一個無人看守的目標。在過去的三秒鐘的比賽中，對方球隊攻入制勝一球。曾經是有保證的勝利，變成了潰敗。

　　在框中，妮可·卡森驚呆了事件的突然轉向。

　　梅艷芳膽怯地說，"這不順利，是嗎？"

　　妮可向她轉過身去。　"不，梅艷芳，恐怕沒有。"

　　　管家走近框。　"卡森小姐，我有一個詞嗎？"

妮可·卡森轉向梅艷芳。　"請稍等。"梅艷芳看著他們走開。

比賽結束後，比利的團隊非常安靜。比利太慚愧地看別人。妮可·卡森趕緊過來給比利。

"比利，我怕我有一些可怕的，可怕的消息。"她把一隻手搭在他的肩膀，"你爸爸已經死了。"
比利抬頭看著她，搖了搖頭，從一邊到另一邊。他開始抽泣。
''我...我負責。這是米...我的錯。"

"不，你不能責怪自己，這是不是你的錯。"

"是的，這就是"比利喊道。 "你難道不明白嗎？如果不是因為我的懲罰，我們會贏得這場比賽。"

10

　　珍妮弗·斯坦利從來不知道她的父親，現在他死了，降低到一個黑色的標題在邁阿密星：大亨羅伯特·斯坦利死於車禍！她坐在那裡，盯著他的照片上報紙的頭版上，充滿了矛盾的情感。我恨，因為他對待我母親的方式他，還是我愛他，因為他是我的父親嗎？我感到內疚，因為我從來沒有試圖取得聯繫他，或者我感到憤怒，因為他從來沒有試圖找到我的？沒關係了，她想。他走了。

　　她的父親已經死了她她所有的生活，現在他又死了，騙她出來的東西，她沒有字。令人費解的是，她覺得喪失了壓倒性的感覺。笨！詹妮弗想。我怎麼能錯過一個人我從來不知道？她看著報紙上的照片了。我有他在我什麼嗎？
珍妮弗盯著牆壁上的鏡子。眼睛。我有同樣的深灰色的眼睛。
珍妮弗走進她的臥室衣櫃，取出受虐紙板箱，並從它解除了皮革裝訂的剪貼簿。她坐在她的床邊，打開了
剪貼簿。在接下來的兩個小時，她看了又看熟悉的內容。還有她的母親在她的女教師制服的無數照片，與羅伯特·斯坦利和斯坦利夫人和他們的三個孩子。大多數的圖片已經採取了對他們的遊艇，在貝爾的空氣，或在貝爾空中別墅。
詹妮弗拿起泛黃的剪報講述了在洛杉磯這麼多年才發生的醜聞。褪色的頭條新聞是聳人聽聞的：
愛巢在鐘風.
　　億萬富翁羅伯特·斯坦利醜聞大亨的妻子自殺女教師羅莎·紐曼消失

有幾十個充滿了有關此事件，通常暗示壞事或粗魯間接言論八卦列。詹妮弗坐在那裡很長一段時間，失去了過去。

她出生在聖約瑟夫醫院在邁阿密。她最早的記憶是生活在沉悶的步行可達的公寓，並從城市的不斷移動到城市。很多時候，沒有錢在所有，很少吃。她的母親不斷地生病了，它已經很難為她找到穩定的工作。這個年輕的姑娘很快就學會了從來沒有要求玩具或新衣服。

詹妮弗開始上學的時候，她是五，她的同學會嘲笑她，因為她穿同樣的

打扮每天邋遢的鞋子。當別的孩子逗她，珍妮弗與他們戰鬥。她是一個叛逆者，她總是被帶到校長面前。她的老師不知道該怎麼做了她。她是在不斷的麻煩。她可能被驅逐，除了一件事：她是最聰明的學生在她的課。

她的母親曾告訴珍妮，她的父親死了，她已經接受了。但是，當詹妮弗十二歲的時候，她跨越畫冊充滿了她母親的照片與一群陌生人偶然。

"這些人是誰？"詹妮弗問。和珍妮弗的母親決定的時機已經成熟。"坐下，我親愛的。"她拉著珍妮的手，緊緊地攥住它。有沒有辦法把這個消息委婉。"那是你的父親，你的同父異母的妹妹，和你的兩個同父異母的兄弟。"

詹妮弗看著她，不解。

"我不明白。"

真相終於問世，打破心靈的珍妮弗的和平。她的父親還活著！她有一個半姐姐和兩個同父異母的兄弟。這是太理解。"為什麼...為什麼要騙我？"

"你太年輕了，明白了。你父親和我...有了外遇。他已經結婚了，我...我不得不離開，有你。"

"我恨他！"詹妮弗說。

"你不恨他。"

"他怎麼能這樣做給你？"她問道。

"發生了什麼事是我的錯不亞於他。"每個字是痛苦。"你父親是一個非常有吸引力的男人，和我當年年幼無知，我知道再沒有什麼能來到我們的戀情。他告訴我，他愛我...但他已經結婚，並有一個家庭，還有...後來我懷孕了。"這是她難以繼續

下去。 "有記者拉住了故事,這是在所有的報紙,我就跑了。我打算為你和我回去給他,但他的妻子自殺,我...我從來沒有面對他或孩子了。這是我的錯,你看,所以不怪他。"

但有故事羅莎從未透露給女兒的一部分。當嬰兒出生時,店員在醫院說,"我們正在填寫的出生證明。寶寶的名字是珍妮弗・紐曼?"

羅莎已經開始說是的,然後她憤憤地想,不!她是羅伯特・斯坦利的女兒。她有權以他的名字,他的支持。

"我女兒的名字是珍妮弗・斯坦利。"

她曾寫信給羅伯特・斯坦利,告訴他珍妮弗,但她從來沒有得到答复。

珍妮弗被迷住了,她有一個家庭,她還不知道有關,也可以通過一個事實,即他們是有名的,足以寫在記者的想法。她去了公共圖書館,抬頭一切她能找到羅伯特・斯坦利。有幾十個文章他。他是一個億萬富翁,他住在另一個世界裡,珍妮弗和她的母親被完全排除,從一個世界。

有一天,當詹妮弗的一個同學取笑她是窮,詹妮弗挑釁說,"我不是可憐!我的父親是一個在世界上最富有的人。我們有一個遊艇和飛機等十多種美麗家園"。

她的老師聽到了她。 "珍妮弗,這裡上來了。"

珍妮弗・走近老師的辦公桌上。 "你不知道這樣的謊言。"

"這不是騙人的,"珍妮弗反駁。 "我的父親是一個億萬富翁!他知道總統和國王!"

老師看了看年輕的女孩站在她面前她的破舊的布萊克衣服,說:"珍妮弗,這不是真的。"

"這是!"詹妮弗・倔強地說。

她被送到校長辦公室。她從來沒有在學校裡提到她的父親了。珍妮弗得知她和她的母親不停地從一個城市轉移到城市的原因是因為新聞媒體。羅伯特・斯坦利是不斷地在記者和八卦報紙和雜誌一直挖舊的醜聞。調查記者最終發現誰羅莎紐曼和她住在哪裡,她將不得不採取珍妮弗和飛行。詹妮弗讀每次每份報紙的故事,出現在大約羅伯特・斯坦利,而且,她很想打電話給他。她,要相信,在所有這些年來他一直在拼命尋找她的母親。我會打電話來，說，"這是你的女兒，如果你想看到我們..."

他會來給他們，並一遍墜入愛河，並娶了她的母親，他們都會幸福地生活在一起。

珍妮弗·斯坦利成長為一個年輕漂亮的女人。她有光澤的黑色的頭髮，笑，大方的嘴，她的父親的光灰色的眼睛，輕輕彎曲的身影。但是，當她笑了，人們忘記了一切，但那個微笑。

因為他們被迫經常移動，詹妮弗去學校在五個不同的狀態。在夏天，她曾在一家百貨公司做文員，在一家藥店的櫃檯後面，和接待員。她總是非常獨立。

他們住在佛羅里達州邁阿密，當詹妮弗完成大學學業的獎學金。她不知道，她想要做她的生活。朋友們，被她的美貌所折服，建議她成為一個電影演員。

"你會成為一個明星通宵！"

珍妮弗已經駁斥了這種觀點與休閒，"誰願意起床了每天一早？"

但真正的原因她不感興趣，是因為她想，最重要的是，她的隱私。它似乎詹妮弗所有他們的生活，她和她的母親已被追逐的記者因為什麼這麼多年以前的事。有一天團結和爸爸媽媽詹妮弗的夢想的一天，她的母親去世結束。珍妮弗覺得虧的強勁的現場感。我的父親已經知道，詹妮弗想。母親是他生活的一部分。她抬頭一看，他的業務總部設在洛杉磯的電話號碼。接待員回答。

"早上好，士丹利的企業。"珍妮弗猶豫。

"斯坦利企業。餵？我可以幫你嗎？"

詹妮弗慢慢取代了接收器。媽媽不會要我做這個調用。她獨自一人了。她沒有之一。

詹妮弗埋葬了她的母親在紀念公園公墓在邁阿密。目前還沒有其他送葬。詹妮弗站在墳墓，並認為，這是不公平的，媽媽。你犯了一個錯誤，並為它與你的餘生支付。我希望我能已經採取了一些你的痛苦了。我非常愛你，媽媽。我會永遠愛你。所有她離開了她母親的歲月在地球上是老照片和剪報集。

與她的母親走了，珍妮弗的思想轉向了斯坦利家庭。他們是豐富的。她可以去他們的幫助。從來沒有，她決定。沒有經過一路羅伯特·斯坦利對待我的母親。但她不得不謀生。她面臨著

職業生涯的決定。她認為，她既是開心和失望；也許我會成為
一名腦外科醫生。還是畫家？歌劇歌手？

物理學家？宇航員？

她解決了秘書課程夜校在邁阿密佛羅里達社區學院。一天後，
珍妮弗完成的過程中，她參觀了一個職業介紹所。當時有十幾
申請人觀望就業輔導員。坐在旁邊的珍妮是一個有吸引力的女
人她的年齡。

〝你好！我是蘇珊·克勞福德。〞

〝珍妮弗·斯坦利。〞

〝我今天找到工作。〞蘇珊呻吟。〝我被踢出了我的公寓。〞
詹妮弗聽到叫她的名字。

〝祝好運！〞蘇珊說。

〝謝謝。〞

珍妮弗走進就業輔導員的辦公室。

〝請坐。〞

〝謝謝。〞

〝我從你的應用程序，您必須具有大專以上學歷和夏季的工
作經驗看，而你的秘書學校高度推薦。〞她看著她的辦公桌上
的檔案。〝你拿短期的手在每分鐘，和類型 90 字每分鐘 60
字？〞

〝是的，夫人。〞

〝我可能只是你的事。有一個小企業的建築師是在尋找一個
秘書的工資是不是非常大，我怕......〞

〝這沒關係，〞珍妮弗連忙說道。

〝很好。我要送你那邊。〞她遞給詹妮弗一張紙條，上面有一
個類型的名稱和地址。〝他們會面試你明天中午。〞
詹妮弗高興地笑了。〝謝謝。〞她充滿了興奮感。當珍妮弗走
出辦公室，蘇珊的名字被調用。

〝我希望你得到的東西，〞詹妮弗說。

〝謝謝！〞

一衝動，珍妮弗決定留下來，等待。十幾分鐘後，當蘇珊出來
裡面的辦公室，她微笑著廣泛。

〝我得到了一個採訪！她打了電話，我要去美國相互保險公
司的明天一個接待員的工作，你怎麼辦？〞

〝我就知道明天了。〞

〝我敢肯定，我們會做到這一點。我們為什麼不一起吃午飯慶祝？〞

〝好吧。〞

在午餐時他們談，他們的友誼瞬間點擊。

〝我看著在奧弗蘭公園的公寓，〞蘇珊說。 〝這是兩間臥室和浴室，一個廚房和客廳。這是非常好的，我不能單獨買得起它，但如果我們兩個人...〞

珍妮弗笑了。 〝我想這一點。〞她穿過她的手指。 〝如果我得到這份工作。〞

〝你會得到它！〞蘇珊安慰她。

道路上的約翰·馬克和湯姆遜的辦公室，詹妮弗認為，這可能是我的大機會。這可能導致的任何地方。我的意思是，這不只是一份工作。我會努力的建築師。夢想家誰建設，塑造城市的天際線，誰創造的美麗和神奇的石頭與鋼鐵和玻璃。也許我會學習建築學自己，這樣我可以幫助他們，是這個夢想的一部分。

該辦公室是在城市的西邊網站昏暗的老商業樓。詹妮弗坐電梯到三樓，下車，來到一處傷痕累累的門分為 JOHN, MARK & THOMSON 建築師。她深吸了一口氣，使自己平靜和輸入。三名男子在接待室等待著她，觀察她，她進門。

〝你在這裡為文秘工作嗎？〞

〝是的，先生。〞

〝我是約翰。〞光頭之一。

〝馬克〞。馬尾辮。

〝湯姆遜〞。的大肚子。

他們都似乎是四十多歲的某處。

〝據我們了解，這是你的第一個秘書的工作，〞約翰說。

〝是的，這就是〞詹妮弗說。然後迅速她補充說，〝但我學得很快，我會非常努力。〞她決定不提她的想法大概去學校學習建築呢。她會等待，直到他們得到了更好地了解她。

〝好吧，我們會嘗試你出去，〞馬克說，〝看看是怎麼回事。〞

詹妮弗感到興奮感。 〝哦，謝謝你！你不會是...〞

〝關於工資，〞湯姆森說。 〝恐怕我們無法支付非常開頭。〞

〝那好吧，〞詹妮弗說。 〝我...〞

〝三百一個星期，〞約翰告訴她。

他們是對的。這不是多少錢。詹妮弗很快做出了決定。 〝我要買它。〞

他們看著彼此交換了笑容。 〝太好了！〞約翰說。

〝讓我帶你四處看看。〞

導遊只用了幾秒鐘。有小會客室和三個小型辦公室，看起來好像他們已經提供由救世軍。廁所是在走廊。他們都是建築師，但約翰是商人，馬克是業務員，和湯姆遜辦理建設。

〝你會的工作對我們所有人來說，〞約翰告訴她。

〝好吧。〞詹妮弗知道她打算讓自己不可缺少的給他們。

約翰看了看手錶。 〝這是一二三〇年。去吃午飯怎麼樣？〞

珍妮覺得有點興奮。她是球隊的一部分了。

他們邀請我吃午飯。

他轉身對珍妮弗。

〝有一個熟食店下來塊。我對黑麥與芥菜，土豆沙拉，和丹麥一咸牛肉三明治。〞

〝哦。〞這麼多的〝他們邀請我共進午餐。〞

湯姆森說，〝我要熏牛肉和一些雞湯。〞

〝是的，先生。〞

馬克說話了。 〝我將有燒鍋拼盤和軟飲料。〞

〝哦，確保咸牛肉是精益，〞約翰告訴她。 〝精益咸牛肉。〞

湯姆森說，〝確保湯是熱的。〞

〝沒錯。湯熱〞。

馬克說，〝讓我的軟飲料減肥可樂。〞

〝健怡可樂〞。

〝這裡有一些錢。〞約翰遞給她一張 20 美元的鈔票。十幾分鐘後，珍妮弗在熟食店，聊到櫃檯後面的人。 〝我要上黑麥芥末，土豆沙拉，和丹麥 1 瘦咸牛肉三明治，一個熏牛肉三明治，非常熱雞湯，而且一鍋烤肉拼盤和健怡可樂。〞

那人點了點頭。 〝你工作的約翰·馬克，和湯姆遜，是吧？〞

珍妮弗和蘇珊搬進公寓在 Overland Park 接下來的一周。該公寓由兩間小臥室，一個客廳的家具是見過太多的租戶，小廚房，用餐區和一間浴室。他們永遠不會混淆這個地方麗思，詹妮弗想。

"我們會輪流做飯，"蘇珊建議。

"好吧。"

蘇珊準備的第一頓飯，而且很美味。第二天晚上是詹妮弗的轉機。蘇珊說了珍妮弗所取得的菜一口，說："詹妮弗，我沒有很多的人身保險。為什麼不讓我做的飯菜，你做清潔？"
兩個室友也相處。上週末，他們會去看電影的格倫伍德 4，門店在班尼斯特購物中心。他們買了他們的衣服，在超級舊貨折扣府。一個星期就出來要便宜的飯店吃飯，斯蒂芬森的老蘋果農場或咖啡館最大的地中海特色一晚。當他們能負擔得起，他們將放棄在查理聽到爵士樂。

詹妮弗享受工作約翰，馬克和湯姆遜。說，該公司並沒有做好是輕描淡寫。客戶稀少。珍妮弗覺得她沒有做很多工作來幫助建立城市的天際線，但她喜歡被周圍的她的三個老闆。他們就像一個替代的家庭，每個人吐露他的問題，珍妮弗。她是精幹高效，而且她很快改組了辦公室。
珍妮弗決定做一些事情缺乏客戶。但是什麼？她很快就有了答案。有沒有在邁阿密星約午宴新的行政婦女組織的項目。主席是西爾維婭·布拉德福德。

第二天中午，珍妮弗對約翰說，"我可能是有點晚回來的午餐。"

他笑了。 "沒問題，珍妮弗。"他以為他們是多麼幸運，有她。珍妮弗抵達廣場酒店，前往那裡的午宴報錯房間。桌子坐在門口的女人說，"我可以幫你嗎？"

"是的，我在這裡為女性主管的午餐。" "你的名字？"

"珍妮弗·斯坦利。"

女人看了看表在她的面前。 "我怕我沒有看到你..."
珍妮弗笑了。 "是不是就像張艾嘉？我得和她談談。我和約翰，伊士曼，和湯姆遜的執行秘書。"
女人看著不確定性。 "嗯..."

"別擔心。我就進去找西爾維婭。"
在宴會廳是一群衣著光鮮的女人彼此閒聊的。珍妮弗·走近其中之一。 "哪一個是西爾維婭·布拉德福德？"

〝她在那邊。〞她表示，一個身材高大，醒目的女人在她四十多歲。

詹妮弗走到她跟前。 〝你好，我是珍妮弗·斯坦利。〞 〝您好。〞

〝我和約翰，伊士曼，和湯姆遜。我敢肯定，你聽說過他們。〞

〝嗯，我...〞

〝他們是在邁阿密增長最快的建築公司。〞

〝我明白。〞

〝我沒有很多的空閒時間，但我想貢獻什麼，我可以給組織。〞

〝嗯，這是謝謝你，小姐...？〞

〝斯坦利〞。

這是開始。

執行婦女組織代表最頂級公司在邁阿密，並在任何時候都，珍妮弗是網絡與他們。她共進午餐的一個或多個個人會員，至少每週一次。

〝我們公司打算把在奧拉西一個新的建設。〞

和珍妮弗將立即回到她的老闆匯報。

〝漢利先生希望建立一個夏天家中的湯加 ñ 氧。〞

和之前其他人發現了它，約翰·馬克

與湯姆遜以前的工作。馬克在一天叫詹妮弗並說，〝你值得加薪，珍妮弗。你正在做一項偉大的工作，你是一名秘書的地獄！〞

〝你能幫我一個忙嗎？〞詹妮弗問。

〝當然。〞

〝叫我的執行秘書。這將幫助我的信譽。〞

不時，珍妮弗會讀報紙上的文章對她的父親，看他接受採訪在電視上。她從來沒有提過他對蘇珊或任何她的雇主。

當珍妮弗年輕的時候，她的白日夢的一個已經說，像多蘿西，她有一天會被攜走，從佛羅里達到一些美麗的，神奇的地方。這將是充滿遊艇和私人飛機和宮殿的地方。但現在，她的父親去世的消息，這個夢想被終結，直到永遠。嗯，我得到了邁阿密的部分權利，她認為她是既好笑又失望。我沒有家人離開。

但我做的，珍妮弗糾正自己。我有兩個同父異母的兄弟和一個同父異母的妹妹。他們是我的家人。我應該去看望他們？好主意？壞主意？我不知道我們如何感受彼此。

　她的決定竟然是生或死的問題。

11

　他們是陌生人，兩個男人和一個女孩。他們住在房子裡，盯著門口。這是一個光榮的，深褐色。他們是沉默的，充滿秘密。人們相信他們知道不可能共享的東西；奧秘過深而有力為外人理解。這是陌生人的家族聚會。它已經多年，因為他們已經看到或彼此連通。

　法官托馬斯·斯坦利來到洛杉磯的飛機。卡門士丹利腎從巴黎飛來。大衛腎坐火車從紐約。比利·斯坦利和安妮塔貝爾空氣開車。繼承人已經通知殯葬服務將發生在國王的教堂。教堂外的街道被路障，並有警察扣住了聚集觀看要人到達的人群。美國的副總統在那裡，以及從遠在土耳其和沙特阿拉伯參議員和大使和政治家。在他的一生中，羅伯特·斯坦利已經投下大片陰影，和所有七百個座位的教堂將被佔用。

　托馬斯，比利和卡門，與他們的配偶，會見了教區裡。這是一個尷尬的會議。他們是陌生的彼此，他們有共同的唯一的事情就是人在教堂外的靈車的身體。

　"這是我的丈夫，大衛，"卡門說。

　"這是我的妻子，梅艷芳，梅艷芳，我的姐姐，卡門，我的兄弟，托馬斯。"
有打著招呼禮貌的交流。他們站在那裡，不舒服的學習彼此，直到迎來卡爾達集團。

　"對不起，"他低聲說。　"該服務即將開始。你會跟著我，好嗎？"

他帶領他們保留座位在教堂前面。他們把自己的座位上，等待著，每一個斤斤計較的他或她自己的想法。

至於關注的托馬斯，他覺得奇怪的是回到洛杉磯。唯一美好的回憶，他有它的人時，他的母親和羅莎還活著。當他是 11，托馬斯已經看到了戈雅著名書畫農神吞噬其子的打印，而且他一直與父親識別它。

現在，托馬斯，看在他父親的棺材，因為它被抬進教堂的護柩者，認為，土星已經死了。托馬斯很不爽駕駛。

"我知道你的骯髒的小秘密。"

這位部長走進教堂的歷史酒杯形的講壇。

"耶穌說，我是復活和生命：他說信我的，雖然死了，也必復活。凡活著信我的人必永遠不死"

比利感到振奮。他採取了海洛因一擊來到教堂前，並沒有戴過呢。他瞟了一眼他的弟弟和妹妹。托馬斯發胖。他看起來像一個法官。卡門已經變成了美女，但她似乎是下壓力。我不知道這是因為父親去世。不，她恨他和我一樣多。他看著他的妻子，坐在他旁邊。對不起，我沒能表現出她送行的老人。他會死於心臟麻痺。

這位部長發言。

"像父親怎樣憐恤他的兒女，耶和華也怎樣憐恤敬畏他，他知道我們的框架；他思念我們不過是塵土。"

卡門不聽服務。她想著紅色的衣服。她的父親打電話給她在紐約的一個下午。

"所以，你已經成為一個大拍的設計師，是嗎？嗯，讓我們看看你有多好。我以我的新女友到慈善舞會週六晚上。她是你的尺寸。我想你設計一件衣服給她。"

"到了週六？我做不到，父親，我..."

"你會做到這一點。"

她設計了最醜的裙子，她可以設想的。它有一個黑色的大蝴蝶結在前面和緞帶和蕾絲的碼。這是一個怪物。她把它交給她的父親，他又打電話給她。

"我得到了那件衣服。順便說一句，我的女朋友不能讓它週六，所以你將是我的約會，而你打算穿那件衣服。"

"不！"

　　然後可怕的一句話：``你不想讓我失望，你呢？″
她走後，不敢改變裝束，並度過了她一生中最屈辱的夜晚。
``因為我們沒有帶什麼到這個世界上，這是一定的，我們不能
帶什麼去。

　``上帝給了，主奪去；！祝福是奉主的名″

　安妮塔·斯坦利不舒服。她被鎮住了巨大的教堂和優雅外觀
的人，它的輝煌。她從來沒有去過洛杉磯之前，對她這意味著
斯坦利的世界，與所有的浮華和榮耀。這些人讓比她好得多。
她拉著丈夫的手。

　　``凡有血氣的草，以及其所有的良好是因為該領域...草
必枯乾，花必凋殘的花；但我們的上帝的話，必永遠立定！″

　大衛想著勒索信，他的妻子已經收到。它已被措辭非常謹
慎，非常巧妙。這將是不可能找出誰是背後。他看了看卡門，
坐在他旁邊，臉色蒼白，緊張。她多少可以採取？他不知道。
他走近她。

　``...對神的恩典憐憫和保護我們承諾你們。上帝保佑你，
讓你的神使他的臉光照你，賜恩給你。上帝舉起了他臉上的光
在你們身上，並給出你平安，現在和永遠。阿門。``

　與服務結束後，部長宣布，``葬禮服務將是私人家庭成員而
已。″
托馬斯看著棺材想過體內。昨晚，靈柩被封之前，他已經直接
從洛杉磯 LAX 國際機場觀看在殯儀館。他想看看他的父親死
了。比利看著棺材被抬出了教會過去盯著哀悼，他笑了：給自
己想要什麼的人。
在老西奈山紀念公園在洛杉磯的墳墓儀式很簡短。看著羅伯
特·斯坦利的身體家人被降低到其最終的安息之地，並作為污
垢被被拋到棺材中，部長說，``沒有必要為你再呆下去了，如
果你不想。″
比利點了點頭。　``沒錯。″海洛因的影響開始消退，他開始感
到緊張不安。

　``讓我們在地獄離開這裡。″
大衛說：``我們去哪兒？″

　托馬斯轉向基。　``我們住在貝爾空氣。
這一切都被安排。我們將呆在那裡，直到房地產結算。``

95

幾分鐘後，他們在途中的房子豪華轎車。

　　洛杉磯有一個嚴格的社會等級制度。暴發戶住在威爾夏大道和繁華的向上爬的人。不太富裕的老戶住在大街。後灣是城市的最新和最負盛名的地址，但比佛利山莊仍然是堡壘，是洛杉磯最古老和最富有的家庭。這是一個豐富的維多利亞風格的房屋和赤褐色砂石建築，古老的教堂和時尚購物區的混合。貝爾空氣，斯坦利房地產，是一個美麗的維多利亞式的老房子中放著三畝土地上的山。該斯坦利孩子從小生活在這所房子裡充滿了不愉快的回憶。當豪華轎車來到屋前，乘客下了車，抬頭盯著老豪宅。

　　"我不能相信父親不會在裡面，等著我們，"卡門說。比利笑了。"他太忙了試圖運行的事情在地獄裡。"托馬斯深吸了一口氣。"我們走吧。"

當他們走近大門，它打開了，達蒙，管家，站在那裡。他在他古稀之年，誰在貝爾空氣的三十多年工作過有尊嚴的，有能力的僕人。他只好眼睜睜地看著孩子長大，並通過所有的醜聞曾在此居住。

達蒙眼睛一亮，他看到該組。"下午好！"

　　卡門給了他一個溫暖的擁抱。"達蒙，它是如此高興再次見到你。"

　　"這是一個漫長的時間，卡門小姐。"

　　"這是腎太太了。這是我的丈夫，大衛。"

　　"你怎麼做，先生？"

　　"我的妻子告訴我很多關於你的。"

　　"沒有什麼太可怕了，我希望，先生。"

　　"相反，她有只美好的回憶。"

　　"謝謝你，先生。"達蒙轉向托馬斯。"下午好，法官斯坦利。"

　　"你好，達蒙。"

　　"這是一個很高興見到你，先生。"

　　"謝謝你。你看起來非常好。"

　　"原來是你，先生。我很抱歉發生了什麼事。"

　　"謝謝你。你在這裡設立採取所有的護理我們呢？"

〝哦，是的。我想我們可以讓每個人都舒服。〞

〝我是在我的舊房間嗎？〞

達蒙笑了。〝這是正確的。〞他轉身對比利。〝我很高興見到你，威廉先生，我想...〞

比利抓住了梅艷芳的手臂。〝來吧，〞他簡短地說。〝我想要得到的勁了。〞

別人看著比利推開他們，並把梅艷芳上樓。

該組的其他成員走進了巨大的客廳。這個房間的主導力量是一對巨大的路易十四衣櫥。在房間裡散人有成型的大理石頂部的鍍金木控制台表，精緻時期的椅子和沙發的數組。一個吊燈的 ormolu 掛在高高的天花板。在牆壁是暗的中世紀的繪畫。

達蒙轉向托馬斯。〝法官斯坦利，我有一個消息要告訴你。先生弗蘭克哈羅德希望你給他打電話時，這將是方便安排與家人會面。〞

〝誰是弗蘭克·哈羅德？〞大衛問道。

卡門說。〝他的家庭律師。父親一直是他永遠的，但我們從來沒有見過他。〞

〝我相信他要討論不動產的處置，〞托馬斯說。他轉向其他人。〝如果這一切都與大家好，我會安排他來接我們在這裡明天早上。〞

〝這將是很好，〞卡門說。

〝廚師正在準備晚餐，〞戴蒙告訴他們。

〝將八時滿意？〞

〝是的，〞托馬斯說。

〝謝謝。〞

〝伊夫林和瑪麗安娜會告訴你到你的房間。〞

托馬斯轉向他的姐姐和姐夫。〝我們會見面這兒八點，好嗎？〞

比利和安妮塔進入樓上的臥室裡，梅艷芳問道：〝你沒事吧？〞

〝我很好，〞比利搶購。〝請別打擾我。〞

她看著他走進浴室，踩住門關上。她站在那裡，等待著。十幾分鐘後，比利就出來了。他面帶微笑。〝嗨，寶貝。〞

〝你好。〞

〝好了，你怎麼想的老房子？〞

"這是...這是巨大的。"

"這是一個怪物。"他走到床前，雙手環抱著安妮塔。 "這是我的老房間裡。這些牆壁上佈滿了體育海報，熊，凱爾特人隊，紅襪隊。我想成為一名運動員。我遠大的理想。我在寄宿學校四年級時，我是隊長橄欖球隊。我得到錄取報價從半打大學教練"。

"你帶哪一個？"

他搖搖頭。 "他們沒有。我父親說，他們只關心士丹利的名字，他們只是想要錢從他身上，他把我送到一個工程學校，在那裡他們沒有踢足球。"他沉默了片刻。然後，他喃喃自語，"我 could'a 是一個孔滕達..."

她疑惑地看著他。 "什麼？"

他抬起頭。 "你沒見過的海濱？"

"沒有。"

"這是一條線，馬龍·白蘭度說，這意味著我們都昏頭了吧。"

"你父親一定是艱難的。"

比利給了一個短的，嘲弄的笑聲。 "這是最好的事情有人曾經說過他。我記得當我還是一個孩子的時候，我從來沒有從馬上摔下來。我想回去，並再次乘坐。我父親不讓我。"你會是一個車手，"

他說。 "你太笨拙。"

"比利抬頭看著她。"這就是為什麼我成了一個九目標馬球運動員。"

他們走到了一起，在飯桌上，陌生人彼此，在一個不舒服的坐在沉默，他們唯一的連接，童年的創傷。

卡門看了看周圍的房間。可怕的回憶夾雜著它的美麗的欣賞。餐桌上是經典的法國，早期的路易十五，由督核桃椅子包圍。在一個角落裡是藍色和 – 膏塗法省的角落衣櫥。在牆壁是用圖紙華托和弗拉戈納爾。

卡門轉向托馬斯。 "我讀到了你的菲奧雷洛的情況下決定。他應得的，你給了他。"

"它必須是令人興奮的是法官，"安妮塔說。 "有時是"。

"你怎樣對待什麼樣的情況呢？"大衛詢問。 "刑事案件，強姦，販毒，殺人。"

卡門臉色蒼白，開始說些什麼，和大衛抓住了她的手，擠它作為一個警告。托馬斯禮貌地說卡門，"你已經成為一名成功的設計師。"

卡門被發現很難呼吸。 "是的。"

"她太棒了，"大衛說。

"大衛，你會怎麼做？"

"我是一個經紀公司。"

"哦，你是這些年輕的華爾街百萬富翁之一。"

"好了，不完全是，法官。我真的才剛剛開始。"

托馬斯給了大衛光顧一下。 "我想這是幸運的，你有一個成功的妻子。"

卡門臉一紅，低聲在大衛的耳邊，"不注意，記住我愛你。"比利開始覺得藥的效果。他轉頭看向他的妻子。 "梅艷芳可以使用一些像樣的衣服，"他說。 "但她並不在乎她看起來怎麼樣，你，天使嗎？"

梅艷芳坐在那裡，尷尬，不知道該說些什麼。 "也許一個小服務員的服裝？"比利建議。

安妮塔說："對不起。"她從桌上起身逃往樓上。

他們都盯著比利。他笑了。 "她是過敏，所以，我們有對意志的討論明天，是嗎？"

"這是正確的，"托馬斯說。

"我會讓你打賭，老人並沒有給我們留下 1 毛錢。"大衛說，"但有這麼多錢的地產..."

比利哼了一聲。 "你不知道我們的父親。他可能給我們留下了他的舊夾克和一箱雪茄。他喜歡用自己的錢去控制我們。他最喜歡的路線是"你不想讓我失望，你呢？"

"大家都表現得像個乖寶寶的孩子，因為，如你所說，有這麼多錢。嗯，我敢打賭，老人找到了一個辦法把它和他在一起。"

托馬斯說，"我們會知道明天，不是嗎？"

早期的第二天早晨，弗蘭克·哈羅德和喬治·布朗抵達。達蒙護送他們到庫中。 "我會通知你在這裡的家庭，"他說。

"謝謝。"他們目送他離開。

　　該庫是巨大的，通過兩個大型法式門打開到花園。房間裡鑲板在暗橡木，牆壁標示用書櫃充滿帥氣的皮革裝訂成冊。有舒適的座椅和意大利閱讀燈散射。在一個角落裡放著一個定制的斜面玻璃和的 ormolu 安裝紅木櫃所顯示羅伯特·斯　坦利的令人羨慕的槍收藏。特殊的抽屜被設計在顯示器的情況下，以容納彈藥下方。

　　"這將是一個有趣的上午，"喬治說。　"我不知道他們將如何反應。"

　　"我們會發現很快就好了。"
卡門和戴維走進房間第一。弗蘭克·哈羅德說，

　　"早上好，我是弗蘭克·哈羅德。這是我的助理，喬治·布朗。"

　　"我卡門腎，這是我的丈夫，大衛。"
男人握手。

　　比利和梅艷芳進入房間。

　　卡門說："比爾，這是弗蘭克先生哈羅德和先生布朗。"
比利點了點頭。　"嗨，你隨身攜帶的現金？"　"好了，我們真的..."
"我只是在開玩笑！這是我的妻子，梅艷芳。"比利看著喬治。"難道老頭給我留下任何東西..."
托馬斯走進了房間。　"早安。"

　　"法官斯坦利？"

　　"是的。"

　　"我是弗蘭克·哈羅德，這是喬治·布朗，我的助理，這是喬治·誰安排了你父親的屍體從科西嘉島帶回來的。"
托馬斯轉向喬治。　"我很欣賞這一點。我們不知道發生了什麼事究竟該按出了這麼多不同版本的故事。是有犯規參與？"

　　"不，它似乎是一個意外。你父親的遊艇陷入了一個可怕的風暴關閉科西嘉島的海岸。後來，據來自唐納德·赫爾曼，他的保鏢的沉積，你父親死在車禍。"

　　"有什麼可怕的死亡方式。"卡門顫抖。

　　"你跟這個赫爾曼的人嗎？"托馬斯問。　"不幸的是，沒有。當我抵達科西嘉島，當時他
已經離開。"

哈羅德說，"遊艇的船長曾建議你父親沒有航行到了風暴，但由於某些原因，他急於回到這裡。他已經安排了一架直升機把他帶回來。有一些種急需解決的問題。"

托馬斯問道，"你知道是什麼問題？"

"不，我剪短我的假期，以滿足他回到這裡。我不知道是什麼..."

比利中斷。"這一切都非常有趣，但它是古老的歷史，不是嗎？讓我們來談談的意志。他有沒有給我們留下任何東西，或不呢？"他的雙手抽搐。

"我們為什麼不坐下嗎？"托馬斯建議。

他們把椅子。弗蘭克·哈羅德坐在桌前，面對他們。他打開一個公文包，並開始採取了一些文件。

比利準備爆炸。"嗯？看在上帝的份上，沒有他或沒他？"

卡門說，"比利..."

"我知道答案，"比利氣憤地說。"他沒有給我們一分錢該死。"

哈羅德看著羅伯特·斯坦利的孩子們的臉上。"作為事實上，"他說，"你們每個人都同樣在地產分享。"

喬治能感覺到突然興奮，通過房間的橫掃。

比利盯著哈羅德，目瞪口呆。"什麼？是你是認真的嗎？"他猛地站了起來。

"這太棒了！"他轉向其他人。"你聽到了嗎？老混蛋終於通過！"他看著弗蘭克·哈羅德。"多少錢是我們在談論什麼？"

"我沒有確切的數字。根據福布斯雜誌的最新一期，史丹利企業是值 6 十億美元，大部分是投資於各種'企業，但大致流動資產可供 4 億美元。"

卡門當時聽了，驚呆了。"這是一個多億美元，我們每個人，我簡直不敢相信！"我是自由的，她想。我可以向他們關閉，永遠擺脫他們。她看著大衛，她的臉上閃耀著，捏了捏他的手。

"恭喜你，"大衛說。他知道比別人多什麼錢意味著什麼。

弗蘭克·哈羅德開了口。"正如你們所知，在赤柱企業的股份，99％是由你的父親舉行。因此，這些股票將被平分在你們中間。另外，現在，他的父親已去世，法官斯坦利擁有完全，其他百分之一的有在信任舉行。當然，也會有一定的手續。此外，我要告訴你，有一種被捲入另一繼承人的可能性。"

"另一位繼承人？"托馬斯問。

"你父親的將具體規定，房地產是要平分他的問題之一。"梅艷芳疑惑的看著。 "什麼？你是什麼問題，是什麼意思？"托馬斯說話了。 "自然出生的後代和依法收養的後代。"哈羅德點點頭。 "這是正確的。非婚生子女的任何後裔被認為是母親和父親，他們的保護下司法管轄區的法律建立的後代。"

"你在說什麼？"比利不耐煩地問。 "我說，有可能是另一個索賠。"卡門看著他。 "誰？"

弗蘭克·哈羅德猶豫。有沒有辦法委婉。 "我敢肯定，大家都知道的事實是，許多年前，你的父親，父親是孩子受誰在這裡工作了家庭教師。"

"羅莎·紐曼，"托馬斯說。

"是的。她的女兒在邁阿密誕生在聖約瑟夫醫院，她給她取名珍妮弗。"

房間裡瀰漫著沉默。

"嘿！"比利驚呼。

"這是二十五年前。"

"第二十六條，準確。"

卡門問，"有沒有人知道她在哪裡？"弗蘭克·哈羅德可以聽到羅伯特·斯坦利的聲音。

"她寫信告訴我，這是一個女孩。嗯，如果她認為她會得到一毛錢我了，她可以去地獄。"

"不，"哈羅德慢慢地說。 "沒有人知道她在哪裡。"

"那麼到底我們在談論什麼呢？"比利要求。 "我只是想大家要知道，如果她出現，她將有權對遺產的平等的份額。"

"我不認為我們有什麼可擔心的。"比利自信地說。 "她大概從不知道誰是她的父親。"托馬斯轉身弗蘭克·哈羅德。 "你說你不知道遺產的具體數額。請問，為什麼不呢？"

〝因為我們公司只處理你父親的個人事務。他的公司事務由另外兩名律師事務所代表。我已經與他們取得聯繫，並要求他們盡快編制財務報表。〞

〝什麼樣的時間框架是我們在談論什麼？〞

卡門焦急地問。〝我們需要$ I00,000 立即支付我們的開銷。〞

〝大概兩到三個月。〞

大衛看到了他的妻子臉上的驚愕。他轉向哈羅德。〝是不是有一些方法來趕緊順水推舟？〞

喬治·布朗回答。〝恐怕不行。意志要經過遺囑檢驗法庭，他們的曆法是相當沉重的現在。〞

〝什麼是遺囑認證法院？〞梅艷芳問

〝遺囑是的過去分詞遺囑到證明，這是行為...〞

〝她沒有問你一個該死的英語課！〞

比利爆炸。〝為什麼我們不能只是包裝的東西了嗎？〞

托馬斯轉向他的哥哥。〝法律沒有這樣的。當有一死，意志必須提交在遺囑檢驗法庭。必須有所有的資產 - 房地產，少數人持股的公司，現金的鑑定，珠寶，那麼庫存已經做好準備並提交法院，稅收要照顧，並支付特定遺贈，之後，一份請願書提交的權限分配遺產受益人的平衡。〞

比利呼喊它。〝什麼是地獄，我已經等了近四十年成為百萬富翁。我想我可以再等一兩個月。〞

弗蘭克·哈羅德站了起來。〝除了你父親的遺產給你，也有一些小禮物，但它們不會影響大部分的遺產。〞哈羅德環顧四周。〝嗯，如果沒有什麼別的...〞

托馬斯上漲。〝我想不會。謝謝你，先生弗蘭克哈羅德，布朗先生。如果有任何問題，我們會和你聯繫。〞

哈羅德點了點頭之類的。〝女士們，先生們。〞他轉身向門口走去，喬治·布朗跟隨他。外，在車道上，弗蘭克·哈羅德轉向喬治。〝好了，現在你曾見過的家人。你怎麼看？〞

〝這更像是一個慶祝不是哀悼。我很困惑的東西，弗蘭克。如果他們的父親恨他們盡可能多的，因為他們似乎恨他，他為什麼離開他們所有的錢？〞

弗蘭克·哈羅德顫抖。 "這件事情，我們永遠也不會知道。也許這就是為什麼他來見我，離開了錢給別人。"
沒有一個組能睡覺，那天晚上，每一個迷失在他或她自己的想法。
托馬斯的想法。它的發生。它真的發生了！我能買得起給康妮世界。什麼！
一切！
　卡門在想，只要我得到的錢，我會找到一個方式來永久性收買他們，我會確保他們不會再打擾我。
比利在想，我要在世界馬球小馬的最佳字符串。沒有更多的借用別人的小馬。我將是 10 球！他瞟了一眼梅艷芳，在他的身邊滑。我會做的第一件事就是擺脫這種愚蠢的婊子。於是他想，不，我不能這樣做...他下了床，走進了浴室。當他出來的時候，他感覺太好了。
　在早餐的氣氛，第二天早上旺盛。
　"嗯，"比利高興地說，"我想你們已經制定計劃。"
　大衛聳聳肩。 "一個人怎麼計劃這樣的事情呢？這是錢的數量驚人。"
　　托馬斯抬頭。 "這肯定會改變我們的生活。"
比利點了點頭。 "這個混蛋應該給它給我們，同時他還活著，所以我們可以享受它吧。如果不是不禮貌討厭死了，我要告訴你一件事..."
　卡門責備說："比爾..."
　"好吧，讓我們不偽善。我們都看不起他，他實至名歸我們。只要看看他想..."
達蒙走進房間。他站在那裡，滿臉歉意。 "對不起，"他說。
"有一個小姐珍妮弗·斯坦利在門口。"

12

"珍妮弗·斯坦利？"
他們盯著彼此，凍結。 "地獄她！"比利爆炸。
托馬斯很快地說，"我建議我們擱置到庫中。"他轉身對達蒙。
"你送的年輕女士在那裡，好嗎？"

"是的，先生。"
她站在門口，看著他們每個人，顯然是忐忑。

"我...我可能不應該來的，"她說。

"你該死的權利！"比利說。 "到底是誰嗎？"

"我是珍妮弗·斯坦利。"她幾乎結結巴巴地在她的緊張。

"不，我的意思是，你是誰真的嗎？"
她開始說些什麼，然後搖搖頭。 "我...我的母親是羅莎·紐曼。羅伯特·斯坦利是我的父親。"

本組面面相覷。

"你有任何證據嗎？"托馬斯問。她吞下。 "我不認為我有什麼真正的證據。"

"當然，你不這樣做，"比利搶購。 "你怎麼還好意思..."

卡門中斷。 "這是相當震驚，我們所有的人，你可以想像，如果你所說的是真的，那麼你

...你是我們的同母異父的妹妹。"
珍妮弗點了點頭。 "你卡門"。她轉向托馬斯。

"你是托馬斯。"她轉向比利。

"你是威廉，他們叫你比利。"

"作為人物雜誌可以告訴你，"比利諷刺地說。

105

托馬斯說話了。 "我相信你能理解我們的立場，小姐... 呃...如果沒有一些積極的證據，也沒有辦法，我們可以接受的可能..."

"我明白了。"她環顧四周緊張。 "我不知道我為什麼來這裡。"

"哦，我想你做的，"比利說。 "這就是所謂的錢。"

"我沒興趣的錢，"她氣憤地說。 "事實是，我...我來這裡希望能滿足我的家人。"

卡門正在研究她。 "你媽在哪兒？"

"她去世了。當我讀了我們的父親死了..."

"你決定找我們，"比利說嘲弄。

托馬斯說話。 "你說你有，你是誰，沒有合法證明的。"

"法律？我...我想不是。我甚至沒有想到這一點。但有些事情我不可能知道，除非我已經從我的母親聽見了。"

"例如？"大衛說。

她停下來思考。 "我記得我母親曾經談論回溫室。她喜歡花花草草，她會花上幾個小時那裡..."

比利說話了。 "溫室的照片是在一個很大的雜誌。"

"還有什麼沒有你媽媽叫你嗎？"托馬斯問。

"哦，有這麼多東西！她喜歡談論所有的你，你曾經有過的美好時光。"她想了一會兒。 "有一天，她把你的天鵝船，當你很年輕，一個你幾乎掉入了水中。我不記得是哪一個。"

比利和卡門看了看托馬斯。 "我是第一個，"他說。

"她把你逛街的 Filene 的，一個你迷路了，而且每個人都在恐慌。"

卡門慢慢地說，"我失去了的那一天。"

"嗯？還有什麼？"托馬斯問。

"她把您給聯盟牡蠣房子，你嘗你的第一個牡蠣和生病。"

"我記得。"

他們面面相覷，沉默不語。

她看著比利。 "你和媽媽去了查爾斯頓海軍造船廠看到憲法號，你不會離開，她只好拖累你了。"

她轉過身來卡門。 "而在公共花園有一天，你撿了一些鮮花和幾乎被逮捕。"

106

卡門吞噬。 "這是正確的。"

他們都是聽她目不轉睛現在，著迷。 "有一天，媽媽帶你們來的自然歷史

博物館，和你嚇壞了 mastadon 和海蛇骷髏"。

卡門緩緩地說，"我們沒有睡了一夜。"詹妮弗轉身比利。 "一個聖誕節，她帶你溜冰。你摔了下來，摔斷一顆牙。當你七歲，你翻臉了一棵樹，不得不有你的腿縫了起來。你有疤痕。"

比利說勉強，"我還有事。"

她轉身給了別人。 "你們中的一個被狗咬過，我忘了是哪一個。我的母親趕到你到急診室的 Cedars Sinai 醫院。"

托馬斯點點頭。 "我必須有狂犬病的鏡頭。"她的話是現在洪流出來。

"比利，當你八歲，你就跑了。你要到好萊塢，成為一名演員。我的父親是憤怒和你在一起。他讓你去你的房間沒有吃晚飯，媽媽偷偷一些食物到你的房間。 "

比利點了點頭，沉默不語。

"我...我不知道還有什麼我可以告訴你，我..."

她突然想起了什麼。 "我有我的錢包的照片。"她打開她的錢包，並把它。她遞給圖片卡門。

他們都圍過來看。這是他們三個的時候，他們的孩子，站在旁邊的一個有吸引力的年輕女子在家庭教師制服的照片。

"母親給了我。"

托馬斯問道，"她離開你什麼事嗎？"

她搖搖頭。 "不，對不起，她不希望身邊的任何東西想起羅伯特·斯坦利她。"

"除了你，當然，"比利說。

她轉向他，躍躍欲試。 "我不在乎你是否相信我還是沒有，你不明白...我...我是這麼希望..."她斷絕。

托馬斯說話。 "由於我的妹妹說，你的突然出現倒是我們震驚了。我的意思是...有人

出現突然冒出來，並自稱是家族的一員...你可以看到我們的問題。我認為，我們需要一點時間來討論這個問題。 "

"當然，我明白了。"

〝你住在哪裡？〞

〝在比佛利山莊酒店。〞

〝你為什麼不回去呢？我們將有車送你。我們會盡快與您聯繫。〞

她點點頭。 〝好吧。〞她看著他們每個人的片刻，然後輕輕地說，

〝不管你怎麼想，你是我的家人。〞

〝我送你到門口，〞卡門說。

她笑了。 〝沒關係，我可以找到我自己的路。我覺得，如果我知道這房子的每一寸。〞

他們看著她轉，走出了房間。

卡門說：〝嗯！這...這看起來好像我們有一個妹妹。〞

〝我不相信，〞比利反駁。 〝在我看來...〞大衛開始了。

他們都在談論一次。托馬斯舉起一隻手。

〝這不是讓我們去任何地方。讓我們來看看這個邏輯。從某種意義上說，這個人就是審判這裡，我們是她的陪審員。這是由我們來確定她的無罪或有罪。

在陪審團審判，決定必須一致。我們必須都同意〝。

比利點了點頭。 〝沒錯。〞

托馬斯說，〝然後，我想先拿票。我覺得這位女士是一場騙局。〞

〝一個騙局？她怎麼可以？〞卡門要求。

〝她不可能知道我們所有這些貼心的細節，如果她是不是真的。〞

托馬斯向她轉過身去。 〝卡門，有多少公務員在這所房子裡工作時，我們的孩子？〞

卡門看了他一眼，不解。 〝為什麼？〞

〝幾十個吧？有些人會知道一切這位小姐告訴我們，這些年來，先後有女傭，司機，管家，廚師，任何人可以給她的照片一樣。〞

〝你的意思是...她可能是在聯賽中與別人？〞

〝一個或多個，〞托馬斯說。 〝我們不要忘記，有資金介入一個巨大的數額。〞

〝她說，她不希望這筆錢。〞大衛提醒他們。

比利點了點頭。 "當然，這就是她說。"他看著托馬斯。 "但是我們怎麼證明她是假的？有沒有辦法了..."

"有一個辦法，"托馬斯若有所思地說。

他們都轉向他。

"怎麼樣？"大衛問道。

"我得給你答案的明天。"

弗蘭克·哈羅德緩緩地說，"你是說，珍妮弗·斯坦利已經出現畢竟這些年來？"

"一個女人誰聲稱她是珍妮弗·斯坦利已經出現。"托馬斯糾正他。

"你不相信她嗎？"喬治問。

"絕對沒有。唯一的所謂她的身份，她是提供一些事件從我們的童年，至少有一打前僱員可能已經意識到了和老照片真的不能證明的事情的證據，她可能是在聯賽中與他們中的任何一個。我打算以證明她是個騙子。"

托馬斯生氣。 "你怎麼打算這樣做嗎？"

"這很簡單，我希望有一個脫氧核糖核酸測試完成的。"

喬治·布朗很驚訝。 "這將意味著你掘出父親的身體。"

"是的。"托馬斯轉身弗蘭克·哈羅德。 "這會不會是一個問題嗎？"

"在這種情況下，我大概可以得到一個折返秩序。有她同意這個測試？"

"我還沒有問她呢。如果她拒絕，這是一種肯定，她害怕的結果。"他猶豫了一下。 "我不得不承認，我不喜歡這樣做。但我認為這是我們可以判斷真理的唯一途徑。"

哈羅德是沉吟了片刻。 "很好。"他轉向喬治。 "你處理呢？"

"當然。"他看著托馬斯。 "你可能熟悉程序的近親，在這種情況下，任何死者的子女，有權申請驗屍官辦公室的折返許可證。你必須告訴他們的請求的原因。如果獲得批准，驗屍官辦公室將聯繫殯儀館，讓他們允許繼續前進。從驗屍官辦公室有人要出席折返。"

"多久這個時間？"托馬斯問。

"我想說三四天來獲得批准。今天是星期三，我們應該能夠發掘身體週一。"

"好。"托馬斯猶豫。"我們將需要一個脫氧核糖核酸專家，有人誰將會是令人信服的在法庭上，如果它去那麼遠。我希望你可能知道的人。"

喬治說，"我只知道這個人，他的名字是保羅·韋斯曼。他是在洛杉磯，他給出了試驗專家證言全國各地，我會打電話給他。"

"我很感激。我們越早得到這個在搭配，更好的將是對我們所有人。"

十點鐘，第二天早上，托馬斯走進貝爾航空圖書館，比利，梅艷芳，卡門和大衛都在等待。在托馬斯的身邊是個陌生。

"我想讓你見見保羅韋斯曼，"托馬斯說。"他是誰？"比利問道。

"他是我們的脫氧核糖核酸專家。"

卡門看了看托馬斯。"什麼在世界上，我們...需要一個脫氧核糖核酸專家？"

托馬斯說，"為了證明這個陌生人，誰這麼方便憑空出現，是一個冒名頂替者。我不打算讓她逃脫這一點。"

"你要挖老男人了？"比利問道。

"這是正確的。我有我們的律師正在折返順序了。如果女人是我們的同父異母的妹妹時，脫氧核糖核酸會證明這一點。如果她不是，這將證明這一點。"

大衛說："我怕我不明白這個脫氧核糖核酸。"

保羅·韋斯曼清了清嗓子。"簡單地說，脫氧核糖核酸–或脫氧核糖核酸–是遺傳的分子，它包含每個人的獨特的基因編碼，可以從血液，精液，唾液，毛髮根，甚至骨骼痕跡被提取。它的踪跡可以持續在一具屍體超過五十年。"

"我明白了。所以這是很簡單的，"大衛說。保羅·韋斯曼皺起了眉頭。"相信我，這是不是有兩個

類型的脫氧核糖核酸測試。每一個測試，這需要三天才能得到結果，而更複雜的 RFLP 的測試，這需要六到八週。對於我們的目的，在簡單的試驗就足夠了。"

"你怎麼做測試？"卡門問。

〝有幾個步驟：首先，樣品被收集並且將脫氧核糖核酸切成片段。所述片段由長度排序方法將它們放置在床上的 凝膠和施加電流的脫氧核糖核酸，其帶有負電荷，移向正和，幾個小時後，片段的長度由佈置自己。〞他剛剛熱身。 〝鹼性化學品的使用，分裂的脫氧核糖核酸片段分開，然後將片段轉移到尼龍片，其浸漬在浴中和放射性探針...〞

他的聽眾的眼睛開始呆滯。 〝如何準確的是本次測試？〞比利中斷。

〝這是百分之百的準確判斷，如果這個男人是不是父親。如果測試是正面的，它是 99 點 9％的準確率。〞

比利轉向他的哥哥。 〝托馬斯，你是一名法官。比方說，爭論的緣故，她真的是羅伯特·斯坦利的孩子。她的母親和我們的父親從來沒有結婚，為什麼她有資格嗎？〞

〝根據法律規定，〞托馬斯解釋說，〝如果我們的父親的父子關係建立後，她將有權與我們其他人平等的份額。〞

〝然後我說，讓我們與該死的脫氧核糖核酸測試繼續前進，揭露了她！〞

托馬斯，比利，卡門，大衛，詹妮弗坐在在飯廳餐廳的特里蒙特之家的表。

梅艷芳仍落後於貝爾空氣。 〝所有這一切都談挖了一個身體讓我渾身起雞皮疙瘩，〞她說。

現在，該集團所面臨的女人自稱是珍妮弗·斯坦利。

〝我不明白你問我做的。〞

〝這真的很簡單，〞托馬斯告訴她。 〝醫生將皮膚樣本，從您與我們的父親比較。如果脫氧核糖核酸分子相匹配，這是積極的證據，證明你真的是他的女兒。在另一方面，如果你不願意參加考試..〞。

〝我...我不喜歡它。〞比利關閉了，〝為什麼不呢？〞

〝我不知道。〞她打了一個寒顫。 〝挖了我父親的身體...來的想法...〞

〝為了證明你是誰。〞

她看著每一個他們的臉。 〝我希望你們會...〞

〝是嗎？〞

"沒有辦法，我可以說服你，是嗎？" "是的，"托馬斯說。"同意採取這種測試。"有一個長時間的沉默。

"好吧，我會做到這一點。"

折返為了一直更難獲得比任何人的預期。弗蘭克·哈羅德曾對驗屍官個人。

"不看在上帝的份上，我坦率不能做到這一點，你知道什麼是臭，會導致我的意思是，我們不與李四在這裡處理。我們正在處理的羅伯特·斯坦利如果這個不斷洩露出來，媒體將有一個重要的日子！"

"馬文，這是非常重要的。數以百萬計的美元受到威脅這裡。所以你要確保它不會洩露出去。"

"是不是有一些其他的方式，你可以...？"

"恐怕不行，女人是非常有說服力的。" "但他的家人並不相信。"

"沒有。"

"你覺得她是一個騙局，弗蘭克？"

"坦白地說，我不知道，但是我覺得也無所謂。其實，沒有我們的意見的問題。法院將要求的證明，以及脫氧核糖核酸測試將提供這一點。"

驗屍官 搖 了 搖頭。 "我知道老羅伯特·斯坦利。他會很討厭這個。我真不應該讓..."

"但你會的。"

驗屍官 嘆 了口氣。 "我想是這樣。你能幫我一 個忙嗎？"

"當然。"

"保持這個安靜的。我們沒有一個媒體馬戲團"。

"我向你保證，絕密，我剛才的家人在那裡。"

"當你想這樣做嗎？"

"我們想做到這一點在週一。"

驗屍官再次嘆了口氣。 "好吧，我會打電話給殯儀館。你欠我一個，弗蘭克。"

"我不會忘記這一點。"

九點鐘週一上午，入口西奈山紀念公園在那裡羅伯特·斯坦利的屍體被埋葬被暫時關閉了部分"維護修理。"沒有人被允許進入的理由。比利，梅艷芳，托馬斯，卡曼，大衛，詹妮弗·弗

蘭克·哈羅德，喬治·布朗，和科爾曼博士，從驗屍官辦公室的
代表，站在羅伯特·斯坦利的墳墓的現場，看著墓地四名員工
提高他的棺材。保羅·韋斯曼等候在一旁。

　　當靈柩到達地面，工頭轉向組。〝你想我們現在怎麼
辦？〞

　　〝打開它，請，〞哈羅德說。他轉身對保羅·韋斯曼。〝多久
這個時間？〞

　　〝不超過一分鐘，我就得到一個快速的皮膚樣本。〞

　　〝好吧，〞哈羅德說。他點點頭給工頭。〝前進。〞
工頭和他的助手開始啟封的棺材。

　　〝我不希望看到這一點，〞卡門說。〝難道我們有什麼打
算？〞

　　〝是的！〞比利告訴她。〝我們是認真的。〞
他們都看著，著迷，因為棺材的蓋子慢慢取出並推到一邊。
他們站在那裡，盯著。

　　〝哦，我的上帝！〞卡門驚呼。棺材是空的。

13

　　回到貝爾航空，托馬斯剛剛得到掛掉電話。　"哈羅德說，不會有任何媒體洩漏的墓地肯定不希望那種負面宣傳的死因裁判官已下令科爾曼博士保住自己的嘴，和保羅·韋斯曼可以信任不說話。"

比利並沒有支付任何注意。　"我不知道該怎麼母狗做到了！"他說。　"但她是不會逃脫它！"他怒視著別人。　"我想你不覺得她安排嗎？"

托馬斯說，慢慢地，"我怕我不得不同意你的看法，比利。沒有人可能本來可以有一個這樣做的理由。女人是聰明和機智，她顯然不是一個人的工作。我不知道正是我們對抗。"

　　"那我們現在怎麼辦？"卡門問。托馬斯顫抖。　"坦白地說，我不知道，我想我做到了。我敢肯定，她打算去法院提出異議的意志。"

　　"她有獲勝的機會？"梅艷芳怯生生地問。

　　"我怕她不，她是很有說服力的。她有一些我們信服。"

　　"一定有什麼我們可以做的，"大衛感嘆道。　"怎麼樣使警方在這？"

　　"哈羅德說，他們已經尋找到身體的消失，他們已經走到了窮途末路，沒有雙關語意，"托馬斯說。　"更重要的是，警方希望該保持沉默，否則他們將有每個堰做在城裡轉了一具屍體。"

　　"我們可以要求他們進行查處假冒！"托馬斯搖了搖頭。"這不是警方的事。

　　"這是一個私人"他停了一會兒，然後若有所思地說，"你知道..."

〝什麼？〞

〝我們可以聘請私人偵探，試圖揭露了她。〞

〝這不是一個壞主意。你知道嗎？〞

〝不，不是本地的，但我們可以問哈羅德找人，或者...〞他猶豫了一下，〝我從來沒有見過他，但我聽說過一個私家偵探在舊金山地區檢察官使用了大量他有著極好的口碑。〞

大衛說話了。〝為什麼我們不知道我們是否可以僱傭他嗎？〞

托馬斯看了看四周。〝這是給你休息。〞

〝我們能輸呢？〞卡門問。

〝他可能是昂貴的，〞托馬斯警告說。

比利哼了一聲。〝貴嗎？我們正在談論數百萬美元。〞

托馬斯點點頭。〝當然，你是對的。〞

〝他叫什麼名字？〞

托馬斯皺起了眉頭。〝我不記得了。辛普森...西蒙斯...不，這不是它。這聽起來類似的東西。我可以致電地方檢察官辦公室在舊金山。〞

看著托馬斯群拿起電話控制台上，並撥了一個號碼。兩分鐘後，他說話的助理地區檢察官。〝這是法官托馬斯·斯坦利。據我所知，你的辦公室保留了私家偵探，不時誰做出色的工作適合你。他的名字有點像席夢思或者...〞

在另一端的聲音說，〝哦，你一定意味著弗雷迪·蒂爾曼。〞

〝蒂爾曼！是的，就是這樣。〞托馬斯看著別人笑了。〝我不知道你能不能給我他的電話號碼，所以我可以直接與他聯繫。〞

之後，他寫下的電話號碼，托馬斯取代了接收器。

他轉身到組，說：〝好吧，那麼，如果大家都同意，我會嘗試與他聯繫。〞

眾人點頭。

第二天下午，達蒙走進客廳，那裡的小組正在等待。〝蒂爾曼先生就在這裡。〞

他是一個人在他四十多歲，臉色蒼白的膚色和一個拳擊手的堅實的基礎。他有一個破碎的鼻子和明亮的，好奇的眼。他看著托馬斯大衛比利，詫異。〝法官斯坦利？〞

托馬斯點點頭。〝我是法官斯坦利。〞〝弗雷迪·蒂爾曼，〞他說。

"請坐，蒂爾曼先生。"

"謝謝。"他坐了下來。 "你是誰打電話之一，對不對？"

"是的。"

"說實話，我不知道我能為你做什麼。我沒有任何官方的連接在這裡。"

"這純粹是非官方的，"托馬斯讓他放心。 "我們只是想跟踪的年輕女子的背景。"

"你告訴我，她聲稱自己是你的姐姐半，而且也沒有辦法運行的脫氧核糖核酸測試的手機上。"

"這是正確的，"比利說。
他看了看組。 "你不相信她是你同父異母的妹妹？"
有片刻的猶豫。

"我們不這樣做，"托馬斯告訴他。 "但另一方面，它只是有可能，她說的是實話。我們想聘請你做的是提供了無可辯駁的證據表明，她是真正的兩種或欺詐行為。"

"很公平，這將花費你一千元一天的費用。"
托馬斯說，"一千...？"

"我們會付錢的。"比利削減英寸

"我需要你對這個女人的信息。"卡門說，"似乎沒有非常多。"
托馬斯說話了。 "她有沒有證據證明任何一種，她進來了很多故事，她說，她的母親告訴她我們的童年，而且..."
他舉起一隻手。 "保持它。誰是她的母親嗎？"

"她聲稱母親是一個家庭教師，我們不得不為名為羅莎紐曼的孩子。"

"發生了什麼事給她嗎？"
他們看著彼此不舒服。比利說話了。 "她曾與我們的父親有染並懷孕了，她跑了，有一個女嬰。"他補充到。

"她消。"

"我明白了。而且這個女人自稱是她的孩子？"

"這是正確的。"

"這不是很多去。"他坐在那裡，想著。

最後，他抬起頭來。 "好吧，我去看看我能做些什麼。"
"這就是我們要問，"托馬斯說。

他提出的第一個動作就是去洛杉磯公共圖書館和閱讀所有關於二十六歲醜聞羅伯特·斯坦利，女教師，和夫人士丹利自殺的縮微膠片。有足夠的材料，一本小說。

他的下一個步驟是參觀弗蘭克哈羅德。〝我的名字是弗雷迪·蒂爾曼。我...〞

〝我知道你是誰，蒂爾曼先生。法官斯坦利問我與你合作。我能為你做什麼？〞

〝我想跟踪羅伯特·斯坦利的私生女。她會約 26，對吧？〞

〝是的。她出生 8 月 9 日，I969，在聖約瑟夫醫院在邁阿密，佛羅里達州，她的母親給她取名珍妮弗。〞他說。〝他們就消失了。恐怕這就是我們的資料。〞

〝這是一個開始，〞他說。〝這是一個開始。〞

唐尼夫人，管理者在邁阿密聖約瑟夫醫院，是一個頭髮花白的女人在她的六十年代。

〝是的，當然，我還記得，〞她說。〝我怎麼會忘記呢？有一個可怕的醜聞。有在所有的報紙的故事。在這裡記者發現了她是誰，他們不會離開這個可憐的姑娘一個人。〞

〝她去哪兒了，當她和孩子離開這裡？〞

〝我不知道，她沒有留下轉發地址。〞

〝她付出了法案，她完全離開之前，夫人唐尼？〞

〝作為其實...她沒有。〞

〝你怎麼碰巧還記得嗎？〞

〝因為它是如此傷心。我記得她在很椅子你坐在坐，她告訴我，她可以支付她的賬單的一部分，但她答應給我的錢，它的其餘部分。好了，這是對醫院的規則，當然，但我覺得很對不起她，她病得很重，當她離開這裡，我說是的。〞

〝她又是送你的剩下的錢？〞

〝她肯定沒有。大約兩個月後，現在我還記得。她在一些秘書服務已經得到了一份工作。〞

〝你不會碰巧記得在哪裡，這是，你會嗎？〞

〝善號，這是約 25 年前，蒂爾曼先生。〞

〝唐尼夫人，你讓所有病人的病歷上的文件嗎？〞

〝當然。〞她抬頭看著他。〝你要我去通過記錄？〞

他友好地笑了笑。〝如果你不介意。〞

〝它會幫助羅莎？〞

〝這可能意味著對她意義重大。〞

〝如果你能原諒我。〞唐尼夫人離開了辦公室。她回到十五分鐘後，拿著一紙在手心裡。〝這是羅莎紐曼的返回地址是精英打字服務，內布拉斯加州奧馬哈市。〞

精英打字服務由格雷格・布拉克斯頓先生，六十出頭的男人運行。

〝我們聘請這麼多的臨時員工。〞他抗議。〝你怎麼能指望我記得有人誰在這裡工作了很久以前？〞

〝這是一個比較特殊的情況。她是一個女人在她的二十年代末，身體不好，她剛剛生了一個孩子，並...〞

〝羅莎〞！

〝這是正確的，為什麼你還記得她嗎？〞

〝嗯，我喜歡的東西聯繫起來，蒂爾曼先生。你知道什麼是記憶法？〞

〝是的。〞

〝嗯，這是我用什麼，我聯想字。有一部電影叫出來 Rosa 的寶貝。所以，當羅莎走了進來，告訴我，她生了一個孩子，我把兩件事情一起......〞

〝多久了羅莎・紐曼和你在一起？〞

〝哦，大約一年，我想。然後記者發現了她，不知何故誰，他們不會放過她。她離開小鎮的夜晚，從他們逃脫的中間。〞

〝布拉克斯頓先生，你有什麼想法，其中羅莎紐曼去當她離開這裡？〞

〝佛羅里達，我想，她想要一個溫暖的氣候。我建議她去一個機構，我知道在那裡。〞

〝我能有一個機構叫什麼名字？〞

〝當然，這是大風局。我還記得，因為我用他們倒在佛羅里達州每年的大風暴聯繫起來。〞

他會見士丹利家庭十天後，他回到了洛杉磯。他叫進取，家庭正等著他。他們坐成半圓形，面向他，因為他進了客廳在貝爾空氣。

〝你說你有一些消息對我們來說，蒂爾曼先生，〞托馬斯說。

"這是正確的。"他打開公文包，拿出一些文件。 "這是一個最有趣的情況，"他說。 "當我開始..."

"切入正題，"比利不耐煩地說。 "她是一個欺詐或不呢？"他抬起頭。 "如果你不介意的話，斯坦利先生，我想在我自己的方式來呈現這一點。"

托馬斯給了比利一個警告的眼神。 "這是不夠公平。請繼續。"

他們看著他徵詢他的筆記。 "斯坦利家庭教師，羅莎·紐曼，有一位女性的孩子由羅伯特·斯坦利，她 sired 和孩子來到內布拉斯加州奧馬哈市，在那裡她去工作，為精英服務打字，她的老闆告訴我，她有困難的天氣。 "

"下一步，我跟踪她和她的女兒到佛羅里達州，在那裡她工作了大風機構，他們走遍了很多。我跟著步道到舊金山，在那裡住了十年前。這是結束線索後，他們消失了。"他抬起頭。 "就這樣，蒂爾曼？"比利要求。 "你十年前失去了踪跡？"

"不，那是不是。"他把手伸進他的公文包裡掏出另一張紙。 "女兒，珍妮弗，申請駕照時，她 17 歲。"

"有什麼好處呢？"大衛問道。

"在加利福尼亞州，司機都要求有決定了他們的指紋。"他舉起一張卡片。 "這是真正的珍妮弗·斯坦利的指紋。"托馬斯說，激動地說："我看！如果它們匹配..."比利中斷。 "然後她就真的是我們的姐妹。"

他點點頭。 "這是正確的。我帶了便攜式指紋套在我身邊，如果你現在要檢查她出去。她在這兒？"托馬斯說，"她是在當地的酒店。我一直在每天早上和她說話，試圖說服她留在這裡，直到我們得到這個解決。"

"我們已經得到了她！"比利說。 "讓我們在那邊！"半小時後，該集團進入酒店房間貝弗利山酒店舉行。當他們走了進來，她正在收拾行李箱。

"你要去哪裡？"卡門問。

她轉過身來面對他們。 "家，這是一個錯誤讓我來這裡擺在首位。"托馬斯說，"你不能責怪我們...？"

她轉過身來對他，大發雷霆。 "自從我來了，我已經遇到的只是懷疑你以為我來這裡是為了拿一些錢離你而去：嗯，我沒有我來是因為我想找到我的家人我．．．。沒關係。"她回到了她的包裝。

托馬斯說，"這是弗雷迪·蒂爾曼，他是一名私家偵探。"

她抬起頭來。 "現在怎麼辦？我是不是被抓？"

"不，夫人。詹妮弗士丹利獲得了駕駛執照在舊金山當她是十七歲。"

她停了下來。 "這是正確的，我做到了。是不是違法呢？"

"不，夫人。問題的關鍵是．．．．．．"

"問題的關鍵是"–托馬斯間斷–"珍妮弗士丹利的指紋上的許可。"

她看著他們。 "我不明白是什麼．．．？"

比利說話了。 "我們要檢查他們對你的指紋。"

她的嘴唇收緊。 "不！我不會允許它！"

"你是說，你不會讓我們把你的指紋？"

"這是正確的。"

"為什麼不呢？"大衛問道。

她的身體已經僵硬。 "因為你們讓我覺得我的某種犯罪的，好吧，我已經受夠了！我希望你能留下我一個人。"

卡門輕輕地說，"這是你的機會來證明你到底是誰。我們一直在為打亂了這一切，你有，我們想解決它。"

她站在那裡，尋找到他們的臉，一個接一個。最後，她疲憊地說，"好吧，讓我們結束這。"

"好。"

"蒂爾曼先生，"托馬斯說。

"沒錯。"他拿出一個小指紋套並設置它放在桌子上。他 打開墨 墊。 "現在，如果你只是一步在這裡，請。"

別人看著她走到桌子。

他拿起她的手，一個接一個，按她的指尖上墊。接下來，他按他們在一張白紙。 "有。這是沒有那麼糟糕，不是嗎？"他放在旁邊的新鮮指紋許可證局的卡。

該集團走到桌子，低頭看著兩套打印。它們是相同的。比利是第一個發言。 "他們是．．．這個．．．一樣。"

卡門看著她感情的混合物。 "你真的是我們的姐姐，是不是？"
她微笑著通過她的眼淚。 "這就是我一直想告訴你。"
每個人都在談論突然一次。 "這是令人難以置信的...！"
 "畢竟這些年來..."
 "為什麼不是你的母親沒有回來？" "對不起，我們給了你這樣一個困難時期"
 她的笑容照亮了整個房間。 "沒事的，一切都沒事了。"
 比利拿起指紋卡，並看著它與尊重。 "天啊！這是一個數十億美元的卡。"他把卡在他的口袋裡。 "我要擁有它古銅。"
托馬斯轉向基。 "這需要一個真正的"慶祝！我建議大家都回去貝爾空氣。"他轉身向她笑笑。 "我們會給你一個值得歡迎的家庭聚會，讓我們幫你簽出在這裡。"
她環顧四周在他們，她的眼睛閃著。
 "這就像夢想成真。我終於有一個家庭！"
半小時後，他們又回到貝爾航空，並將她解決了她的新房間。其他人在樓下，興奮地交談。
 "她一定覺得好像她剛剛經歷了宗教裁判所，它"。
 "她，"安妮塔說。 "我不知道她怎麼站
 卡門說，"我不知道她怎麼回事，以適應她的新生活。"
 "用同樣的方法我們都將進行調整，"比利說愉快。 "隨著大量的香檳和魚子醬。"
托馬斯上漲。 "拿我來說，我很高興它終於塵埃落定。讓我上去看看，如果她需要任何幫助。"
他上樓，沿著走廊來到她的房間走去。他敲她的門，並大聲叫，"珍妮弗？"
 "這是開放的。進來。"
 他站在門口，他們靜靜地盯著對方。然後托馬斯仔細關上了門，伸出雙手，並闖進一個緩慢的笑容。
他說話的時候，他說，"我們做到了，瑪麗！我們贏了！"

14

回到貝爾航空，托馬斯剛剛得到掛掉電話。 "哈羅德說，不會有任何媒體洩漏的墓地肯定不希望那種負面宣傳的死因裁判官已下令科爾曼博士保住自己的嘴，和保羅·韋斯曼可以信任不說話。"

比利並沒有支付任何注意。 "我不知道該怎麼母狗做到了！"他說。 "但她是不會逃脫它！"他怒視著別人。 "我想你不覺得她安排嗎？"

托馬斯說，慢慢地，"我怕我不得不同意你的看法，比利。沒有人可能本來可以有一個這樣做的理由。女人是聰明和機智，她顯然不是一個人的工作。我不知道正是我們對抗。"

"那我們現在怎麼辦？"卡門問。托馬斯顫抖。 "坦白地說，我不知道，我想我做到了。我敢肯定，她打算去法院提出異議的意志。"

"她有獲勝的機會？"梅艷芳怯生生地問。

"我怕她不，她是很有說服力的。她有一些我們信服。"

"一定有什麼我們可以做的，"大衛感嘆道。 "怎麼樣使警方在這？"

"哈羅德說，他們已經尋找到身體的消失，他們已經走到了窮途末路，沒有雙關語意，"托馬斯說。 "更重要的是，警方希望該保持沉默，否則他們將有每個堰做在城裡轉了一具屍體。"

〝我們可以要求他們進行查處假冒！〝托馬斯搖了搖頭。〝這不是警方的事。

〝這是一個私人〝他停了一會兒，然後若有所思地說，〝你知道...〝

〝什麼？〝

〝我們可以聘請私人偵探，試圖揭露了她。〝

〝這不是一個壞主意。你知道嗎？〝

〝不，不是本地的，但我們可以問哈羅德找人，或者...〝他猶豫了一下，〝我從來沒有見過他，但我聽說過一個私家偵探在舊金山地區檢察官使用了大量他有著極好的口碑。〝

大衛說話了。〝為什麼我們不知道我們是否可以僱傭他嗎？〝

托馬斯看了看四周。〝這是給你休息。〝

〝我們能輸呢？〝卡門問。

〝他可能是昂貴的，〝托馬斯警告說。

比利哼了一聲。〝貴嗎？我們正在談論數百萬美元。〝

托馬斯點點頭。〝當然，你是對的。〝〝他叫什麼名字？〝

托馬斯皺起了眉頭。〝我不記得了。辛普森...西蒙斯...不，這不是它。這聽起來類似的東西。我可以致電地方檢察官辦公室在舊金山。〝

看著托馬斯群拿起電話控制台上，並撥了一個號碼。兩分鐘後，他說話的助理地區檢察官。〝這是法官托馬斯·斯坦。據我所知，你的辦公室保留了私家偵探，不時誰做出色的工作適合你。他的名字有點像席夢思或者...〝

在另一端的聲音說，〝哦，你一定意味著弗雷迪·蒂爾曼。〝

〝蒂爾曼！是的，就是這樣。〝托馬斯看著別人笑了。〝我不知道你能不能給我他的電話號碼，所以我可以直接與他聯繫。〝

之後，他寫下的電話號碼，托馬斯取代了接收器。

他轉身到組，說：〝好吧，那麼，如果大家都同意，我會嘗試與他聯繫。〝

眾人點頭。

第二天下午，達蒙走進客廳，那裡的小組正在等待。〝蒂爾曼先生就在這裡。〝

他是一個人在他四十多歲，臉色蒼白的膚色和一個拳擊手的堅實的基礎。他有一個破碎的鼻子和明亮的，好奇的眼。他看著托馬斯大衛比利，詫異。 "法官斯坦利？"

托馬斯點點頭。 "我是法官斯坦利。" "弗雷迪·蒂爾曼，"他說。

"請坐，蒂爾曼先生。"

"謝謝。"他坐了下來。 "你是誰打電話之一，對不對？"

"是的。"

"說實話，我不知道我能為你做什麼。我沒有任何官方的連接在這裡。"

"這純粹是非官方的，"托馬斯讓他放心。 "我們只是想跟踪的年輕女子的背景。"

"你告訴我，她聲稱自己是你的姐姐半，而且也沒有辦法運行的脫氧核糖核酸測試的手機上。"

"這是正確的，"比利說。

他看了看組。 "你不相信她是你同父異母的妹妹？"

有片刻的猶豫。

"我們不這樣做，"托馬斯告訴他。 "但另一方面，它只是有可能，她說的是實話。我們想聘請你做的是提供了無可辯駁的證據表明，她是真正的兩種或欺詐行為。"

"很公平，這將花費你一千元一天的費用。"

托馬斯說，"一千...？" "我們會付錢的。"比利削減英寸

"我需要你對這個女人的信息。"卡門說，"似乎沒有非常多。"

托馬斯說話了。 "她有沒有證據證明任何一種，她進來了很多故事，她說，她的母親告訴她我們的童年，而且..."

他舉起一隻手。 "保持它。誰是她的母親嗎？"

"她聲稱母親是一個家庭教師，我們不得不為名為羅莎紐曼的孩子。"

"發生了什麼事給她嗎？"

他們看著彼此不舒服。比利說話了。 "她曾與我們的父親有染並懷孕了，她跑了，有一個女嬰。"他補充到。 "她消失。"

"我明白了。而且這個女人自稱是她的孩子？"

"這是正確的。"

"這不是很多去。"他坐在那裡，想著。

最後，他抬起頭來。 "好吧，我去看看我能做些什麼。"

"這就是我們要問，"托馬斯說。

他提出的第一個動作就是去洛杉磯公共圖書館和閱讀所有關於二十六歲醜聞羅伯特·斯坦利，女教師，和夫人士丹利自殺的縮微膠片。有足夠的材料，一本小說。

他的下一個步驟是參觀弗蘭克哈羅德。 "我的名字是弗雷迪·蒂爾曼。我..."

"我知道你是誰，蒂爾曼先生。法官斯坦利問我與你合作。我能為你做什麼？"

"我想跟踪羅伯特·斯坦利的私生女。她會約 26，對吧？"

"是的。她出生 8 月 9 日，I969，在聖約瑟夫醫院在邁阿密，佛羅里達州，她的母親給她取名珍妮弗。"他說。 "他們就消失了。恐怕這就是我們的資料。"

"這是一個開始，"他說。 "這是一個開始。"

唐尼夫人，管理者在邁阿密聖約瑟夫醫院，是一個頭髮花白的女人在她的六十年代。

"是的，當然，我還記得，"她說。 "我怎麼會忘記呢？有一個可怕的醜聞。有在所有的報紙的故事。在這裡記者發現了她是誰，他們不會離開這個可憐的姑娘一個人。"

"她去哪兒了，當她和孩子離開這裡？"

"我不知道，她沒有留下轉發地址。"

"她付出了法案，她完全離開之前，夫人唐尼？"

"作為其實...她沒有。"

"你怎麼碰巧還記得嗎？"

"因為它是如此傷心。我記得她在很椅子你坐在坐，她告訴我，她可以支付她的賬單的一部分，但她答應給我的錢，它的其餘部分。好了，這是對醫院的規則，當然，但我覺得很對不起她，她病得很重，當她離開這裡，我說是的。"

"她又是送你的剩下的錢？"

"她肯定沒有。大約兩個月後，現在我還記得。她在一些秘書服務已經得到了了一份工作。"

〝你不會碰巧記得在哪裡，這是，你會嗎？〞

〝善號，這是約 25 年前，蒂爾曼先生。〞

〝唐尼夫人，你讓所有病人的病歷上的文件嗎？〞

〝當然。〞她抬頭看著他。 〝你要我去通過記錄？〞

他友好地笑了笑。 〝如果你不介意。〞 〝它會幫助羅莎？〞

〝這可能意味著對她意義重大。〞

〝如果你能原諒我。〞唐尼夫人離開了辦公室。她回到十五分鐘後，拿著一紙在手心裡。 〝這是羅莎紐曼的返回地址是精英打字服務，內布拉斯加州奧馬哈市。〞

精英打字服務由格雷格·布拉克斯頓先生，六十出頭的男人運行。

〝我們聘請這麼多的臨時員工。〞他抗議。 〝你怎麼能指望我記得有人誰在這裡工作了很久以前？〞

〝這是一個比較特殊的情況。她是一個女人在她的二十年代末，身體不好，她剛剛生了一個孩子，並...〞

〝羅莎〞！

〝這是正確的，為什麼你還記得她嗎？〞

〝嗯，我喜歡的東西聯繫起來，蒂爾曼先生。你知道什麼是記憶法？〞

〝是的。〞

〝嗯，這是我用什麼，我聯想字。有一部電影叫出來 Rosa 的寶貝。所以，當羅莎走了進來，告訴我，她生了一個孩子，我把兩件事情一起...〞

〝多久了羅莎·紐曼和你在一起？〞

〝哦，大約一年，我想。然後記者發現了她，不知何故誰，他們不會放過她。她離開小鎮的夜晚，從他們逃脫的中間。〞

〝布拉克斯頓先生，你有什麼想法，其中羅莎紐曼去當她離開這裡？〞

〝佛羅里達，我想，她想要一個溫暖的氣候。我建議她去一個機構，我知道在那裡。〞

〝我能有一個機構叫什麼名字？〞

〝當然，這是大風局。我還記得，因為我用他們倒在佛羅里達州每年的大風暴聯繫起來。〞

他會見士丹利家庭十天後，他回到了洛杉磯。他叫進取，家庭正等著他。他們坐成半圓形，面向他，因為他進了客廳在貝爾空氣。

"你說你有一些消息對我們來說，蒂爾曼先生，"托馬斯說。

"這是正確的。"他打開公文包，拿出一些文件。 "這是一個最有趣的情況，"他說。 "當我開始..."

"切入正題，"比利不耐煩地說。 "她是一個欺詐或不呢？"他抬起頭。 "如果你不介意的話，斯坦利先生，我想在我自己的方式來呈現這一點。"

托馬斯給了比利一個警告的眼神。 "這是不夠公平。請繼續。"

他們看著他徵詢他的筆記。 "斯坦利家庭教師，羅莎·紐曼，有一位女性的孩子由羅伯特·斯坦利，她 sired 和孩子來到內布拉斯加州奧馬哈市，在那裡她去工作，為精英服務打字，她的老闆告訴我，她有困難的天氣。 "

"下一步，我跟踪她和她的女兒到佛羅里達州，在那裡她工作了大風機構，他們走遍了很多。我跟著步道到舊金山，在那裡住了十年前。這是結束線索後，他們消失了。"他抬起頭。

"就這樣，蒂爾曼？"比利要求。 "你十年前失去了踪跡？"

"不，那是不是。"他把手伸進他的公文包裡掏出另一張紙。"女兒，珍妮弗，申請駕照時，她 17 歲。"

"有什麼好處呢？"大衛問道。

"在加利福尼亞州，司機都要求有決定了他們的指紋。"他舉起一張卡片。 "這是真正的珍妮弗·斯坦利的指紋。"托馬斯說，激動地說："我看！如果它們匹配..."比利中斷。 "然後她就真的是我們的姐妹。"

他點點頭。 "這是正確的。我帶了便攜式指紋套在我身邊，如果你現在要檢查她出去。她在這兒？"托馬斯說，"她是在當地的酒店。我一直在每天早上和她說話，試圖說服她留在這裡，直到我們得到這個解決。"

"我們已經得到了她！"比利說。 "讓我們在那邊！"半小時後，該集團進入酒店房間貝弗利山酒店舉行。當他們走了進來，她正在收拾行李箱。

"你要去哪裡？"卡門問。

她轉過身來面對他們。 "家，這是一個錯誤讓我來這裡擺在首位。"

托馬斯說，"你不能責怪我們...？"

她轉過身來對他，大發雷霆。 "自從我來了，我已經遇到的只是懷疑你以為我來這裡是為了拿一些錢離你而去：嗯，我沒有我來是因為我想找到我的家人我...。沒關係。"她回到了她的包裝。

托馬斯說，"這是弗雷迪·蒂爾曼，他是一名私家偵探。"

她抬起頭來。 "現在怎麼辦？我是不是被抓？"

"不，夫人。詹妮弗士丹利獲得了駕駛執照在舊金山當她是十七歲。"

她停了下來。 "這是正確的，我做到了。是不是違法呢？"

"不，夫人。問題的關鍵是..."

"問題的關鍵是"–托馬斯間斷–"珍妮弗士丹利的指紋上的許可。"

她看著他們。 "我不明白是什麼...？"

比利說話了。 "我們要檢查他們對你的指紋。"

她的嘴唇收緊。 "不！我不會允許它！"

"你是說，你不會讓我們把你的指紋？"

"這是正確的。"

"為什麼不呢？"大衛問道。

她的身體已經僵硬。 "因為你們讓我覺得我的某種犯罪的，好吧，我已經受夠了！我希望你能留下我一個人。"

卡門輕輕地說，"這是你的機會來證明你到底是誰。我們一直在為打亂了這一切，你有，我們想解決它。"

她站在那裡，尋找到他們的臉，一個接一個。最後，她疲憊地說，"好吧，讓我們結束這。"

"好。"

"蒂爾曼先生，"托馬斯說。

"沒錯。"他拿出一個小指紋套並設置它放在桌子上。他打開墨墊。 "現在，如果你只是一步在這裡，請。"

別人看著她走到桌子。

他拿起她的手，一個接一個，按她的指尖上墊。接下來，他按他們在一張白紙。 "有。這是沒有那麼糟糕，不是嗎？" 他放在旁邊的新鮮指紋許可證局的卡。

該集團走到桌子，低頭看著兩套打印。它們是相同的。比利是第一個發言。 "他們是...這個...一樣。"

卡門看著她感情的混合物。 "你真的是我們的姐姐，是不是？"

她微笑著通過她的眼淚。 "這就是我一直想告訴你。"

每個人都在談論突然一次。 "這是令人難以置信的...！"

"畢竟這些年來..."

"為什麼不是你的母親沒有回來？" "對不起，我們給了你這樣一個困難時期"

她的笑容照亮了整個房間。 "沒事的，一切都沒事了。"

比利拿起指紋卡，並看著它與尊重。 "天啊！這是一個數十億美元的卡。" 他把卡在他的口袋裡。 "我要擁有它古銅。"

托馬斯轉向基。 "這需要一個真正的"慶祝！我建議大家都回去貝爾空氣。" 他轉身向她笑笑。 "我們會給你一個值得歡迎的家庭聚會，讓我們幫你簽出在這裡。"

她環顧四周在他們，她的眼睛閃著。

"這就像夢想成真。我終於有一個家庭！"

半小時後，他們又回到貝爾航空，並將她解決了她的新房間。其他人在樓下，興奮地交談。

"她一定覺得好像她剛剛經歷了宗教裁判所，"托馬斯說。它"。

"她，"安妮塔說。 "我不知道她怎麼站

卡門說，"我不知道她怎麼回事，以適應她的新生活。"

"用同樣的方法我們都將進行調整，"比利說愉快。 "隨著大量的香檳和魚子醬。"

托馬斯上漲。 "拿我來說，我很高興它終於塵埃落定。讓我上去看看，如果她需要任何幫助。"

他上樓，沿著走廊來到她的房間走去。他敲她的門，並大聲叫，"珍妮弗？"

"這是開放的。進來。"

BMD アラン·ダグラスによる悪い気分ドライブ AD

他站在門口，他們靜靜地盯著對方。然後托馬斯仔細關上了門，伸出雙手，並闖進一個緩慢的笑容。

他說話的時候，他說，"我們做到了，瑪麗！我們贏了！"

15

在舊金山的巡迴法庭，有一個恆定的潮起潮落被告被指控縱火，強姦，販毒，謀殺，以及其他各種非法和令人討厭的活動。在一個月的過程中，法官托馬斯·斯坦利處理至少半打殺人案件。大多數沒上過審判，因為律師為被告將提供給辯訴交易，而且由於法院的日曆和監獄是如此擁擠，國家通常會同意。雙方將隨後達成協議去判斷士 丹利他的批。
亨利·布魯克斯的情況是個例外。亨利·布魯克斯是一個人具有良好的意圖和壞運氣。當他是十五歲，他的哥哥曾說服他幫助他搶劫一家雜貨店。亨利曾試圖勸阻他，而當他不能，他就與他一起。亨利被抓，和他的兄弟逃過一劫。兩年後，當亨利·布魯克斯得到了改革學校，他決心從來沒有得到法律的麻煩了。一個月後，他陪朋友到一家珠寶店。
「我想挑選出一個戒指我的女朋友。」
店裡一進去，他的朋友掏出槍喊道：「這是搶劫！」
在隨後的興奮，一位店員 被槍殺。亨利·布魯克斯被抓獲，並因涉嫌武裝搶劫。他的朋友逃脫。
雖然布魯克斯在監獄裡，菲利斯·吉布森，一名社會工作者誰讀過有關他的情況，並為他感到 惋惜，去探望他。這是一見鍾情，當布魯克斯出獄，他和菲莉絲結婚了。在未來 8 年裡，他們有四個可愛的孩子。
亨利·布魯克斯崇拜他的家人。因為他的犯罪前科，他有困難的時候找到工作，並支持他的家人，他不情願地去了他哥哥的工作，開展縱火，搶劫，襲擊的各種行為。不幸的是，布魯克斯，他被抓到現行犯了入室盜竊的佣金。他被逮捕，在監獄裡舉行，並試圖在法官托馬斯·斯坦利的法庭。

這是一次宣判。布魯克斯是第二個罪犯一個壞少年紀錄，並且它是這樣一個在清切的情況下，該助理地方檢察官分別對法官斯坦利將如何多年給布魯克斯做賭注。 "他會在他扔的書！"其中一人說。 "我敢打賭，他給他二十年。斯坦利的不叫掛法官的什麼都沒有。"

亨利·布魯克斯，誰感到深深的在他的心臟，他是無辜的，是作為自己的律師。他站在替補席上，穿著自己最好的衣服前，說："法官大人，我

知道我犯了一個錯誤，但我們都是人，不是嗎？我有一個美好的妻子和四個孩子。我希望你能滿足他們，你的榮譽，噹噹很大。我做什麼，我為他們做。"

托馬斯·斯坦利坐在板凳上，聽著，臉色冷漠。他在等待亨利·布魯克斯來完成，所以他可以通判。這是否真的傻瓜認為他會下車與愚蠢傷心的故事？

亨利·布魯克斯完成。 "...所以你看，你的榮譽，儘管我做了錯事，我是做了正確的理由：家庭，我沒有告訴你如何重要的是，如果我坐牢，我妻子和孩子們會餓死。我知道我犯了一個錯誤，但我願意以彌補它。我會做你要我做什麼，你的榮譽什麼..."

而這是抓住了托馬斯·斯坦利的注意短語。他看著被告在他面前有一個新的興趣。 "任何你想要我做的。"托馬斯突然有同樣的本能，他有大約唐納德·赫爾曼。這裡是一個男人誰可能是非常有用的一天。

對檢察官的絕對驚奇的是，托馬斯說，"布魯克斯先生，還有因為他們在這種情況下，減輕處罰情節，和你的家人，因為，我打算把你緩刑五年，我會期望你完成 6 百小時公共服務。走進我的內室，我們將討論它。"

在他的房間的私密性，托馬斯說，"你知道，我仍然可以送你去監獄了很長，很長一段時間。"

亨利·布魯克斯臉色變得蒼白。 "但是，你的榮譽！你說..."

托馬斯身體前傾。 "你知道你印象最深刻的事情嗎？"

亨利·布魯克斯坐在那裡，試圖想什麼令人印象深刻的他。
"不，你的榮譽。"

"你對你的家人的感受，"托馬斯說，虔誠地。 "我真的很
佩服的。"亨利·布魯克斯亮。 "謝謝你，先生，他們是世界上
最重要的東西給我，我..."

"? 如果你不想失去他們，你會如果我送你進監獄，你的孩
子長大後會沒有你；你的妻子很可能會找到另一個人，你看看
我得到的？"
亨利·布魯克斯感到非常震驚。 "N ...不，你的榮譽。不完
全是。"

"我已把你的家人對你來說，布魯克斯。我想你會很感激。"
亨利·布魯克斯激動地說，"哦，我是，你的榮譽！
我不能告訴你我有多麼感激。"

"也許你可以證明這一點給我的未來。我可能會要求你做一
些跑腿的小我。"

"任何事情！"

"好，我把你的試用期，如果我發現你的行為令人不快我什
麼..."

"你只要告訴我你想要什麼，"布魯克斯懇求。

"我會讓你知道什麼時候時機成熟，同時，這也將是我們兩
個人之間嚴格保密。"
亨利·布魯克斯把他的手放在他的心臟。 "我死之前我會告訴
任何人。"

"你說得對，"托馬斯讓他放心。
這是後很短的時間，當托馬斯接到電話，唐納德·赫爾曼。
"你父親就叫他的律師，他會見了他在洛杉磯週一改變他的意
志。"
托馬斯知道他看到的意志。是時候叫亨利·布魯克斯。

"...該公司的名稱是 REYNOLDS & FRANK HAROLD 律師事
務所。讓意志的副本，並把它給我。"

"沒問題，我會照顧它，您的榮譽。"
12 小時後，托馬斯有意願的副本在他的手中。他讀了它，充
滿了昂揚的精神狀態和良好的情緒感。他和比利和卡門是唯一
的繼承人。而週一的父親正計劃改變的意願。混蛋打算把它遠

離我們！托馬斯痛苦地想道。畢竟我們經歷....這些已經走了數十億屬於我們。他使我們贏得了他們！只有一個辦法來阻止他。

當唐納德的第二個電話打進來，托馬斯說，"我要你殺了他今晚。"

有一個長時間的沉默。 "但是，如果我抓到..."

"不要讓她的老公。你會在海上，很多事情可能發生在那裡。"

"好吧。當一切都結束了..."

"這些錢和機票澳大利亞將等著你。"

再後來，最後美妙的電話。

"我做到了。這是車禍。"

16

最後的棋構成創造了大量的問題。托馬斯 一直在思考他父親
的遺囑，他感到憤怒的比利和卡門正與他的遺產相等份額。他
們不值得。如果它沒有對我來說，他們都早被 人砍沒能完
全。他們會有什麼。它是不公平的但我可以做什麼？
他有一股股票，他的母親給了他很久以前，和他就想起他的父
親的話："地獄你覺得他打算如何處置那一股？接管這家公司
嗎？"
比利和卡門 托馬斯 想到一起，有三分之二的父親斯坦利企業
股票。如何將控制相處僅自己一個額外的份額？答案就來到
他，和它是如此的聰明，它他打懵了。
　　"我應該通知你確實有這可能性另一個繼承人捲入...你父
親會具體規定房地產是平均分給他的問題...你的父親生一個
孩子的家庭女教師在這裡工作了..."如果詹妮弗的出現，會有
四個人，托馬斯 思想。，如果我能控制她的份額，我就會有
50%的父親的股票加百分之一的我已經擁有。可以在赤柱企業
的時候。我可以坐在我父親的椅子上。他的下一個想法是，羅
莎是死的而且她可能永遠不會告訴她的女兒她的父親是誰。為
什麼要做一個真實的詹妮弗 · 斯坦利？
答案就是瑪麗 · 帕金斯。他第一次遇到了她兩個月早些時
候，法院被叫到會話。執達主任已經轉向觀眾在法庭上。"石
峰，石峰。San Francisco 巡迴法院現已在會話中，主審法
官 托馬斯 斯坦利。"所有站了起來。

托馬斯 走在從他分庭，坐在板凳上。他低頭看待審。第一個案例是加利福尼亞州訴瑪麗 · 帕金斯。這些指控被攻擊和謀殺未遂。檢察官上升。"大人，被告是危險的人，應保持 San Francisco 大街。國家將證明被告有長期犯罪的歷史。她為盜竊罪，入店行竊而被定罪，是一個已知的妓女。她是一支穩定的婦女為一個臭名遠揚的皮條客，名叫 Rafael 工作之一。在今年 1 月，他們陷入爭吵，被告蓄意和冷血槍殺了他和他的同伴。

"要麼受害者死嗎?"托馬斯 問。

"不，你的榮譽。他們就醫的患者嚴重受傷。瑪麗 · 帕金斯擁有槍支是非法的武器。

托馬斯 轉過頭去看被告，他感到驚奇。她並不適合他剛才已經聽到關於她的形象。她是穿著得體、 有吸引力的年輕女子在她二十年代末，還有關于她那一份清靜優雅完全掩蓋了對她的指控。那只是證明，托馬斯 諷刺的是，以為你永遠不會知道...他從雙方，聆聽的論據，但他的眼睛被吸引到被告。還有一些關於她，他想起了他的妹妹。當完成了求和時，萬一去了陪審團，並少於四個小時後他們返回與裁定有罪各項罪名成立。

托馬斯 低頭看著被告，說："在這種情況下，法院不能找到任何可以減輕罪責的情況。你是在德懷特懲教中心隨函附上判處五年...下一案"。

它是不直到瑪麗 · 帕金斯被被帶走 托馬斯 意識到這是她提醒他這麼多卡門 》。她有相同的暗灰色的眼睛。赤柱的眼睛。

托馬斯 做 ' 不想關於瑪麗 · 帕金斯再直到唐納德接到電話。

初盤棋已成功完成。托馬斯 曾計畫仔細地在他的每次移動頭腦。他用古典女王的開場白： 打開、 移動女王典當兩個正方形的下降。這是次將移到中間的遊戲。

托馬斯 去看望瑪麗 · 帕金斯在婦女的監獄。

""你記得我嗎? 托馬斯 問。

她盯著他。"我怎麼會忘記你? 你把我送到這個地方的人。

"你相處得怎樣?"托馬斯 問。

她做了個鬼臉。"你一定開玩笑 ！這是一個地獄洞在這裡。

"如何你想出去？"

"怎麼？ 我...你是認真的嗎？"

"我是很認真的。我可以安排它。"

"好吧，那是偉大 ！謝謝你。但我不得不為它做什麼？"

"好吧，還有你為我做的東西。"

她看著他，妖嬈。"當然。這是沒有問題。"

"這是不是我心所想"。

小心翼翼地，她說，"你有在腦海裡，法官什麼嗎"

"我想你幫我對某人開一個小玩笑"。

"什麼樣的笑話？"

"我想你來類比人"。

"類比有人嗎？ 我不知道如何..."

"那裡是 2 萬 5000 美元在它給你。"

她的臉色馬上變了。"當然，"她急忙說。"我可以模仿任何人。誰做你有銘記？

托馬斯 向前探著身子，開始說話。

托馬斯 了瑪麗 · 帕金斯釋放到由他保管。正如他解釋給琳達 · 鮑威爾，首席法官，"我學到了，她是一個非常有才華的演出者，她是渴望過正常的、 體面的生活。我認為很重要的是我們恢復這類型的人，只要我們能夠，不是嗎？"

琳達驚訝，並留下深刻印象。"絕對，托馬斯。這是個美妙的東西，你在做"。

托馬斯 瑪麗搬進了他家，花了整整五天裡她簡報斯坦利家庭。

"你的兄弟的名字是什麼？ "托馬斯 和伍德拉夫"。

"威廉。"

"這是權利 威廉。"

"叫他我們？"

"比利"。

"你有妹妹嗎？"

"是的。卡門。她是一名設計師。"是她結婚了嗎？"

"她嫁給了一個法國人。他的名字是．...大衛· 雷諾瓦"

"腎"。

"腎"。

"你母親的名字是什麼?"

"羅莎 · 紐曼。她是一個家庭教師到赤柱的兒童"。

"她為什麼離開?"

"她懷孕了的..."

"瑪麗!"托馬斯 告誡她。

"我的意思，她懷了孕的羅伯特 · 斯坦利。

"怎麼史坦利太太?"

"她自殺了。"

"什麼做你媽媽告訴你關於赤柱兒童?"

瑪麗停下來想了一會兒。"好嗎?"

"那裡是你摔到天鵝船外的時間"。

"我沒有摔倒!"托馬斯 說。"我幾乎掉。"

"權利。比利幾乎得到了涉嫌在採花
公共的花園"。

"這是卡門..."

他是冷酷無情。他們越過的場景再一次又一次，深夜夜，直到
瑪麗累壞了。

"卡門被咬了一隻狗"。"我被咬了那條狗"。

她揉了揉眼睛。"我想不直了。太累了。我需要一些睡眠。

"你可以晚些時候睡覺!"

"多長時間是這會繼續下去嗎?"她問目空一切。"直到我覺
得你準備好了。現在讓我們去通過它
再次。"

它都說了，一遍又一遍直到瑪麗成為信完美。當這一天終於到
來了，她知道 托馬斯 問每個問題的答案時，他感到滿意。

"你準備好了，"他說。他遞給她一些法律檔。

"這是什麼?"

"它是只是技術性問題，"托馬斯 說隨隨便便。

他把她簽了赤柱房地產她分享給第二個控制的法團的一份檔
公司，反過來受境外子公司 托馬斯 斯坦利 的唯一擁有者。
不是他們可以追溯回 托馬斯 交易。托馬斯 遞給瑪麗現金 5
千元。

138

"當工作完成時，你會得到平衡，"他告訴她。"如果你說服他們你是詹妮弗 · 斯坦利。

從那一刻起瑪麗出現在貝爾空氣，托馬斯 發揮了魔鬼的宣導者。這是經典的抗定位棋子的移動。

"我敢肯定你能理解我們的立場，小姐。

沒有一些確鑿的證據，就沒有辦法"。

"認為這位女士是個騙子..."

"多少公務員工作在這個房子裡當我們還是孩子的時候？...數十名嗎？而有些人會認識這位年輕的女士告訴我們的一切...其中任何一個，可以給她那張照片...讓我們不要忘記是涉及大量的錢。"

他加冕的舉動已經當他要求進行 脫氧核糖核酸 測試。他叫亨利 · 布魯克斯，給他他新的指令："挖羅伯特 · 斯坦利身體和它的處置"。

然後他的調用在私家偵探的靈感。與家人的禮物，他曾打電話給聖弗朗西斯科區檢察院。

"這是法官 托馬斯 斯坦利。我明白你的辦公室將保留一名私人偵探次又一次人為你做的出色工作。他的名字有點像西蒙斯或..."

哦，你必須說 Fredy 蒂爾曼。

"蒂爾曼！是的就是這樣的。我想是否你能給我他的電話號碼，所以可以直接到他"。

相反，他召見亨利 · 布魯克斯，他介紹作為 Fredy 蒂爾曼。

起初 托馬斯 曾預計亨利 · 布魯克斯只是假裝要走走過場，檢查詹妮弗 · 斯坦利，但後來他決定是否布魯克斯真的追求它，它會更令人印象深刻的報告。家庭接受了布魯克斯的結果沒有問題。

托馬斯 的計畫順利，沒有發生任何故障。瑪麗 · 帕金斯完美，發揮了她的一部分，指紋曾經的點睛。每個人都相信她是真正的詹妮弗 · 斯坦利。

"我，舉例來說，很高興終於已成定局。讓我去看看她是否需要幫忙。"

他走上樓去，沿著走廊走到她的房間。他敲了敲她的門，大聲叫，

"珍妮機"呢？

"它是開放的。進去吧。

他站在門口，和他們默默地盯著對方。托馬斯 仔細地關上了門，伸出他的手，然後闖入一個緩慢的笑容。

當他說話時，他說，"我們做到了，瑪麗 ！我們做到了!"

17

在辦事處的雷諾 & 弗蘭克 · 哈樂德，喬治 布朗和哈樂德 · 弗蘭克在喝咖啡。

"偉大的吟游詩人曾說過，' 東西就是爛在丹麥國家。"

"什麼困擾著你?"哈樂德要求。

喬治歎了口氣。"我不確定。這是斯坦利家庭。他們讓我困惑。"

哈樂德 · 弗蘭克哼了一聲。"俱樂部"。

"我會不斷前來回到同樣的問題，弗蘭克，但找不到它的答案。"

"問題是什麼?"

"家庭是急於發掘羅伯特 · 斯坦利的身體，所以他們可以檢查他對女人的 脫氧核糖核酸。所以我們也不得不假定為擺脫身體的唯一可能的動機將能確保女人的 脫氧核糖核酸 不能核對羅伯特 · 斯坦利。唯一一個人能有什麼好處從那會女人，如果她是個騙子。

"是的"。

"然而這個私家偵探、弗雷迪蒂爾曼。我檢查與聖弗朗西斯科區檢察官辦公室，他有很高的聲譽 — — 上來證明她才是真正的詹妮弗 · 斯坦利的指紋。我的問題是，到底誰挖羅伯特斯坦利身體和為什麼?

"這是一個價值數十億美元的問題。如果..."

對講機發出嗡嗡聲。一名秘書聲音過來框。"布朗先生，那裡是你的兩個電話"。

喬治布朗拿起桌上的電話。"你好..."

線的另一端的聲音說，"布朗先生，這是法官斯坦利。我將不勝感激如果今天早上你可以順便去貝爾空氣。"

喬治布朗瞥了哈樂德。"權利。在大約一個小時嗎？"

　　"那一定會好。謝謝你。

喬治掛了電話。"我的存在被請求在赤柱樓"。

　　"我不知道他們想要什麼。"

　　"十有八九，他們想要加速遺囑，所以他們能得到他們的手上一切美好的事物錢。"

　　"康妮？它是 托馬斯。你好？"

　　"好的謝謝你。

　　"我真的很想念你。

有了輕微的停頓。"我想念你，托馬斯。"

字使他激動不已。"康妮，我有一些非常令人興奮的消息。它不能商討電話，但要讓你很開心。當你和我。..."

　　"托馬斯，我必須去。一個人等我"。"但是..."

線斷了。

　　托馬斯 坐在那裡的時刻。然後他在想，她不會說她錯過了我，是否她不是故意。除了比利和安妮塔，這家人被聚集在客廳在貝爾空氣。喬治學習他們的臉。法官斯坦利似乎很輕鬆。喬治 · 卡門看了一眼。她看上去不自然地緊張。她的丈夫提出了從紐約的前一天的會議。喬治看了看 大衛·。這位法國人是長相英俊，比他的妻子年輕幾歲。

後來又有詹妮弗。她看上去很冷靜地考慮她接受進入家庭。我本來期望只是繼承了 10 億美金左右的時間要多一點興奮的人，喬治想。

他看了一眼他們的臉上再一次，想知道如果其中之一是負責被盜，羅伯特 · 斯坦利的身體，如果是這樣，哪一個？和為什麼呢？

　　托馬斯 發表了講話。"布朗先生，我很熟悉的遺囑法律在加利福尼亞州，但我不知道多少他們不同于在麻塞諸塞州的法律。我們不知道是否有沒有一些方法來加快程式"。

142

喬治對自己笑了笑。我本應弗蘭克你賭了。他轉向 托馬斯。"
我們就已經合作了吧，法官斯坦利。托馬斯 尖銳地說："赤柱
名稱可能是有用的超速駕駛的事了"。他是對的喬治想。他點
了點頭。"我會盡我所能。如果它是在所有可能的......"
從樓梯傳來陣陣說話聲。

"閉嘴，你這個愚蠢的婊子 ！我不想聽到另一個詞。你明白
嗎？"

比利和安妮塔走下樓梯，進了房間。安妮塔的臉腫得很厲害，
而且她有一個黑眼圈。比利在咧嘴笑，和他的眼睛閃閃發光。

"你好，每個人都。我希望黨的不多。
該集團正看著安妮塔在休克中。卡門上升。"怎麼給你？

"沒什麼...我撞到一扇門的時候。比利坐的座位。安妮塔
坐在他旁邊。比利拍拍她的手，問熱情，"你沒事吧，我親愛
的嗎？

安妮塔點點頭，不信任自己說話。

"好"。比利轉到其他人。"現在，做了什麼
我想念嗎？"

托馬斯 不以為然地望著他。"我只想問
布朗先生如果他可以加快夏季意願。"

比利咧嘴一笑。"那將是好的"。他轉向安妮塔。

"你想要買一些新衣服，不是嗎，親愛的？"

"我不需要任何新的衣服，"她羞怯地說。

"這是正確的。你哪也不去，是嗎？"他轉向其他人。"安妮
塔也很害羞。她沒有任何事情要談，你有嗎？"

梅豔芳起身跑出了房間。

卡門說："就是她很好，我會看到的"。她起身匆匆追她。

我的上帝！喬治想。如果比利在別人面前表現得像這樣，什麼
它必須像當他和他的妻子單獨在一起？

比利轉向喬治。"多長時間你一直與哈樂德律師事務所？"

"五年"。

"如何他們能忍受工作為我的父親，我會永遠不會知道。
喬治小心翼翼地說："我理解你的父親...可能很困難。"

比利哼了一聲。"很難嗎？他是一個兩條腿的怪物。你知道他
對我們所有人都有綽號嗎？我是查理。他的名字命名我查理 ·

麥卡錫，名叫埃德加貝根的口技了一個傀儡。他叫我姐姐的小馬，因為他說她的臉像一匹馬。托馬斯 名叫..."

令人不安的是，喬治說，"我真的不認為你應該..."

比利喊了出來。"它是擁有權利。"10 億美金治癒很多的傷。

喬治站了起來。"好吧，如果實在沒有別的事，我想我該走了。"他迫不及待地進入外，新鮮的空氣。

卡門在浴室裡，發現了安妮塔，冷毛巾把她一邊腫的面頰。

"安妮塔嗎？你是吧嗎？"

梅艷芳轉身。"我很好。謝謝。I ...我很抱歉關於那裡發生了什麼事。"

"你跟我道歉嗎？你應該憤怒。多長時間他一直打你？"

"他不打我，"安妮塔固執地說。"我撞到門了"。

卡門向她步步逼近。"安妮塔，你為什麼做這個？你沒有，你知道。

停頓了一下。"是啊，做。"

卡門看了看她，感到困惑。"為什麼？"

她轉身。"因為我愛他"。她接著說，倒出的單詞。"他也愛我。相信我，他並不總是這樣。問題是，他有時他是不是自己."

"你的意思是，當他在藥物。"

"不！"

"安妮塔..."

"不！"

"安妮塔..."

梅艷芳猶豫了一下。"我想是的"。

"它什麼時候開始？"

就...右後我們就結婚了。安妮塔的聲音是衣衫襤褸。"它開始因為一場水球比賽。比利從他的小馬摔下來，傷得很。當他在醫院裡，他們就給他來說明疼痛的藥物。他們得到他開始"。她看著卡門，懇求。"所以你看，它不是他的錯，是嗎？比利走出了醫院後， 他...他保持

有關使用藥物。每當我試圖讓他戒煙，他會打我。"

"安妮塔，看在上帝的份！他需要幫助！難道你沒看到嗎？你無法獨自完成。他是個癮君子。他需要什麼？可卡因嗎？"

"不"小的沉默了。"海洛因"。

"我的上帝！"你不能讓他得到一些說明嗎？

"我已經努力"。她的聲音是耳語。"你不知道如何，我試過了！他去了三個複健醫院。"她搖了搖頭。"他沒事了一會兒，然後...他重新開始。他他不能說明它。"

卡門摟著安妮塔。"我很抱歉，"她說。

梅艷芳擠出一絲笑容。"我敢肯定比利會沒事。他正努力。他的確是。"她的臉亮了起來。

"當我們剛結婚時，他就是這麼多的樂趣在一起。我們曾大笑所有的時間。他會給我帶來小禮物和。..."她的眼睛充滿了淚水。"我愛他那麼多"

"如果有什麼我可以做..."

"謝謝你，"安妮塔低聲說。"我明白，"。卡門捏了捏她的手。"我們會再聊天"。

卡門開始下樓梯，加入其他人。她在想，我們還是孩子的時候，母親去世前　我們作出這種奇妙的計畫。"你要成為一名著名的設計師，和要世界上最偉大的運動員！"悲傷的一部分原因，卡門思想，是他可能已經。而現在這。

卡門也不知道如果她感到更難過的比利或安妮塔。

卡門達到樓梯的底部 Damon　走近她，攜帶一封信一個託盤上。"打擾一下，小姐。信使只提供這對你來說。他把信封遞給了她。

卡門驚訝地望著它。"誰..."她點了點頭。"謝謝你，達蒙"。

卡門打開信封，，當她開始讀那封信，她臉色變得蒼白。"沒有!"她說，根據她的呼吸。她的心跳，，她感到一陣頭暈目眩。她站在那裡，她防備表，試圖抓到她的呼吸。

過了一會兒，她轉身走進客廳，她臉色蒼白。

"大衛..."卡門強迫自己鎮靜。"可以看看你一會兒嗎？"他看著她，有關。"是的當然。"托馬斯　問卡門，"你沒事嗎？"她擠出一絲笑容。"我很好，謝謝你。"她握著　大衛·的手，領他上樓。當他們走進臥室時，卡門關上了門。

145

BMD アラン・ダグラスによる悪い気分ドライブ AD

大衛 · 說，"它是什麼嗎？"
卡門把信封遞給了他。信上寫道：

> 親愛的夫人 腎，
> 祝賀你 ！我國野生動物保護協會很高興能讀到你的好運氣。我們知道我們正在做
> 的工作，你有多大興趣，我們指望著你們進一步的支援。因此，我們希望將在接下
> 來的十天之內交存了我們編號的銀行帳戶在蘇黎世 100 萬美金。我們期待著不
> 久能聽到您不久。
> 與其他字母，所有 E 都被打破。

　　"混蛋！"大衛爆炸了。
　　"做他們怎麼知道我在這裡？"卡門問。
　　大衛說痛哭，"他們所要做是撿起一張報紙。他再一次讀這
封信，然後搖了搖頭。"他們不打算辭職。我們必須去找員"。
　　"不！"卡門哭了。"我們不能 ！就太晚了 ！你看不見嗎？
這將是一切的結束。一切！"
　　大衛把她抱在懷裡，緊緊地抱著她。"所有的權利。
我們會找到一種方式。
但卡門知道是沒有辦法。
　　它發生了幾個月前，在這個本來是光榮的春天的一天。卡門
去了一個朋友的生日聚會在康涅狄格州的里奇菲爾德。它已經
一個精彩的聚會，和卡門曾和老的朋友們聊天。她有一杯香
檳。在一次談話，她曾突然看著她的手錶。"哦，沒有 ！沒有
的奇想這麼晚了。大衛等我。
　　有匆匆告別，陷入她的車和擊退了卡門。開車回紐約，她決
定接管 684 蜿蜒的鄉間小路。她幾乎每小時五十英里的速度
旅行，她圓一個急轉彎，發現一輛車停在路的右邊。卡門自動
轉向左邊。在那一刻，一個婦女背著一把剛摘下的花開始穿過
狹窄的道路。卡門瘋狂地試圖避開她，但太晚了。
一切似乎都發生在一片模糊。她聽到讓人噁心砰的一聲，她與
她左前面的擋泥板撞倒女子。卡門帶車嘎然而停下來，她全身
劇烈顫抖。她跑回在那裡的女人躺在路上，沾滿了鮮血。
卡門站在那裡，冰凍。最後，她彎下腰去和女人轉過身，並看
著她失明的眼睛。"哦，我的上帝！"卡門低聲說。她覺得膽汁

146

中上升她的喉嚨。她抬起頭，絕望，不知道該怎麼辦。她在恐慌中左右搖擺。在眼前沒有車。卡門以為她已經死了。我不能說明她。這不是我的錯，但他們會指責我的魯莽的醉酒駕駛。我的血將顯示酒精。去到監獄的時候 !

她最後看了看女人的身體，然後匆匆回到她的車。左前翼子板潑了冷水，和在它上有血跡。卡門想過要把車放在車庫裡了。警方將尋找它。她鑽進汽車，並趕走。

進入紐約磁碟機餘生，她一直看著後視鏡，期待看到閃爍的紅色燈光，聽到了警笛的聲音。她對第九十六條街在哪裡，她把她的車開進車庫。斯科特，擁有者的車庫裡，在說話紅，他的機修工。卡門的那輛車了。

"夜晚，夫人 腎，"斯科特說。

"去...晚上好"。她努力保持她的牙齒打顫。

"把它過夜嗎?"

是的...是，請。

紅色看擋泥板。"你有一個壞的凹痕，夫人 腎。看起來它的血液"。

兩個男人在看她。卡門深深地吸了一口氣。"是的。I ...我擊中一隻鹿在高速公路上的"。

"你是幸運的是它沒有做更多的傷害，"

"哦，不，克莉絲蒂娜，不要這樣。

卡門在克莉絲蒂娜的眼中看到驚訝。這是兩天后的第一個字母來：

親愛的夫人 腎，

我是在迫切需要的是野生動物保護協會的主席。我確信你會喜歡來說明我們。該組織需要資金來保護野生動物。我們特別感興趣鹿。您可以到帳號 804072 A 在蘇黎世的瑞士信貸銀行電匯 $50,000。我強烈建議這筆錢在那裡在接下來的五天之內。

它是無符號。所有的電子都的信中被打破。信封中裝有是關於這場事故的剪報。卡門這封信讀了兩遍。威脅是明確無誤的。她苦惱該怎麼辦。大衛· 是正確的她想。我應該去和員警了。但現在一切都是更糟。她是一名逃犯。如果他們現在發現了她，這將意味著監獄和恥辱，以及結束了她的生意。

午飯時，她去了她的銀行。"我想電匯 5 萬美金到瑞士..."
當卡門回到家那天晚上時，她給 大衛· 展示了這封信。
他驚呆了。"我的上帝！"他說。"誰能送這?"

"沒有人...沒人知道"。她在發抖。"卡門，有人知道。
她的身體在抽搐著。"當時沒有人在附近，大衛·！I..."

"等一下。讓我們嘗試想出辦法。到底發生了什麼當你回到
城裡嗎?"

"沒有什麼。I ...我把車放在車庫裡，和。..."

她停下來。"你有一個壞的凹痕，夫人 腎。
看起來它的血液"。

大衛· 看到她臉上的表情。"什麼?"

她慢慢地說，"車庫和他機械的擁有者在那裡。他們在擋泥
板上看到血。我告訴他們我撞到了一頭鹿，和他們說應該有更
多的損害。她記得別的東西。"大衛..."

"是嗎?"

"克莉絲汀娜，我的秘書。我告訴她同樣的事情。我可以看
到她也不相信我。所以它不得不將他們三人之一。

"不，"大衛· 慢慢地說。
她盯著他。"什麼意思?"

"坐下來，卡門，，給我聽。如果其中任何被懷疑你，他們
就會告訴你的故事到十幾人。事故的報告已經在所有的報紙。
有人已經把兩個。我認為這封信是騙人的目的在考驗你。它是
一個可怕的錯誤，把這筆錢"。

"但是為什麼呢?

"因為現在他們知道你是有罪的難道你沒看見嗎?
你給他們他們需要的證據。"
"哦，上帝！怎麼辦?"卡門問。
大衛· 腎 一會兒想得周到。"我有一個想法，我們可以發現，
這些王八蛋是誰"。
在 10 上午第二天早上，卡門和 大衛· 坐在曼哈頓第一證券
銀行副總裁理查 · 金斯伯格的辦公室。
"和今天我能為你做什麼嗎?"金斯伯格先生問。
大衛說，"我們想要檢查編號的銀行帳戶在蘇黎世"。
"是嗎?"

"我們想要知道它是其帳戶"。

金斯伯格搓了搓手，他的下巴。"還有一種犯罪涉及嗎?

大衛· 連忙說："不 ！"你為什麼問?

"好吧，除非有某種形式的犯罪活動，例如洗錢或違反法律的瑞士或美國，瑞士不會違反其編號的銀行帳戶的秘密。他們的聲響是建立在保密。"

"當然，還有某種程度上...嗎?"我很抱歉。我恐怕不能。

卡門和 大衛· 互相看著對方。卡門的臉上充滿了絕望。

大衛· 上升。"謝謝您的時間"。

"我很抱歉幫不了你"。他護送他們離開他的辦公室。

卡門開進車庫裡那天晚上，既不是斯科特，也不是紅色的時候周圍。卡門停她的車，當她走過的小辦公室，透過窗戶她看見一台打字機上的立場。她停下來，盯著它，想知道它是否有斷的字母 e。我要找出，她想。

她走到辦公室裡，猶豫了一會兒，然後打開了門，裡面走...

當她走向打字機，斯科特突然憑空出現。

"夜晚，夫人 腎，"他說。"我可以幫你嗎?"

她轉過身，嚇了了一跳。"號我...我剛離開我的車。

晚安。她匆匆走向門口。

"晚上好，夫人 腎"。

清晨，當卡門通過車庫辦公室，打字機不見了。在它的地方是一台個人電腦。

斯科特看見她盯著它。"不錯，是吧嗎?我決定要把這個地方變成二十世紀"。

現在，他是可以負擔得起的嗎?

當卡門告訴 大衛· 一下晚上，他若有所思地說，"它是一種可能性，但我們需要證明"。

星期一的早晨，當卡門去她的辦公室，克莉絲蒂娜在等她。

"你感覺好多了，太太 腎 是"嗎?"是的。謝謝你。

"昨天是我生日。看看我的丈夫有什麼我！"她走到壁櫥裡，掏出一件豪華貂皮大衣。"不漂亮"嗎?

18

　珍妮弗·斯坦利喜歡有蘇珊的室友。她總是樂觀和樂趣和愉悅。她曾經有過不幸的婚姻，並發誓永不涉足與一個男人了。詹妮弗不知道什麼從來沒有蘇珊的定義是，因為她似乎用每週不同的人。

　〝已婚男人是最好的。〞蘇珊哲理。

　〝他們感到內疚，所以他們總是給你買禮物，帶一個單身男人，你要問自己，為什麼他還是單身？〞
她說詹妮弗，〝你沒有戀愛的人，是嗎？〞

　〝沒有。〞詹妮弗想到了誰曾想帶她出去的人。　〝我不想出去只是為了走出去，蘇珊。我必須與別人我真的很在乎。〞

　〝好吧，有我有一個男人為你！〞蘇珊說。

　〝你會愛他！他的名字是湯姆·沃格爾。我告訴他你的一切，而且他非常想見到你。〞

　　〝我真的不認為...〞

　〝他來接你明天晚上八點鐘。〞
湯姆·沃格爾身材高大，非常高，在一個有吸引力的，笨拙的方式。他的頭髮很厚，黑了，他的笑容爆炸戒心，因為他看著珍妮弗。

　〝蘇珊並沒有誇張。你是淘汰賽！〞

　〝謝謝你，〞詹妮弗說。她感到快樂的有些發抖。

　〝你去過休斯頓的？〞
這是最好的餐廳在邁阿密的一個。

150

"沒有。"事實是，她可以吃不起，在休斯敦的。甚至沒有與培養她已經給出。

"嗯，這就是我們有一個預約。"

在晚宴上，托尼談到主要是關於自己，但珍妮弗並不在意。他是有趣和迷人的。 "他是落死華麗，"蘇珊說。而他。

晚餐很美味。對於甜點，珍妮弗曾下令巧克力蛋奶酥和湯姆冰淇淋。因為他們揮之不去的咖啡，珍妮弗想，他是不是要問我去他的公寓，如果他這樣做，我會去嗎？第

我不能這樣做。不是第一次約會。他會覺得我很便宜。當我們下一次出去...

檢查到了。托尼掃描，並說，"它看起來正確的。"他列舉了支票上的項目。 "你有頸部和龍蝦..."

"是的。"

"你有薯條和沙拉，以及雜音，對吧？"

她看著他，不解。 "這是正確的..."

"好。"他做了一些快速的補充。 "你的那份賬單是 50 美元和 40 美分。"

珍妮弗在震盪坐在那裡。 "請再說一遍？"

湯姆笑了。 "我知道你的獨立女性今天，你會不會讓男人為你做些什麼，你願意嗎？還有，"他大度地說，"我要你的那份尖端的照顧。"

"對不起它沒有發揮出來。"蘇珊道歉。 "他是一個真正的蜂蜜。你會再見到他嗎？"

"我買不起他，說："詹妮弗悲憤地說。

"嗯，我有別人給你。你一定會喜歡..."

"蘇珊號，我真的不想..."

"相信我。"

保羅·雷利在他三十年代末一男，珍妮弗不得不承認，相當有吸引力。他把她帶到珍妮的餐廳在歷史草莓山，著名的地道美食克羅地亞。

"蘇珊真的幫了我一個忙，"雷利說。 "你很可愛。"

"謝謝。"

"難道蘇珊告訴你，我有一個廣告公司？"

"不，她沒有。"

151

　　"哦，是的。我最大的公司在佛羅里達州的城市之一。每個人都知道我。"

　　"這很好，我..."

　　"我們在國內處理一些最大的客戶。"

　　"你幹什麼？我不是..."

　　"哦，是的。我們處理名人，銀行，大企業，連鎖店..."

　　"嗯，我..."

　　"...超市。你的名字，我們是代表他們。"

　　"這是..."

　　"讓我來告訴你我是如何開始..."

他從來沒有停止過吃飯時說話，唯一的主題是保羅·雷利。

　　"他可能只是緊張。"蘇珊道歉。

　　"好吧，我可以告訴你，他讓我很緊張。如果有你想知道的關於保羅雷利的那一天起，他出生在生活中的事情，只是問我！"

　　"吉姆·邁爾斯"。

　　"什麼？"

　　"吉姆·邁爾斯。我只記得，他曾經約會我的女朋友。她對他絕對是瘋了。"

　　"謝謝你，蘇珊，但沒有。" "我要打電話給他。"

第二天晚上，吉姆·邁爾斯出現。他 nice-看，他有一個甜蜜和迷人的個性。當他走進門，看著珍妮，他說，"我知道相親是很困難的。我很靦腆自己，所以我知道你一定覺得，珍妮弗。"

她立刻喜歡上了他。

　　他們去了長青中國餐館的國家大道吃飯。

　　"你工作的建築公司。那一定是令人興奮的。我不認為人們意識到建築師是多麼重要。"

他是敏感的，詹妮弗高興地想。她笑了。 "我不能同意你的看法。"

晚上是令人愉快的，他們聊的越多，越珍妮弗喜歡他。她決定要大膽。

　　"你想回來我的公寓睡前？"她問。

　　"不，讓我們回到我的地方。"

"你呢？"

他身體前傾，捏了捏她的手。 "這就是我把鞭子和枷鎖。"艾倫・沃克擁有在約翰，馬克和湯姆遜是駐紮建設的會計師事務所。一個星期有兩三個早晨，珍妮弗會發現自己在與他的電梯。他似乎是一個令人愉快的，足夠的人。他是在他三十多歲，靜靜智能前瞻性，沙質頭髮，他戴著黑邊眼鏡。相識始於禮貌點頭，然後是"早上好"，然後"你看起來很好的今天，"過了幾個月後，"我不知道你想和我一起吃飯一些晚上？"他看著她的熱情，等待著一個答案。

珍妮弗笑了。 "好吧。"

這是對艾倫的一部分瞬間的愛情。在他們的第一次約會，他帶珍妮弗到 EBT，頂級餐廳在邁阿密的一個。他顯然高興能與她。

他告訴她一些關於自己。 "我出生在這裡良好的老邁阿密。我的父親在這裡誕生了。橡子不會從橡樹遠遠。你明白我的意思嗎？"

詹妮弗知道他是什麼意思。

"我一直都知道我想成為一名會計師。當我離開學校，我去上班了拜登和班森金融公司。現在，我有我自己的公司。"

"這很好，"詹妮弗說。

"這是對所有有告訴我，告訴我你的。"

詹妮弗沉默了片刻。我是最富有的人在世界上的私生女。你可能已經聽說過他。他只是死於意外。我是一個女繼承人到他的莊園。她環顧四周優雅的房間。我可以買這家餐廳，如果我想。我大概可以買這個全城，如果我想。

亨利盯著她。 "珍妮弗？"

"哦！我...對不起。我出生在密爾沃基。我...我的父親去世時，我還年輕。我的母親和我走遍全國各地很多。當她去世後，我決定住在這裡，並得到一份工作。"我希望我的鼻子並沒有增長。

艾倫・沃克把一隻手搭在她的。 "所以你從來沒有一個人照顧你。"他身體前傾，認真地說，"我想照顧你為你的餘生。"

詹妮弗看著他驚訝。 "我的意思不是聽起來像多麗絲天，但我們幾乎不認識對方。"

"我想改變這種狀況。"

當珍妮弗回到家，蘇珊正等著她。

"怎麼樣？"她問。 "怎麼你的約會去了？"珍妮弗說，若有所思，"他是非常甜蜜，而且..."

"他瘋了你！"

珍妮弗笑了。 "我認為他提出的。"

蘇珊的眼睛睜大了。 "你認為他提出的？哎呀！你難道不知道，如果那個人建議還是不要？"

"嗯，他說他想照顧我為我的餘生。"

"這是一個建議！"蘇珊驚呼。 "這是一個建議！嫁給他！快！嫁給他他改變主意之前！"

珍妮弗笑了起來。 "有什麼急事？"

"聽我說，請他過來吃飯了。我會做飯，然後你告訴他你來了。"

珍妮弗笑了起來。 "謝謝你。No.當我發現我要結婚，我們可能會吃中國菜了紙箱的男子，但相信我，在餐桌上將會設　置精美的鮮花和燭光。"

他們的下一個日期，艾倫說，"你知道，邁阿密是一個偉大的地方帶來了孩子。"

"是的。"詹妮弗的唯一的問題是，她不知道，她想帶他的孩子。他是可靠的，體面的，清醒的，但是...

她與蘇珊討論它。

"他一直要我嫁給他，"詹妮弗說。 "什麼，他喜歡什麼？"

她想了一會兒，冥思苦想的最浪漫的和令人興奮的事情，她可以說艾倫·沃克。 "他是可靠的，清醒的，體面的......"

蘇珊看了她一會兒。 "換句話說，他的沉悶。"

詹妮弗防守說，"他是不完全沉悶..."蘇珊點點頭，明知。

"他是沉悶的。嫁給他。"

"什麼？"

"嫁給他，好沉悶的丈夫都很難找到。"

獲取從一個發薪日到下一個是金融雷區。有薪水中扣除，以及租金，汽車費用，雜貨和衣服買。珍妮弗擁有的豐田，並在她看來，她花了上比她做了自己。她不斷地從蘇珊借錢。

一天晚上，當珍妮弗穿衣服，蘇珊說，

"這是另一大阿蘭晚上，是吧？哪裡的，他走你今晚？"

"我們要交響樂大廳。克萊奧萊恩正在執行。"

"有老阿蘭再次提出？"

珍妮弗猶豫。事實是，艾倫建議每次他們在一起的時間。她覺得有壓力，但她不能讓她自己說是的。

"不要失去他，"蘇珊警告。

蘇珊很可能是正確的，詹妮弗想。艾倫･沃克會成為一個好丈夫。他是...她猶豫了。他是可靠的，清醒的，體面...這就夠了？

珍妮弗･正要出門，蘇珊稱，"我能借你的黑皮鞋？"

"當然。"和詹妮弗不見了。

蘇珊走進詹妮弗的臥室，打開衣櫃門。該雙鞋，她想要的是在上面的架子。當她到達對他們來說，一個紙箱被束之高閣坐在搖搖欲墜掉了下來，並對其內容灑了滿地。

"該死的！"蘇珊彎下腰收拾報紙。

他們由幾十剪報，照片和文章，而且他們都對羅伯特･斯坦利的家人。似乎有數百人。

突然間，珍妮弗就匆匆回了房間。"我忘了我..."她停了下來，她看到地板上的論文。"你在幹什麼？"

"對不起。"蘇珊道歉。"箱子掉了下來。"紅著臉，詹妮弗彎下腰，開始把試卷放回盒子裡。

"我不知道你是富人和名人這麼感興趣，"蘇珊說。

悄無聲息，詹妮弗不停推揉的文件入禁區。

當她聚集了極少數的照片，她遇到了一個小黃金心臟形小盒她的母親給了她，她去世之前。珍妮弗把盒子放在一邊。

蘇珊正在研究她，不解。"珍妮弗？""是的。"

"你為什麼在羅伯特･斯坦利這麼感興趣呢？""我不是，我...這是我媽媽的。"

蘇珊聳聳肩。"好。"她伸手一紙。這是從醜聞的雜誌，和標題吸引了她的眼球：大亨獲得兒童女教師懷　孕–嬰兒脫胎於–婚，母親和嬰兒的消失！

蘇珊盯著詹妮弗目瞪口呆。"哎呀！你是羅伯特･斯坦利的女兒！"

詹妮弗的嘴撐緊。她搖搖頭，繼續把紙背。

〝難道不是嗎？〞

珍妮弗停止。 〝拜託，我寧可不談論它，如果你不介意的話。〞

蘇珊躍升到她的腳。 〝你寧可不談論它？你是最富有的人在世界上的女兒，你寧願不談論它？你瘋了？〞

〝蘇珊...〞

〝你知道他是多麼值得？數十億美元。〞 〝這無關我。〞

〝如果你是他的女兒，它具有一切與你，你是一個女繼承人！所有你需要做的就是告訴你是誰的家庭，還有...〞

〝沒有。〞

〝不...是什麼？〞

〝你不明白。〞珍妮弗玫瑰，然後在床上坐了下去。 〝羅伯特·斯坦利是一個可怕的人，他放棄了我的母親，她恨他，我恨他。〞

〝你不恨任何人只要有那麼多錢，你了解他們。〞

珍妮搖搖頭。 〝我不希望其中任何部分。〞

〝珍妮弗，女繼承人不住在照出的公寓，並在打折買衣服，並借付房租。你的家人會恨知道你過著這樣的生活。他們會被羞辱。〞

〝他們甚至不知道我還活著。〞

〝那你得告訴他們。〞

〝蘇珊...〞

〝是嗎？〞

〝刪除的主題。〞蘇珊看著她很長一段時間。 〝當然，順便說一句，你不能借給我一百萬兩到發薪日，可以嗎？〞

19

　　托馬斯仍然是絕望。他的情緒驅動一度失控。在過去的 24 小時，他一直撥打康妮的家庭電話號碼，並曾有過沒有答案。她是用誰？托馬斯痛苦。她在幹什麼？

他拿起電話再次撥打。

電話響了很久，也正如托馬斯正要掛斷電話，他聽到康妮的聲音。

　　"您好。"

　　"康妮！你好嗎？"

　　"到底是誰呢？"

　　"這是托馬斯。"

　　"托馬斯？"停頓了一會兒。　"哦，是的。"

托馬斯感到失望的劇痛。　"你好嗎？"

　　"好吧，"康妮說。

　　"我告訴你，我會擁有一個美好的驚喜給你。"

　　"是嗎？"她聽起來無聊。

　　"你還記得你對我說的去聖爵菲斯在一個美麗的白色遊艇是什麼？"

　　"怎麼了？"

　　"你怎麼想下個月離開呢？"

　　"你是認真的？"

　　"你打賭我。"

　　"好了，我不知道。你有一個遊艇的朋友嗎？"

　　"我要購買遊艇。"

〝你不是東西，是你，是法官嗎？〞

〝在...？不，不！我剛剛到一些錢，很多錢。〞

〝聖爵菲斯，是吧？是的，這聽起來太棒了。當然，我很願意和你一起去。〞

托馬斯感到一種如釋重負的濃濃。〝太好了！同時，不要...〞他無法讓自己甚至去想它。〝我會與您聯繫，康妮。〞他取代了接收器，坐在他的床邊。〝我很想和你一起去。〞他能想像他們倆在一個美麗的遊艇，在世界各地游弋起來。在一起。

托馬斯拿起電話本，並轉向了黃色網頁。

約翰·奧爾登遊艇公司，公司的辦事處位於洛杉磯的商業碼頭。銷售經理想出了托馬斯，他進入。

〝什麼，今天我為你做什麼，先生？〞

托馬斯看著他，隨口說：〝我想買一艘遊艇。〞這句話推出了他的舌頭。

他父親的遊艇很可能是房地產的一部分，但托馬斯無意與他的弟弟和妹妹同住一船。

〝電機或帆？〞

〝我...呃...我不知道。我希望能夠去世界各地的吧。〞

〝我們很可能說的電機。〞〝它必須是白色的。〞

銷售經理奇怪地看著他。〝是的，當然。多大的船你有什麼想法？〞

藍天是 180 英尺。〝兩百年的腳。〞

銷售經理眨了眨眼睛。〝啊，我明白了。當然，這樣的遊艇將是非常昂貴的，先生...呃...〞

〝法官斯坦利。我的父親是羅伯特·斯坦利。〞

男人的臉亮了起來。

〝錢不是問題，〞托馬斯說。

〝當然不是！好吧，法官斯坦利，我們要找到你的遊艇，每個人都會羨慕不已。白，當然，與此同時，這裡是一些可用的遊艇的投資組合。打電話給我，當你決定你感興趣哪些在〞比利·斯坦利在想著馬球小馬。他一生不得不騎他的朋友們的小馬，但現在他能買得起的最好的弦樂世界。他在電話中，說話妮可·卡森。

158

〝我想買你的小馬，〞比利說。他的聲音充滿了興奮。他聽了一會兒。〝這是正確的，總體保持穩定。我很認真的。對...〞

談話持續了一個半小時，而當比利更換接收器，他笑嘻嘻的。他去找梅艷芳。她獨自坐在陽台上。比利仍然可以看到他在那裡打了她，她臉上的瘀傷。

〝梅艷芳...〞

她抬起頭來，困惑。〝是嗎？〞

〝我要和你談談。我...我不知道從哪裡開始。〞她坐在那裡，等待著。他深吸了一口氣。

〝我知道我是一個爛丈夫。有些事情我已經做了有不可原諒的。但是，親愛的，一切是現在要改變的。你難道不明白嗎？我們是豐富的。真的有錢。我想讓一切給你。〞他拉著她的手。〝我要去

下車藥物這段時間。我真的很。我們將有一個完全不同的生活。〞

她看著他的眼睛，說 tonelessly，〝難道我們，比利？〞

〝是的，我保證。我知道我以前就說過，但這次它真的要工作，我已經下定了決心。我要一間診所的地方，他們可以治好我的病，我想這項地獄我一直英寸梅艷芳的...〞有絕望中他的聲音。〝我不能沒有你這樣做，你知道我不能...〞

她看著他很長一段時間，然後埋在他的懷裡。〝可憐的孩子，我知道，〞她低聲說。〝我知道，我會幫你的...〞

是時候讓瑪麗帕金斯離開。

托馬斯發現她在研究中。他關上了門。〝我只是想再次感謝你，瑪麗。〞

她笑了。〝這很有趣。我真的有一個好時機。〞

她抬頭看著他狡猾地。〝也許我應該成為一名演員。〞

他笑了。〝你會是很好了。你肯定上當了聽眾。〞

〝我做到了，不是嗎？〞

〝這是你的錢的休息。〞他把一個信封裡掏出。〝你的飛機票回到舊金山。〞

〝謝謝。〞

他看了看手錶。〝你最好走了。〞

"是的。我只是想讓你知道，我很欣賞

應有盡有。我的意思是，你讓我走出監獄和所有的。"他笑著
說，"這是所有權利。旅途愉快。"

"謝謝。"

他看著她上樓去收拾。本場比賽結束。檢查並擊破。

瑪麗·帕金斯在她的臥室裡整理包裝時，卡門走了進來。

"嗨，珍妮弗。我只是想..."她停了下來。 "你在幹什
麼？"

"我要回家了。"

卡門看著她的驚喜。 "這麼快？為什麼呢？我希望我們可以
花一些時間在一起，並結識。我們有這麼多年的追趕。"

"當然好了，其他的一些時間。"

卡門坐在床上的邊緣。 "這就像一個奇蹟，不是嗎？找到對
方畢竟這些年來？"

瑪麗繼續著她的包裝。 "是啊，這是一個奇蹟，沒事的。"

"你一定覺得像灰姑娘。我的意思是，你的生活一個完美的
平均壽命和下一分鐘有人 1 分鐘遞給你一十億美元。"

瑪麗攔住了她的包裝。 "什麼？"

"我說..."

"十億美元？"

"是的。根據父親的旨意，這就是我們每個人都繼承了。"

瑪麗看著卡門，驚呆了。 "我們每個人都獲得了十億美元？"

"他們沒告訴你嗎？"

"不，"瑪麗緩緩地說。 "他們沒有告訴我。"看到她的臉上
若有所思的表情。 "你知道，卡門，你是對的。也許我們應該
得到更好的熟悉。"

托馬斯是在日光浴室，看著遊艇的照片時，達蒙走近他。

"對不起，法官斯坦利，有一個電話給你。"

"我買了這裡。"

這是琳達鮑威爾在舊金山。 "托馬斯？"

"是的。"

"我有一些真正偉大的消息要告訴你！"

"哦？"

"現在我退休早，你會怎麼喜歡被任命為首席法官？"

這是所有的托馬斯可以做，以防止傻笑。〝那將是美好的，琳達。〞

〝嗯，這是你的！〞

〝我...我不知道該說些什麼。〞我應該怎麼說呢？〝億萬富翁不要在板凳上的一個骯髒的小坐
法庭在舊金山，發放句子世界的格格不入〞？還是〝我將在我的遊艇在世界各地忙於帆船〞？

〝你們多久才可以回到舊金山？〞

〝這將是一段時間，〞托馬斯說。〝我有很多在這裡做。〞

〝好吧，我們都等著你。〞
不要屏住呼吸。〝再見。〞他取代了接收器和看了一眼他的手錶。是時候讓瑪麗離開了機場。托馬斯上樓去看看她是否準備好了。
當他走進瑪麗的臥室，她拆包她的行李箱。
他驚訝地看著她。〝你還沒有準備好。〞
她抬頭看著他，笑了。〝不，我拆包。我一直在想，我喜歡這裡。也許我應該留一段時間。〞
他皺起了眉頭。〝你說什麼？你是趕上飛機到舊金山。〞

〝未來將有另一架飛機以來，法官。〞她笑了。〝也許我會連我自己買的。〞

〝你在說什麼？〞

〝你告訴我，你要我幫你打別人一個小笑話。〞

〝是嗎？〞

〝嗯，這個玩笑似乎是在我身上。我是一個價值十億美元。〞
托馬斯的表情硬化。〝我要你離開這裡，現在！〞
〝是嗎？我想我會去當我準備好了，〞瑪麗說。〝我還沒有準備好。〞
托馬斯站在那裡，學習她。〝什麼...什麼是你想要的嗎？〞
她點點頭：〝這是更好地在十億美元，我應該得到你是打算保持自己，好吧，我想你是拉一個小騙局回暖。。？
一些額外的錢，而是一個十億美元！這是一個不同的球賽。我想我應得的份額。〞
有敲臥室的門。〝對不起，〞達蒙說。〝午餐供應。〞瑪麗轉向托馬斯。

"你走，我也不會加入你。我要運行一些重要的差事。"
當天下午晚些時候，包開始在玫瑰山到達。共有來自阿瑪尼，運動裝從斯泰西精品，來自約旦沼澤，一個貂皮大衣從奈曼大衛·us 內衣，並從卡地亞鑽石手鍊禮服盒。所有的包都向小姐珍妮弗·斯坦利。
當瑪麗走在門四點半，托馬斯正等著面對她，大發雷霆。

"你覺得你在做什麼？"他要求。她笑了。 "我需要一些東西。畢竟，你的妹妹，必須精心打扮，不是嗎？這是驚人的商店會多少信用給你當你是一個斯坦利，你會採取票據照顧，贏得了"是嗎？"

"珍妮..."

"瑪麗"。她提醒他。 "順便說一句，我看到桌子上遊艇的照片。你打算購買一台？"

"這不關你的事。"

"不要太肯定。也許你和我將乘坐郵輪，我們將其命名遊艇瑪麗。或者我們應該將其命名為珍妮弗？我們可以在世界各地一起去。我不喜歡獨處。"
托馬斯想了一下。 "看來我低估了你。你是一個非常聰明的年輕女子。"

"我來自你，這是一個很大的恭維。"

"我希望你也是一個合理的年輕女子。" "那要看情況。什麼叫合理？"

"一百萬美元。現金。"
她的心臟開始跳動更快。 "我可以保持我今天買的東西呢？"

"所有的人。"
她深吸了一口氣。 "你有一個協議。"

"好，我去把錢給你盡可能快，我可以。我會回到舊金山，在接下來的幾天。"他邁出了關鍵的從他的口袋裡，遞給她。"這裡的關鍵是我的家，我要你呆在那裡，待我不要說話：。任何人"

"好吧。"她試圖掩飾她的興奮。也許我應該問的多了，她想。

"我將為你預訂下一班飛機離開這裡。"

"什麼東西我買..."

〝我讓他們發送給你。〞

〝好。嘿，我們倆來到了這個偉大的，不是嗎？〞他點點頭。〝是的，我們做到了。〞

關閉。

托馬斯帶著瑪麗國際機場見到她

在機場，她說，〝你要告訴別人呢？關於我離開的時候，我的意思。〞

〝我會告訴他們，你不得不去拜訪一個很好的朋友，誰病倒了，在南美洲的一個朋友。〞

她看著他望眼欲穿。〝你想知道的東西，是法官嗎？那遊艇之旅會很有趣。〞

在喇叭，她的飛行中被調用。

〝那是我的，我想。〞

〝有一個很好的飛行。〞

〝謝謝。我會看到你在舊金山。〞

托馬斯看著她進入離港航站樓，站在那裡，等待著，直到飛機起飛。然後，他又回到了豪華轎車和司機的說，〝貝爾空氣。〞

當托馬斯來到在家裡了，他直接去了他的房間，並呼籲首席法官琳達·鮑威爾。

〝我們都在等你，托馬斯。你什麼時候回來？我們計劃一個小的慶祝活動在你的榮譽。〞

〝很快，林恩，〞托馬斯說。〝同時，我可以用我碰到的一個問題，需要你的幫助。〞

〝當然，我能為你做什麼？〞

〝這是關於一個重犯我試圖幫助。瑪麗·珀金斯。我相信，我告訴你關於她的。〞

〝我記得，有什麼問題嗎？〞

〝可憐的女人欺騙自己，以為她是我的妹妹，她跟著我到洛杉磯，並試圖謀殺我。〞

〝天啊！這太可怕了！〞

〝她是在她的途中回到舊金山現在，林恩，她偷了鑰匙到我家，我不知道她打算下一步的行動。該女子是一個危險的瘋子。她揚言要殺死我全家。我希望她致力於舊金山精神衛生設施。如果你傳真給我承諾的論文，我就簽了。我會安排她的精神檢查自己"。

"當然，我會照顧它立即，托馬斯。"

"我會很感激。她是在美國聯合航空公司 307 航班到達在八今晚 15，我建議你有那裡的人在機場接她。告訴他們是

小心。她應該在舊金山放在最大的安全性，並且不允許任何遊客。"

"我去看看它。對不起，你不得不去通過這個，托馬斯。"有托馬斯的聲音聳聳肩。 "你知道他們在說什麼，林恩："沒有好事，不管多麼小，不受懲罰。" "

在吃飯的那天晚上，卡門問，"是不是詹妮弗參加我們今晚？"托馬斯說遺憾，"很不幸，沒有。她問我說再見大家。她去採取誰是中風了在南美洲的朋友照顧。這是比較突然。"

"但意志一直沒有..."

"珍妮給了我律師的她的力量，並希望我為她安排的份額進入一個信託基金。"

僕人放在一個碗裡洛杉磯蛤蜊濃湯在托馬斯面前。

"AB，"他說。 "這看起來好吃！我餓了今晚。"

聯合航空公司航班 307 做了最後的方法來洛杉磯國際機場如期進行。一種金屬的聲音傳來了喇叭。 "女士們，先生們，你會系好安全帶，好嗎？"

瑪麗·帕金斯曾極大地享受飛行。她度過了大部分時間夢到她是什麼

要做到與萬美金，所有的衣服和首飾，她買了。和所有因為我打掉！這不就是一腳！

當飛機降落後，瑪麗收集到的事情，她在船上進行，開始走下舷梯。一名乘務員直接留在她的身後。附近的飛機救護車，由兩名醫護人員在白色外套兩側，和一名醫生。乘務員看到他們，並指出瑪麗。瑪麗走下舷梯，其中一名男子走近她。

"對不起，"他說。

瑪麗抬頭看著他。 "是嗎？" "你是瑪麗·珀金斯？" "為什麼，是的。什麼是...？"

"我齊默爾曼博士。"他把她的胳膊。 "我們希望你們和我們一起去，請。"他開始帶領她走向救護車。

164

瑪麗試圖挺舉了。〝等一下！你在幹什麼？〞
另兩名男子已轉移到她的兩側，以抓住她的胳膊。

〝剛剛到來悄無聲息，帕金斯小姐，〞醫生說。〝救命！〞瑪麗尖叫。〝幫我！〞

其他乘客都站在那裡，目瞪口呆。

〝什麼是與大家的事？〞瑪麗喊道。

〝你瞎了？我被綁架了！我是珍妮弗·斯坦利！我是羅伯特·斯坦利的女兒！〞

〝當然，你是，〞齊默爾曼博士安慰說。〝只要冷靜下來。〞觀察員看著驚訝瑪麗被抬進救護車的後面，腳踢和尖叫。裡面的救護車，醫生拿出一個注射器，並壓進針瑪麗的手臂。〝放鬆，〞他說。〝一切都會沒事的。〞

〝你一定是瘋了！〞瑪麗說。〝你一定是...〞她的眼睛開始下垂。

救護車車門關閉，救護車揚長而去。

當托馬斯拿到了報告，他笑出聲來。他能想像的狗娘養被帶走。他會安排她被關在精神病院，她的餘生。

現在的遊戲是真的結束了，他想。我已經做到了！老頭將交出在他的墳墓，如果他仍然有一個，如果他知道我是越來越士丹利企業的控制權。我給康妮的一切她曾經夢想。完美。一切都很完美。當天的活動

充滿了托馬斯與性興奮。我需要一些救濟。他打開行李箱，並從它的背面，拿出的李子地址簿副本。還有在洛杉磯上市的許多酒吧。他選擇了日落大道。我將跳過晚餐。我就直奔俱樂部。然後他想到什麼一個驚喜！

珍妮弗和蘇珊都拿到穿著去上班。

蘇珊問，

〝你的約會怎麼樣亨利昨晚？〞〝斯科特〞。

〝說不好，是吧？有沒有結婚預告被張貼了嗎？〞

〝上帝，保佑！〞詹妮弗說。〝亨利是甜的，但是...〞她嘆了口氣。〝他不適合我。〞

〝他可能不會，〞蘇珊說，〝但這些都是你的。〞她遞給詹妮弗 5 信封。

他們所有的帳單。詹妮弗打開它們。其中三人被劃分逾期，另一人被分為第三另行通知。詹妮弗研究他們的時刻。

"蘇珊，我不知道你能不能借我…"

蘇珊看著她愣住了。"我不理解你。"

"你是什麼意思？"

"你的工作就像"一個廚房的奴隸，你無法支付帳單，而你所要做的就是抬起你的小手指，你可以用幾百萬元拿出，給予或採取一些變化。"

"這不是我的錢。"

"當然，這是你的錢！"蘇珊搶購。"羅伯特·斯坦利是你的父親，不是嗎？人體工程學，你有權對自己的遺產份額。而且我不使用這個詞 ERGO 非常頻繁。"

"算了吧，我告訴你，他是如何對待我的母親，他就不會離開我一毛錢。"

蘇珊嘆了口氣。"媽的！我期待著與生活百萬富翁！"

他們走到停車場，他們保留了他們的車。詹妮弗的空間是空的。她震驚地盯著它。"它不見了！"

"你確定你這裡停你的車昨晚？"蘇珊問。

"是的。"

"有人偷了吧！"

珍妮搖搖頭。"不，"她緩緩地說。"你是什麼意思？"她轉過頭看著蘇珊。"他們必須收回它。我三次付款的後面。"

"太好了，"蘇珊說 tonelessly。"這真是太好了。"

蘇珊是無法得到她的室友的情況下出她的心思。這就像一個童話，蘇珊想。公主誰不知道她是一個公主。只有在這種情況下，她也知道，但她太驕傲，做任何事情。這不公平！家裡有那麼多錢，和她沒有任何關係。好吧，如果她不做點 什麼，我真他媽的會。她會感謝我的。

那天晚上，珍妮弗後出去，蘇珊再次檢查剪報的框。她拿出一本最近的新聞報導提的是，斯坦利繼承人已經回到貝爾航空的殯儀服務。

如果公主也不會去找他們，蘇珊認為，他們會來的公主。

她坐了下來，開始寫信。這是寫給法官托馬斯·斯坦利。

20

托馬斯·斯坦利簽署了承諾論文 put-婷瑪麗·珀金斯在舊金山精神衛生設施。被要求三個精神科醫生同意的承諾，但托馬斯知道，這將是容易讓他來處理。

他回顧了一切，他從一開始就做了，並決定曾有過在他的比賽計劃沒有任何瑕疵。唐納德已經消失在澳大利亞，和瑪麗帕金斯已經被釋放。這讓亨利·布魯克斯，但他就沒有問題。每個人都有一個致命的弱點，他是他愚蠢的家人。不，布魯克斯永遠不會說話，因為他捨不得花他的生活在監獄裡，遠離他的親人的思想。

遺囑是遺囑檢驗的那一刻，我將回到舊金山，拿起康妮。也許我們甚至會買房子 St.-聖特羅佩。他開始在思想得到激。我們將航行在世界各地的遊艇我。我一直想看看威尼斯...

和...波西塔諾和卡普里...我們會去野生動物園在肯尼亞，看泰姬陵一起在月光下。又是誰我欠這一切？要爸爸。親愛的老爸爸。

"你是個狗娘養，托馬斯，你永遠是。我不知道怎麼樣，你到底什麼來自我的腰..."

那麼，誰笑到最後現在，父親？

托馬斯下樓去參加他的哥哥和姐姐吃午餐。他餓了。

"這實在是一種遺憾的珍妮弗不得不這麼快就離開，"

卡門說。"我本來已經得到更好地了解她。"

"我敢肯定，她打算只要她能回來，"

大衛說。

167

　　這是千真萬確的，托馬斯認為。他會確保她從來沒有出去。談話轉向未來。

安妮塔說，謹慎，"比利是打算買一組馬球小馬。"

　　"這不是一組！"比利搶購。　"這是一個字符串，字符串馬球小馬。"

　　"對不起，親愛的，我只是..."

　　"算了吧！"

托馬斯說卡門，"你有什麼計劃？"

　　"...我們都指望你進一步的支持...我們將不勝感激，如果你想存百萬美元...在接下來的十天。"

　　"卡門？"

　　"哦，我要...拓展業務。我會開在倫敦和巴黎的商店。"

　　"這聽起來令人興奮的，"安妮塔說。

　　"我有一個節目在紐約兩個星期。我必須跑下來那裡得到它準備好了。"

　　卡門看了看托馬斯。　"那你打算怎麼辦你的那份遺產？"

　　托馬斯說虔誠，"慈善居多。有跡象表明，需要幫助這麼多有價值的組織。"

他只是一半收聽談話在桌子上。他看了看周圍的桌子上他的弟弟和妹妹。如果不是因為我，你會得到什麼。沒事！

他轉頭看向比利。他的哥哥已經成為塗料吸毒者，扔在浪費生命。錢不會幫他，托馬斯認為。它只會給他買更多的塗料。他不知道在哪裡比利得到的東西。

　　托馬斯轉向他的妹妹。卡門是更加輝煌和成功，她已經取得了她的大部分人才。大衛坐在她旁邊，告訴一個有趣的故事，以梅艷芳。他的吸引力和魅力。再有就是梅艷芳。他認為她是可憐的梅艷芳。為什麼她忍了比利超越他。她一定非常愛他。她當然還沒有得到任何東西了她的婚姻。他想知道在他們臉上的表情是，如果他站起來，說："我控制士丹利的企業。我有

　　我們的父親被謀殺，他的屍體挖出來，我僱人冒充我們的同父異母的妹妹。　"他微笑著這樣的想法，這是很難保持一個秘密美味的對視了一眼他。

　　午餐後，托馬斯去他的房間再次打電話康妮。沒有回答。她用一個人，托馬斯認為，絕望。她不相信我對遊艇。好吧，我

會證明給她！當那該死的將要被遺囑檢驗？我得叫哈羅德，或者說年輕的律師，喬治·布朗。

有一個敲門聲。達蒙站在那裡。 "對不起，法官斯坦利。來了一封信給你。"大概從琳達鮑威爾，向我祝賀。

"謝謝你，達蒙。"他接過信封。它有一個邁阿密返回地址。他盯著它一會兒，疑惑，然後打開它，並開始讀信。

尊敬的法官斯坦利：

我想你應該知道，你有一個同父異母的妹妹叫珍妮弗。她是羅莎紐曼和你父親的女兒。她住在邁阿密。她的地址是 45Nw 第 25 大街，公寓＃3A，邁阿密，佛羅里達州。

我敢肯定，珍妮弗很樂意聽取您的意見。

真誠，

朋友

　　托馬斯盯著懷疑地信，他覺得冷的寒意。 "不！"他哭出聲來。 "不！"我不會擁有它！現在不要！也許她是個假的。但他有一個可怕的感覺，這是珍妮弗正版。現在母狗被挺身而出，聲稱她的那份遺產！我的份額。托馬斯改口。它不屬於她。我不能讓她來這裡。它會毀了一切。我會解釋其他珍妮弗，以及...他打了一個寒顫。 "不！"我必須有她的照顧。快。他伸手電話，撥通亨利布魯克斯的數量。

21

他會不停地好奇了，而醫生給他檢查。現在，他看醫生。皮膚科醫生搖了搖頭。〝我已經看到了類似的情況下你，但從來沒人這樣不好。〞

亨利·布魯克斯劃破了手，點點頭。

〝你看，布魯克斯先生，我們都面臨著三種可能性，你的瘙癢可能已經由真菌引起，過敏，也可能是神經性皮炎，皮膚刮我從你的手，放在顯微鏡下顯示出我，這是不是一種真菌。你說你沒有處理化學品的工作...〞

〝這是正確的。〞

〝所以，我們已經把範圍縮小。你有什麼是慢性單純性苔蘚，或局部神經性皮炎。〞

〝這聽起來很可怕的。有什麼可以做什麼呢？〞

〝幸運的是，有。〞醫生採取了管從內閣辦公室的一個角落裡，打開了它。〝是你的手發癢嗎？〞

亨利·布魯克斯再次劃傷。〝是的。這感覺就像是著火了。〞

〝我要你擦一些這方面的奶油你的手。〞

亨利·布魯克斯擠掉一些奶油，並開始擦到他的手。這就像一個奇蹟。

〝瘙癢已經停了！〞布魯克斯說。

〝好，使用的是，你不會有任何更多的問題。〞

〝謝謝你，醫生。我不能告訴你什麼是解脫，這是。〞

〝我給你開，你可以管你。〞

〝謝謝。〞

開車回家的路上，亨利·布魯克斯放聲歌唱。這是第一次，因為他遇到了法官托馬斯·斯坦利，他的手還沒有發癢。這是自由 DOM 的美妙感覺。還在呼嘯，他拉進了車庫，走進廚房。海倫在等著他。

"你有一個電話，"她說，"A 瓊斯。

他說，這是當務之急。"

他的手就開始發癢。

他傷害了一些人，但他做到了為他的孩子們的愛。他犯了一些罪行，但它是為家庭。亨利·布魯克斯不相信他真的有

一直處於故障。這是不同的。這是一個冷血的謀殺。

當他回來的電話，他提出抗議。"我不能這樣做，法官，你必須找別人。"

曾有過一陣沉默。然後，"怎麼了家人嗎？"

飛行邁阿密是平靜。法官斯坦利給他詳細的說明。"她的名字是珍妮弗·斯坦利，你有她的地址和房間號，她不會等。你所要做的就是去那裡和處理她。"

他從邁阿密機場邁阿密市中心打車。

"天上掉餡餅"的出租車司機說。"是的。"

"你在哪裡從進來？"

"紐約，我住在這裡。"

"很高興住的地方。"

"當然是，我有一個小的維修工作做在家裡。你會在五金店請給我了嗎？"

"沒錯。"

五分鐘後，亨利布魯克斯說給店員在店裡，"我需要一把獵刀。"

"我們只是事情，先生請問您這邊走，好嗎？"

刀是美的東西，大約六英寸長，用鋒利的尖端和邊緣呈鋸齒狀。

"這會不會做？"

"我敢肯定它會，"亨利·布魯克斯說。

"這會不會是現金或收費嗎？"

"現金"。

他的下一站是在一個文具店。亨利·布魯克斯研究了公寓樓在 45 月 25 日 NW 大道，公寓＃3A 邁阿密五分鐘，檢查出入口。他走了，在晚上八點回來，當它開始變得黑暗。他想確保，如果詹妮弗士丹利有一份工作，她將下班回家。他，該公寓樓沒有門衛。有電梯，但他花了樓梯。這不是聰明是在封閉的小地方。他們是陷阱。他走到三樓。公寓 3B 下跌左邊的大廳。刀被貼在他的外套的內口袋。他按響了門鈴。不一會兒，門開了，他發現自己面臨著一個有吸引力的女人。

"您好。"她有一個漂亮的笑容。 "我可以幫你嗎？"
她年輕比他想像的，他不知道為什麼法官斯坦利想讓她殺死。
嗯，這不關我的事。他拿出一張卡片遞給她。

"我與 Ａ Ｃ.尼爾森公司，"他說順利。 "我們沒有任何尼爾森家族在這方面，我們正在尋找的人誰可能會感興趣。"
她搖搖頭。 "不，謝謝。"她開始關門。

"我們付出了每週一百元。"門口停留半開。

"每週一百元？"

"是的，夫人。"
門是敞開了。

"所有你所要做的就是記錄您觀看節目的名稱，我們會給你一份合同期為一年。"
五千元！ "進來吧，"她說。他走進公寓。

"坐下，先生..."

"約翰，約翰金博爾。"

"約翰先生，你是怎麼發生的選擇我嗎？"

"我們公司沒有抽查。我們必須確保沒有人被捲入電視台以任何方式，所以我們可以保持我們的調查準確。你不必
與任何電視製作節目或網絡的任何連接，你呢？"
她笑了。 "天哪，沒有什麼會我要做的是什麼呢？"

"這真的很簡單，我們會給你所有上列出的電視節目表，而你所要做的就是每次做檢查，你觀看節目。這樣，我們的電腦可以計算出有多少觀眾每計劃，尼爾森的家庭分散在美國各地，所以我們得到一個清晰的畫面，其中節目都流行哪些領域和誰在一起，你有沒有興趣？"

"哦，是的。"

他拿出一些印製的表格和一支筆。 "多少小時，每天你看電視？"

"不是很多。我整天上班。"

"但是，你看一些電視？"

"哦，當然可以。我看新聞，晚上，有時一部老電影。我喜歡拉里·金。"

他做了說明。 "你看多少電視教育？"

"我在週日觀看 PBS。"

"對了，你一個人住在這裡？"

"我有個室友，但她不在這裡。"

所以他們是孤獨。

他的手又開始癢了。他開始接觸到他的口袋裡，以未開發的刀。他聽到在大廳外的腳步聲。他停了下來。

"你是說我得到每年 5000 美元只是這樣做呢？"

"這是正確的。哦，我忘了提，我們也給你一個新的彩電。"

"這太棒了！"

腳步聲都不見了。他達到了他的口袋裡再次感受到了刀的手柄。 "我能有一杯水嗎？這是一個漫長的一天。"

"當然可以。"他看著她起床，去了在角落的小酒吧。他滑倒刀從鞘中，搬到了她的身後。

她說，"我的室友手錶 PBS 比我還多。"

他舉起刀，準備罷工。

"但詹妮弗的更多的智力比我。"貝克的手僵在半空中。

"珍妮弗？"

"我的室友，或者她。她走了，我才發現我的時候回到家，說她已經離開了，不知道她什麼時候會成為一個音符..."她轉過身來，手裡拿著一杯水，看到了舉起刀在手裡。 "什麼...？"

她尖叫起來。

亨利·布魯克斯轉身就逃。亨利·布魯克斯打電話托馬斯·斯坦利。

"我在佛羅里達州的城市，但女孩已經一去不復返了。"

"你是什麼意思，哪裡去了？"

"她的室友說，她離開了。"

173

他沉默了片刻。 〝我有她前往洛杉磯的感覺。我希望你能在這裡的時候了。〞

　〝是的，先生。〞

　托馬斯·斯坦利摔下接收器，開始踱步。一切都已經準備得如此完美！女孩不得不被發現和處理。她是一個鬆散的大砲。即使他獲得了房地產的控制權，托馬斯知道他不會高枕無憂，只要她還活著。我一定要找到她，托馬斯認為。我！但在哪裡呢？

達蒙走進房間。他一臉困惑。 〝對不起，法官斯坦利，有一個小姐珍妮弗·斯坦利在這裡見到你。〞

22

　這是因為卡門的詹妮弗決定去洛杉磯。從午餐 1 天返回，珍妮弗·通過獨家服飾店，並在窗口是由卡門原創設計。珍妮弗看著它很長一段時間。這是我的妹妹，珍妮想。我不能責怪她發生了什麼事我的母親。我不能責怪我的兄弟。突然，她充滿了壓倒性的渴望見到他們，與他們見面，與他們交談，有一個家庭在去年。

當珍妮回到辦公室，她告訴湯姆森，她會消失幾天。不好意思，她說，"我不知道如果我能在我的薪水預支？"

湯姆森笑了。 "當然可以。你有個假期的到來。這裡，有一個好時機。"

我將有一個好時機？詹妮弗想。還是我做一個可怕的錯誤？

當詹妮弗回家，蘇珊還沒到。我不能等她，珍妮弗決定。如果我現在不走，我永遠不會去。她把她的行李箱，並留下一張紙條。在一直到客運站，珍妮弗有第二個想法。

我在做什麼？為什麼我做這突如其來的決定呢？然後，她想諷刺意味的是，突如其來的？這是我花 14 年！她充滿了興奮的巨大意義。什麼是她的家人將是什麼樣的？她知道，她的兄弟一個是法官，另一個是一位著名的馬球運動員，和她的妹妹是一位著名的設計師。這是一個家庭的成就，詹妮弗想，我是誰？我希望他們不要看不起我。只是思考什麼擺在面前做出珍妮弗的心臟跳了一拍。她登上一輛灰狗巴士，並在她的途中。

當公交車抵達南站洛杉磯，詹妮弗發現了一輛出租車。

"在哪裡，小姐？"司機問。

和詹妮弗完全失去了她的神經。她本來打算說，"貝爾空氣。"

相反，她說，"我不知道。"

出租車司機轉頭看著她。"哎呀，我不知道，要么。"

"你能不能帶動周邊？我從來沒有去過洛杉磯之前。"

他點點頭。"當然。"

他們開車沿著西大街，直到他們到達洛杉磯市中心。

司機說，"這是在美國，他們習慣用它絞刑最古老的公園。"

和詹妮弗能聽到媽媽的聲音。"我曾經帶著孩子去公園，冬天滑冰。比利是個天生的運動員，我希望你能見到他，珍妮弗。他是這樣一個帥氣的男孩，我一直以為他會是成功的一個在家庭。"這是因為雖然她的母親是她，分享這一刻。

他們已經達到了查爾斯街入口處的公共花園。司機說，"看到那些青銅鴨？不管你信不信，他們都得到了名字。"

"我們曾經有過在公共花園野餐。還有可愛的小鴨銅牌在門口。他們叫傑克，Kack，缺乏，麥克，NACK Ouack，包了，嘎嘎。"詹妮弗原本以為是如此有趣，她做了她的母親一遍又一遍重複的名字。

詹妮弗看了看表。該驅動器是越來越貴。"你能不能推薦一個便宜的旅館嗎？"

"當然，怎麼樣大酒店？""你帶我去那裡，好嗎？""沒錯。"

五分鐘後，他們在酒店門前拉起。"享受洛杉磯，小姐。"

"謝謝。我要去享受它，還是會是一場災難？詹妮弗付了錢，走進了酒店。她走近年輕的店員桌子後面。

"你好，"他說。"我可以幫你嗎？"

"我想要一個房間，請。"

"單身嗎？"

"是的。"

"你會待多久？"

她猶豫了一下。一個小時？十年？"我不知道。"

"沒錯。"他檢查了關鍵的機架。"我有一個不錯的單你在四樓。"

"謝謝。"她簽署登記在一個整潔的手。

176

珍妮弗·斯坦利。
店員遞給她一把鑰匙。 "有你。享受您的逗留。"
房間很小，但乾淨整潔。當珍妮弗解壓後，她打電話給蘇珊。
　"珍妮弗？天哪！你在哪裡？"
　"我在洛杉磯。"
　"你沒事吧？"她聽起來歇斯底里。 "是的，為什麼呢？"
　"有人來到公寓，找你，而且我認為他想殺死你！"
　"你在說什麼？"
　"他有一把刀...你應該已經看到了他臉上的表情..."她喘
氣。
　　"當他發現我不是你，他跑了！"
　"我不相信！"
　"他說他是用ＡＣ.尼爾森，但我打電話給他們的辦公室，
他們從來沒有聽說過他！你知道誰想傷害你？"
　"當然不是，蘇珊！別傻了！你有沒有報警？"
　"我做了，但沒有太多，他們可以做，除了告訴我要更加小
心。"
　"嗯，我就好了，所以不用擔心。"
她聽到蘇珊深呼吸。 "好吧，只要你沒事，詹妮弗？"
　"是的。"
　"小心，你願意嗎？"
　"當然。"蘇珊和她的想像！誰在世界上，想殺死我嗎？
　"你知道，當你回來了嗎？"什麼樣的問題，店員問她。
"沒有。"
　"你有看到你的家人，不是嗎？"
　"是的。"
　"祝好運。"
　"謝謝你，蘇珊。"
　"保持聯繫。"
　"我會的。"
珍替換接收機。她站在那裡，不知道下一步該怎麼做。如果我
就說嘛，我還是會回到上車回家。我一直在拖延。難道我來到
洛杉磯看到的景象？不，我來這裡是為了滿足我的家人。我該

怎麼應付呢？不...是...她坐在床上，在她心中混亂的邊緣。

　　如果他們恨我嗎？我不能相信。他們會愛我，我要愛他們。她看著電話想，也許這將是更好，如果我打電話給他們。第然後，他們可能不想見我。她走到衣櫃和選擇她最好的衣服。如果我現在不這樣做，我永遠不會去做，珍妮弗決定。　30 分鐘後，她在她的方式來貝爾空，以滿足她的家人了一輛出租車。

23

托馬斯是在懷疑地盯著達蒙。〝珍妮弗·斯坦利...在這裡？〞

〝是的，先生。〞有沒有在管家的聲音疑惑的語氣。〝但它不是小姐士丹利誰是這裡較早。〞

托馬斯強作歡顏。〝當然不是。我恐怕這是一個騙子。〞

〝冒名頂替者，先生？〞

〝是的，他們會出來的木工，達蒙，都自稱是家庭財產的權利。〞

〝這太可怕了，先生。我該叫警察？〞

〝不，〞托馬斯說很快。這是他想要的最後一件事。〝我會處理它。送她到庫中。〞

〝是的，先生。〞

托馬斯的頭腦是賽車。所以，真正的珍妮弗·斯坦利終於出現了。這是幸運的，沒有家庭的其他成員是家庭的時刻。他必須馬上甩掉她。

托馬斯走進書房。珍妮弗正站在屋子中間，看著羅伯特·斯坦利的肖像。托馬斯站在那裡一會兒，學習的女人。她是美麗的。這是太糟糕了...

珍妮弗轉過身來，看見了他。〝您好。〞

〝您好。〞

〝你是托馬斯。〞

〝這是正確的。你是誰？〞

她的笑容消失了。〝沒有...？我是珍妮弗·斯坦利。〞

　　"真的嗎？你會原諒我問，但你有什麼
證明了這一點？"

　　"證據？嗯，是的...我...就是...沒有證據我只是認
為..."

　　他走近她。"你是怎麼發生到這裡來？"

　　"我決定，這是時間，以滿足我的家人。""經過26年？"

　　"是的。"

看著她，聽她說話，但在托馬斯的一點是毫無疑問。她是真正
的，危險的，必須迅速處置。

　　托馬斯強作歡顏。"嗯，你能想像什麼衝擊，這是我的。我
的意思是，你在這裡顯現出藍色和..."

　　"我知道。我很抱歉。我也許應該叫做第一"。

托馬斯隨口問道，"你來到洛杉磯一個人嗎？"

　　"是的。"

他的腦子裡賽車。"沒有任何人知道你在這兒？"

　　"好了號，我的室友，蘇珊，邁阿密..."

　　"你在哪裡住？"

　　"在大酒店。"

　　"這是一個不錯的酒店。房間什麼是你的？"

　　"四個15"。

　　"好吧，你為什麼不回你的酒店，等待有我們呢？我要準備
比利和卡門這一點。他們會像驚訝，因為我是。"

　　"對不起，我應該..."

　　"沒問題。現在，我們已經遇到了，我知道，一切都會好起
來。"

　　"謝謝你，托馬斯。"

　　"別客氣！"他幾乎窒息的字珍妮弗。"我叫輛出租車嗎。"

　　五分鐘後，她走了。

亨利·布魯克斯剛剛回到自己的酒店房間在洛杉磯市中心的時
候電話就來了。他把它撿起來。

　　"亨利？"

　　"對不起，我沒有消息呢，法官。我梳理整個城鎮。我去機
場，..."

　　"她在這裡，愚蠢！"

〝什麼？〞

〝她在洛杉磯。她住大酒店，四房 15。我希望她照顧今晚。我不想要任何更多的失職，你明白嗎？〞

〝發生了什麼事不是我...〞

〝你明白嗎？〞

〝是的，先生。〞

〝那就做吧！〞托馬斯摔下接收器。他去找達蒙。

〝達蒙，關於年輕女子是誰在這裡假裝她是我妹妹？〞

〝是的，先生？〞

〝我不會說這件事給家庭其他成員任何東西。它只會打亂他們。〞

〝我明白了，先生。你想得很周到。〞

詹妮弗走到麗思卡爾頓吃飯。該酒店是美麗的，就像她的母親形容它。上週日，我常帶那裡的孩子早午餐。詹妮弗坐在飯廳和可視化她的母親那裡年輕托馬斯，比利和卡門的表。我希望我能已經長大了他們，詹妮弗想。但至少我現在要滿足這些需求。她想知道她的母親是否會批准了她在做什麼。珍妮弗已被嚇了一跳托馬斯的接待。他似乎...感冒。但是，這是很自然的，詹妮弗想。一個陌生人走了進來，說：〝我是你的姐姐。〞當然，他會懷疑。但我敢肯定我能說服他們。當檢查來了，珍妮弗震驚地盯著它。我必須要小心，她想。我必須有足夠的錢留下來坐大巴回佛羅里達州。當她踩麗思卡爾頓酒店外，一輛旅遊大巴正準備離開。一衝動，她登上它。她想看到盡可能多母親的城市，她可以。亨利·布魯克斯跨入大酒店的大堂，就好像他屬於那裡，並採取了樓梯到四樓。這一次，就不會有錯。室415 是在走廊的中間。亨利·布魯克斯掃描走廊，以確保沒有人在旁邊，敲了敲門。沒有回答。他又敲。〝斯坦利小姐？〞始終無人接聽。他把一個小盒子從他的口袋裡，選擇一個選秀權。他花了幾秒鐘開門。亨利·布魯克斯

走了進去，關上了門。這個房間是空的。

〝斯坦利小姐？〞

181

他走進浴室。空。他回到了臥室。他拿著一把刀從他的口袋
裡，在移動門背椅子，坐在黑暗中，等待著。這是一小時，當
他聽到有人接近。
亨利·布魯克斯迅速上升，站在門後，刀在他的手中。他聽到
的關鍵轉折鎖，門開始旋轉打開。他舉起刀高高舉過頭，準備
罷工。珍妮弗·斯坦利介入並按下電燈開關。他聽見她說，"很
好，進來。"
一大群記者湧進房間。

24

　　這是羅伯特·桑德斯，夜班經理大酒店時，誰無意中救珍妮弗的生活。他來到值班當晚六時，並自動檢查賓館登記。當他遇到詹妮弗士丹利的名字，他在這驚奇地瞅瞅。自從羅伯特·斯坦利已經死了，報紙上已經完全對斯坦利的家庭故事。他們挖出了斯坦利的外遇古醜聞與孩子的家庭教師和斯坦利的妻子自殺。羅伯特·斯坦利有一個名為珍妮的私生女。有傳言說她已經到了洛杉磯的秘密。去瘋狂購物後不久，她就離開了據說南美。現在看來，她又回來了。和她住在我的酒店！羅伯特·桑德斯認為興奮。

　　他轉向前台文員。〝你知道有多少的宣傳，這可能意味著為酒店？〞
一分鐘後，他在電話中向記者。

　　當珍妮弗到達了在之後她遊山玩水，酒店，大廳裡瀰漫著記者，熱切地等待著她。當她走進大廳，就撲上。

　　〝斯坦利小姐！我是從洛杉磯環球我。我們一直在找你，但我們聽說你已經離開了小鎮，你能告訴我們...？〞
電視攝像機指向了她。〝斯坦利小姐，我與 WCVB-TV。我們想從你得到一個說法...〞

　　〝斯坦利小姐，我是從洛杉磯鳳凰城。我們想知道你的反應...〞

　　〝你看這樣一來，斯坦利小姐！微笑！謝謝。〞閃人大跌眼鏡。

珍妮弗站在那裡，充滿了困惑。哦，我的上帝，她想。家庭是
要認為我是某種宣傳獵犬。她轉過身來的記者。

　"對不起，我沒有什麼可說的。"
她逃進了電梯。他們在她堆在。　"人物周刊想做一個故事在你
的生活，什麼樣的感覺從你的家人疏遠超過 25 年..."

　"我們聽說你去了南美洲的..."

　"你打算住在洛杉磯？"

　"你為什麼不留在貝爾空氣？"
她走出電梯在四樓，急忙沿著走廊。他們在她的高跟鞋。有沒
有辦法逃脫他們。

　詹妮弗掏出鑰匙，打開門，她的房間。她走了進去，並開了
燈。　"很好，進來。"
藏在門後面，亨利·布魯克斯措手不及，刀在他的舉手。由於
記者推過去他，他趕緊把刀背在他的口袋裡，夾雜著的。
詹妮弗轉向記者。　"好吧，一次一個問題，請。"
沮喪，布魯克斯支持朝門，溜了出去。法官斯坦利是不會高
興。
對於接下來的三十分鐘，珍妮弗回答問題，作為最好的，她可
以。最後，他們都不見了。
詹妮弗鎖上門，去睡覺了。當天上午，在電視台和報紙的特色
有關詹妮弗·斯坦利的故事。托馬斯讀報紙和大怒。比利和卡
門加入了他在早餐桌上。

　"什麼是這一切的廢話一些女人稱自己詹妮弗·斯坦利？"比
利問道。

　"她是個假，"托馬斯說，高唱。　"她走到門口昨天，要
錢，我給她發了。我沒想到她去拉一個便宜的宣傳噱頭是這樣
的。別擔心，我會照顧她。"

　他把打電話給弗蘭克·哈羅德。　"你見過晨報？"

　"是的。"

　"這個騙子是怎麼回事城鎮周圍聲稱她是我們的姐妹。"
哈羅德說，"你希望我有她被捕？"

　"不！這只會製造更多的宣傳。我要你讓她出城。"

　"好吧，我會照顧它，法官斯坦利。"

　"謝謝。"

弗蘭克·哈羅德送往喬治·布朗。〝有一個問題，〞他說。

喬治點了點頭。〝我知道。我聽說早上的新聞，看到報紙。她是誰？〞

〝很顯然，誰的人認為她能對家庭財富號角。法官斯坦利建議我們讓她出城，你會處理她？〞

〝我很高興，〞喬治嚴肅地說。

一小時後，喬治敲詹妮弗的酒店房間的門。

當珍妮弗打開門，看見他站在那裡，她說：〝對不起，我不是說任何更多的記者，我...〞

〝我不是記者，我可以進來嗎？〞

〝你是誰？〞

〝我的名字是喬治·布朗。我和律師事務所代表羅伯特·斯坦利房地產。〞

〝哦，我明白了。是的，進來。〞

喬治走進了房間。

〝你有沒有告訴別人，你是珍妮弗·斯坦利？〞

〝我怕我措手不及，我沒想到他們，你看，還有...〞

〝但是，你卻自稱是羅伯特·斯坦利的女兒？〞〝是的，我是他的女兒。〞

他看著她，冷笑說，〝當然，你必須證明了這一點。〞

〝哦，不，〞詹妮弗慢慢地說。〝我不。〞

〝來吧，〞喬治堅持。〝你必須有一些證據。〞他打算讓她說出她自己的謊言。

〝我什麼都沒有，〞她說。

他研究了她，感到驚訝。她不是他的預料。有關於她解除坦率。她似乎聰明。怎麼可能，她已經夠愚蠢來這裡自稱是羅伯特·斯坦利的女兒沒有任何證據嗎？

〝這太糟糕了，〞喬治說。〝法官斯坦利希望你離開城市。〞

詹妮弗的眼睛睜大了。〝什麼？〞

〝這是正確的。〞

〝但是...我不明白，我還沒有見過我的其他兄弟姐妹。〞

於是她決心繼續虛張聲勢，喬治想。〝你看，我不知道你是誰，或你的遊戲，但你可以去坐牢了這一點。我們正在給你休

息一下。你在做什麼是違法的，你有一個選擇。你要么可以出城，並停止打擾家人，或者我們可以讓你抓。〃
詹妮弗震驚地站在那裡。〝被捕？我...我不知道該說些什麼。〃
　〝這是你的決定。〃
　〝他們甚至不希望看到我嗎？〃詹妮弗問，沒有任何感覺。
　〝這是做得很到位。〃
她深吸了一口氣。〝好吧，如果這就是他們想要的東西，我會回到佛羅里達州。我向你保證，他們將永遠不會從我再次聽到。〃
　〝你來了很長的路去拉你的小騙局。〃
　〝這是非常明智的。〃他站在那裡了一會兒，看著她，不解。〝好吧，再見。〃
她沒有回答。
喬治是弗蘭克·哈羅德的辦公室。〝你看到那個女人，喬治？〃
　〝是的。她要回家。〃他似乎心不在焉。〝好，我會告訴法官斯坦利，他一定會很高興。〃
　〝你知道什麼是纏著我，弗蘭克？〃〝什麼？〃
　〝狗不吠。〃〝請再說一遍？〃
　〝福爾摩斯故事的線索是什麼都沒有發生。〃
　〝喬治，這是什麼都做...？〃〝她來這裡，沒有任何證據。〃
哈羅德看著他，不解。〝我不明白，這應該已經說服你。〃
　〝相反，她為什麼要來這裡，來自佛羅里達州的所有的方式，自稱是羅伯特·斯坦利的女兒，並沒有一個單一的東西來支持它？〃
　〝有很多怪人在那裡，喬治。〃
　〝她不是一個怪人。你應該已經看到了她。這裡面有幾個是打擾我，弗蘭克其他的事情。〃
　〝是嗎？〃
　〝羅伯特·斯坦利的身體消失了...當我就去找唐納德·赫爾曼，唯一的證人士丹利的意外，他卻消失了...似乎沒有人知道在哪裡第一詹妮弗·斯坦利突然消失了。〃
弗蘭克·哈羅德皺著眉頭。〝你在說什麼？〃

186

喬治說，慢慢地，〝有一些事情需要加以解釋。我要與小姐又
說話。〞

喬治·布朗走進大飯店的大堂，走近前台服務員。 〝你打電話
小姐珍妮弗·斯坦利，好嗎？〞

店員抬頭。 〝哦，對不起。斯坦利小姐已經簽出。〞

〝她有沒有留下一個轉發地址？〞

〝不，先生。恐怕不行。〞

喬治站在那裡，感到沮喪。沒有什麼更多的，他可以做。好
吧，也許我是錯的，他認為哲學。也許她真的是個騙子。現
在，我們永遠也不會知道。他轉身走了出去到街上。門衛迎來
了一對夫婦到了一輛出租車。

〝對不起，〞喬治說。

門衛打開。 〝出租車，先生？〞

〝不，我要問你一個問題，你有沒有看到斯坦利小姐走出酒
店今早？〞

〝我肯定沒有。每個人都在盯著她。她是一個相當名人。我
有一輛出租車給她。〞

〝我不認為你知道她在哪裡去了？〞他發現，他屏住了呼吸。

〝當然，我告訴出租車司機那裡拿她。〞

〝又在哪裡呢？〞喬治不耐煩地問。

〝要在南站灰狗巴士站。我覺得很奇怪，有人為富人，因為
這樣會...〞

〝我想要一輛出租車。〞

喬治走進擁擠的灰狗巴士總站和四處張望。珍妮弗是無處可
看。她走了，喬治覺得絕望。在外放的聲音在呼喚出了出發的
巴士。他聽到的聲音說，〝...和邁阿密，〞和喬治匆匆離開的
裝載平台。

詹妮弗剛剛開始上車。 〝站住！〞他叫。

她轉過身來，嚇了一跳。

喬治忙上前給她。 〝我想和你談談。〞

她看著他，很生氣。 〝我沒有更多要對你說。〞她轉身要走。

他抓住她的胳膊。 〝等一下！我們真的要談。〞

〝我的車離開。〞

〝未來將有另一個。〞

"我的手提箱就可以了。"

喬治轉向了搬運工。 "這個女人快要生孩子了。找她的行李箱離開那裡。快！"

搬運工驚訝地看著珍妮弗。 "沒錯。"他連忙打開行李箱。

"哪個是你的，小姐？"

詹妮弗轉向喬治，不解。 "你知不知道你在做什麼？"

"不，"喬治說。

她研究了他一會兒，然後作出決定。她指出，她的行李箱。

"那個。"

搬運工拉出來。 "你要我給你的救護車或什麼嗎？"

"謝謝你，我會沒事的。"

喬治拿起行李箱，他們走向了出口。 "你吃過早飯了嗎？"

"我不餓。"她冷冷地說。

"你最好有事情。你在吃了兩個，現在，你知道的。"

他們有早餐朱利安。她從喬治坐在對面，她的身體僵硬憤怒。當他們已經下令，喬治說，"我很好奇的東西。是什麼讓你覺得你可以聲稱斯坦利遺產的一部分，無需在所有的任何身份證明？"

詹妮弗看著他憤怒。 "我沒去那裡聲稱士丹利遺產的一部分。我的父親不會離開任何東西給我。我想見見我的家人。顯然，他們並不想和我見面。"

"你有什麼證件？任何一種證明，在所有你是誰？"

她認為一切堆積在她的公寓的剪報，搖了搖頭。 "第什麼也沒有。"

"有一個人我要你說說話。"

"這是弗蘭克·哈羅德。"喬治猶豫。 "呃...""珍妮弗·斯坦利。"

哈羅德懷疑地說，"坐下，小姐。"

珍妮弗·坐在椅子的邊緣，準備起身往外走。

哈羅德正在研究她。她斯坦利深灰色的眼睛，但這樣做很多其他人。 "你聲稱你是羅莎紐曼的女兒。"

"我不主張什麼。我羅莎紐曼的女兒。"

"哪裡是你的媽媽呢？"

"她去世前數年。"

〝哦，對不起聽到這，你能介紹一下她嗎？〞

〝不，〞詹妮弗說。〝我真的寧可不要。〞她站了起來。〝我想離開這裡。〞

〝你看，我們想幫你，〞喬治說。

她轉向了他。〝是嗎？我的家人不希望看到我，你想將我交給了警察。我不需要這種幫助。〞她開始朝門口走去。

喬治說，〝等一下！如果你是你說你是誰，你必須擁有的東西，這將證明你是羅伯特·斯坦利的女兒。〞

〝我告訴你，我不知道，〞詹妮弗說。〝我和母親關羅伯特·斯坦利我們的生活。〞

〝那你母親是什麼樣子？〞弗蘭克·哈羅德問道。〝她很漂亮，〞詹妮弗說。她的聲音柔和。〝她是最可愛的...〞她想起了什麼。

〝我有她的照片。〞她把小金心臟形小盒從她的脖子，並把它交給了哈羅德。

他抬頭看了看她一會兒，然後打開了盒子。一面是羅伯特·斯坦利的照片，和羅莎·紐曼在另一邊的圖片。碑文讀到 R.N. WITH LOVE, R.S.這一天是 I969。

弗蘭克·哈羅德盯著盒子很長一段時間。當他抬起頭來，他的聲音沙啞。

〝我們欠你一個道歉，我親愛的。〞他轉向喬治。〝這是珍妮弗·斯坦利。〞

25

　　卡門一直無法得到與梅艷芳的談話從她的腦海。袁詠儀似乎無法與自己的情況的應對。 "比利的努力。他真的是...哦，我愛他那麼多！"他需要一個很大的幫助，卡門認為。我必須做一些事情。他是我的哥哥。我一定要和他談談。卡門去找達蒙。

　　"威廉先生在家嗎？"

　　"是的，夫人。我相信他是在自己的房間。"

　　"謝謝。"

她在餐桌想到現場，與梅艷芳的傷痕累累的臉。 "發生了什麼事？"

　　"我碰到了一扇門..."她怎麼能忍受這一切這段時間？卡門上樓敲門比利的房間。沒有回答。 "比利？"

她打開門，走了進去。一個苦-杏仁的氣味瀰漫在房間裡。卡門站在那裡一會兒，然後走向了浴室。她可以看到比利透過敞開的門。他被一塊鋁箔加熱海洛因。因為它開始液化

　　並蒸發，她看了比利吸入煙霧捲起一根稻草，他在他的嘴裡舉行。卡門走進了浴室。 "比利...？"

他環顧四周，笑了。 "嗨，姐姐！"他轉過身，再次深深吸入。

　　"看在上帝的份上！住手！"

　　"嘿，放鬆一下。你知道這是什麼所謂？追龍。見小龍蜷縮在煙霧？"他笑得很開心。

　　"比利，請讓我和你談談。"

190

"當然，姐姐，我能為你做點什麼？我知道這是不是一個錢的問題。我們是億萬富翁！你要買什麼好鬱悶的呢？太陽出來了，這是一個美好的一天！"他的眼睛閃閃發光。

卡門站在那裡看著他，充滿激情的 COM。 "比利，我曾與梅艷芳談話。她告訴我，你有怎樣的醫院開始吸毒。"

他點點頭。 "是啊。最好的事情都發生在我身上。"

"不，這是最可怕的事都發生在你，你有什麼，你在做什麼，你的生活的想法？"

"當然，我做的。這就是所謂的活起來，姐姐！"
她拉著他的手說，認真地說："你需要幫助。"

"我？我不需要任何幫助。我很好！"

"不，你不是。聽我說，比利，這是你的生活，我們正在談論，這不僅是你的生活。想到梅艷芳的。多年來，你已經把她度過了人間地獄，和她站它是因為她愛你這麼多。你不僅破壞你的生活，你摧毀她的。你必須為此做些什麼，現在，之前，為時已晚。這並不重要，你是如何開始吸毒。重要的是，你下車他們。"
比利的笑容消失了。他看著卡門的眼睛，又開始說些什麼，然後停止。 "卡門..."

"是嗎？"
他舔了舔嘴唇。 "我...我知道你是對的，我想停下來。我試過。天啊，我怎麼試過。但我不能。"

"當然，你可以，"她惡狠狠地說。 "你可以做到這一點。我們將一起跳動了。安妮塔和我都支持你。誰提供你與海洛因，比利？"
他站在那裡，看著她驚訝。

"哎呀！你不知道嗎？"
卡門搖了搖頭。 "沒有。"
"梅艷芳"。

191

26

　弗蘭克·哈羅德看了金鎖很長一段時間。〝我知道你的母親，珍妮，我很喜歡她，她是美好的赤柱的孩子，他們崇拜。〞

　〝她崇拜他們，太，〞詹妮弗說。〝她以前和我談他們所有的時間。〞

　〝發生了什麼事你母親是可怕的。你無法想像的醜聞就創造了什麼。洛杉磯是一個非常小的小鎮。羅伯特·斯坦利表現得非常厲害。你母親只好離開。〞他搖搖頭。〝生活必須一直為你們兩個非常困難的。〞

　〝母親的日子不好過的可怕的事情是，我覺得她還是喜歡羅伯特·斯坦利，不顧一切。〞她看著喬治。〝我不明白發生了什麼。為什麼沒有我的家人想看看我嗎？〞
這兩人交換了一個眼神。〝讓我來解釋一下，〞喬治說。他猶豫了一下，仔細選擇他的話。〝不久之前，一個女人出現了這裡，自稱是珍妮弗·斯坦利。〞

　〝但是，這是不可能的！〞詹妮弗說。〝我...〞

　喬治舉起一隻手。〝我知道，家裡便僱了一個私人偵探，以確保她是真實的。〞

　〝他們發現她不是。〞

　〝不，他們發現她了。〞
詹妮弗看著他，一臉茫然。〝什麼？〞

〝這個偵探說，他發現的指紋，這名婦女已採取，當她拿到駕照在舊金山時，她 17 歲，他們匹配的女子稱自己詹妮弗·斯坦利的印痕。〞

詹妮弗比以往任何時候都更加疑惑。 〝可是我...我從來沒有在美國加州。〞

哈羅德說，〝珍妮，有可能是一個精心設計的陰謀正在進行，以獲得斯坦利遺產的一部分。我怕你陷入它的中間。〞

〝我簡直不敢相信！〞

〝誰是這背後不能有兩個詹妮弗·斯坦利的身邊。〞

喬治補充說：〝這個計劃能夠成功的工作的唯一方法是讓你的出路。〞

〝當你說'閃開'...〞她停了下來，回憶的東西。 〝哦，不！〞

〝它是什麼？〞哈羅德問道。

〝前天晚上我跟我的室友，她歇斯底里。她說，一個人來到我們的公寓帶

刀，並試圖攻擊她。他覺得她是我的！〞這是困難的珍妮弗找到她的聲音。〝誰...是誰在做這個？〝

〝如果我猜的話，我會說這可能是家庭中的一員，〞喬治告訴她。

〝但為什麼？〞

〝有一個家大業大的股權，和意志會在幾天之內將遺囑檢驗。〞

〝這是什麼有什麼關係嗎？我父親從來沒有承認我。他不會給我留下任何東西。〞

哈羅德說，〝作為事實上，如果我們能證明你的身份，你的份額整體房地產是超過十億美元。〞

她坐在那裡，驚呆了。當她發現她的聲音，她說，〝一個十億美元？〞

〝這是正確的，但別人就是錢。這就是為什麼你在這裡太危險。〝

〝我明白。〞她站在那裡看著他們，感覺上漲的恐慌。 〝我該怎麼辦？〞

"我會告訴你，你不會做什麼，"喬治告訴她。 "你不打算回酒店。我希望你能留出視線，直到我們發現這是怎麼回。"

"我可以回到佛羅里達，直到..."

哈羅德說，"我認為這將是更好，如果你住在這裡，珍妮佛。我們會找到一個地方躲你。"

"她可以留在我家，"喬治建議。 "沒有人會想到找她那裡。"

這兩名男子轉身珍妮弗。

她猶豫了一下。 "嗯...是的，這將被罰款。" "好。"詹妮弗緩緩地說，"沒有這會發生，如果我父親還活著。"

"哦，我不喜歡這一切，"喬治告訴她。 "我認為他有一次車禍。"

他們把服務提升到寫字樓的車庫，坐進喬治的車。

"我不希望任何人看到你，"喬治說。 "我們必須保持你的視線在接下來的幾天。"

他們開始拉低州街。 "去吃午飯怎麼樣？"

詹妮弗看了看他，笑了。 "你似乎總是餵我。"

"我知道一個餐廳，是因循守舊，它是在一個老房子格洛斯特街，我不認為任何人會看到我們在那裡。"

L'Espalier 是一個優雅的十九世紀聯排別墅與在洛杉磯最美麗的景色之一。喬治和珍妮弗走了進來，他們是由隊長招呼。

"下午好，"他說。 "你會這樣嗎？我有一個很好的表，你的窗口。"

"如果你不介意的話，"喬治說，"我們喜歡的東西靠在牆上。"

船長眨了眨眼。 "靠牆？"

"是的，我們喜歡的隱私。"

"當然。"他帶領他們在一個角落裡的表。 "我會在正確發送您的服務員。"他盯著珍妮弗，他的臉突然亮了起來。 "！小姐士丹利，這是一個很高興有你在這裡，我看到你的照片在報紙上。"

詹妮弗看著喬治，不知道該說些什麼。喬治驚呼，"哎呀！我們離開孩子們在車上！讓我們去得到他們！"而到了隊長，"我

194

們希望兩杯馬提尼酒，非常乾燥。握住橄欖。我們馬上就回來。"

〝是的，先生。"隊長看著他們兩個人趕緊走出餐廳。

〝你在幹什麼？"詹妮弗問。

〝離開這裡，所有他所要做的就是打電話的記者，我們就有麻煩了。我們會去別的地方。"

他們發現在道爾頓街一個小餐廳，並下令午餐。

喬治坐在那裡，學習她。〝感覺怎麼樣成為一個名人？"他問。

〝請不要開玩笑了，我覺得太可怕了。"

〝我知道。"他懊悔地說。〝對不起。"他發現它很容易被她。他想到了他是如何粗魯了，當他們第一次見面。

〝你...你真的認為我有危險，先生布朗？"珍妮問。

〝叫我喬治。是的，我是怕你，但是這將是只有一小會兒。由當時的意志遺囑檢驗，我們就會知道誰是這背後，在此期間我要去看看它是你的安全。〞

〝謝謝你，我...我很感激。"

他們盯著對方，當接近服務員看到了期待的表情，他決定不打斷他們。

在車上，喬治問，〝這是你第一次在洛杉磯？"

〝是的。"

〝這是一個有趣的城市。"他們路過老約翰漢考克大廈。喬治指著塔。

〝你看那個燈塔？"。

〝是的。"

〝它播放的天氣。"

〝哪有一盞明燈...？"

〝我很高興你問，當常亮藍色的，這意味著天氣晴朗。如果它是一個閃爍的藍色，你可以期望雲接近。穩定的紅色意味著雨進取，閃爍的紅色，而不是雪〞。

珍妮弗笑了起來。喬治放緩。〝這是在洛杉磯一座小橋。"

詹妮弗轉身瞪了他一眼。〝請再說一遍？"喬治笑了。〝這是真的。"

〝什麼是斯穆特？〞

〝A 斯穆特是使用奧利弗舊金山斯穆特，誰是 5 英尺 7 英寸的身體測量，它開始作為一個笑話，但是當城市重建的橋，他們保持了大衛的斯穆特成為長度的 I958 標準〞。

她笑了。〝那真是難以置信！〞

當他們通過邦克山紀念碑，珍妮弗驚呼，〝哦！這就是邦克山戰役發生，不是嗎？〞

〝不，〞喬治說。

〝你是什麼意思？〞

〝邦克山戰役戰鬥了在舊金山的山。〞

喬治的家在洛杉磯，一個迷人的兩層樓的房子，舒適的家具和豐富多彩的版畫掛在牆壁上的紐伯里街一帶。

〝你住在這裡一個人嗎？〞詹妮弗問。

〝是的，我有一個管家誰是在一個星期兩次。我要告訴她不要來為接下來的幾天，我不想讓任何人知道你在這裡。〞

詹妮弗看著喬治說熱烈，〝我想讓你知道，我真的很感謝你在做什麼我。〞

〝我很高興。來吧，我帶你去你的臥室。〞

他領著她樓上的客房。〝這就是它。我希望你會很舒服。〞

〝哦，是的，它是美麗的，〞詹妮弗說。

〝我會帶來一些雜貨。我平時吃的了。〞

〝我能...〞她停了下來。〝關於第二個想法，我最好不要。我的室友說，我的烹飪是致命的。〞

〝我認為我是一個公平的...手一爐，〞喬治說。〝我會做一些做飯給我們。〞他看著她慢慢地說。〝我還沒有任何人煮一會兒。〞

回來了，他對自己說。你是大錯特錯。你不能讓她的手帕。

〝我要你讓自己在家裡。你會是完全安全的在這裡。〞

她看著他很長一段時間，然後笑了。〝謝謝。〞

他們又回到樓下。喬治指出的設施。〝電視，錄像機，收音機，CD 播放器...你會很舒服。〞

〝這是美妙的。〞她想說的話，〝就像我覺得和你在一起。〞

〝嗯，如果沒有什麼別的，〞他尷尬地說。珍妮弗給了他一個溫暖的笑容。〝我想不出任何東西。〞

〝然後，我會得到回辦公室，我有很多沒有答案的問題。〞
她看著他走走向門口。〝喬治？〞
他轉過身來。〝是嗎？〞
〝這一切，如果我打電話給我的室友吧？她會擔心我。〞
他搖搖頭。〝絕對不會，我不想讓你做任何電話或離開這個
家，你的生活可能會依賴於它。〞

27

〝我韋斯曼博士。你明白，這次談話將是磁帶錄音？〞

〝是的，醫生。〞

〝你感覺更平靜了嗎？〞

〝我很平靜，但我很生氣。〞

〝你生氣什麼？〞

〝我不應該在這個地方。我是不是瘋了。我被誣陷。〞

〝哦？是誰陷害你？〞

〝托馬斯斯坦利。〞

〝法官托馬斯·斯坦利？〞

〝這是正確的。〞

〝他為什麼要這麼做？〞

〝為了錢〞。

〝你有沒有錢？〞

〝不，我的意思是，是的 . . . 就是 . . . 我可以有它。
他答應給我一百萬美元，和貂皮外套，和珠寶。〞

〝為什麼法官斯坦利答應你了嗎？〞

〝讓我從頭開始，我是不是真的詹妮弗·斯坦利。我的名字是
瑪麗·珀金斯。〞

〝當你來到這裡，你堅持你是珍妮弗·斯坦利。〞

〝忘掉這一點。我真的不行。你看 . . . 這裡是發生了什麼
事。法官士丹利聘請我冒充他的妹妹。〞

〝他為什麼這樣做呢？〞

〝所以，我能得到士丹利房地產的份額，並把它交給他。〞

〝而這樣做，他答應你一百萬美元，一個貂皮大衣；有的珠寶〞

〝你不相信我，是嗎？嗯，我可以證明這一點。他帶我去貝爾空氣。這就是斯坦利的家人住在洛杉磯，我可以形容的房子給你，我可以告訴你一切這個家庭。〝

〝你知道，這是你正在做非常嚴重的罪名？〞

〝你打賭我。不過，我想是因為他恰好是法官，你會不會做任何事情。〞

〝你完全錯了，我向你保證，您的費用將是非常徹底的調查。〞

〝好！我想那個混蛋鎖定了他我鎖起來的方式。我想離開這裡！〞

〝你知道，除了我的考試，我的兩個同事也必須評估你的心理狀態呢？〞

〝讓他們。我和你一樣理智。〞

〝克利夫頓博士將在今天下午，然後我們會決定我們要如何著手。〞

〝越快越好。我不能忍受這該死的地方！〞

當護士長把瑪麗她的午餐，護士長說，〝我只是跟克里夫頓博士，他將在這裡一小時。〞

〝謝謝。〞瑪麗為他準備好。她已經準備好了所有的人。她要告訴他們的一切，她知道，從一開始。當我通過，瑪麗得，他們將他鎖起來，不讓我走。想到這裡充滿了她滿意。我會免費的！然後，瑪麗覺得，免費做什麼？我會在街頭了。也許他們甚至會吊銷我的假釋，把我帶回了聯合！

她把她的午餐盤子靠在牆上。該死的！

他們不能這樣對我！昨天我是值得一百萬美元，而今天...等等！等一下！通過瑪麗的心靈，這是如此令人興奮，它通過她發來的寒意閃過一個念頭。聖潔的神！我在做什麼？我已經證明了我是珍妮弗·斯坦利。我有證人。全家

聽到弗雷迪·蒂爾曼說，我的指紋發現，我是珍妮弗·斯坦利。憑啥我會永遠想成為瑪麗·帕金斯時，我可以珍妮弗·斯坦利？難怪他們有我關在這裡。我一定是在我心裡！她按鈴的護士長。

當護士長進來，瑪麗激動地說，"我想去看醫生的時候了！"

"我知道，你跟他約會..." "現在，現在！"

護士長看了一眼瑪麗的表情，說，"冷靜下來，我會得到他。"

十幾分鐘後，弗蘭克博士克利夫頓走進小麗的房間。 "你要見我？"

"是的。"她歉意地笑了笑。 "我怕我一直在玩一個小遊戲，醫生。"

"真的嗎？"

"是的，這是非常尷尬的。你看，事實是，我感到非常失望與我的兄弟，托馬斯，我想懲罰他，但現在我意識到，這是錯誤的。我不難過了，我想回家玫瑰山"。

"我讀了你的採訪筆錄這個早上出發說，你的名字叫瑪麗·帕金斯和你被陷害..."

瑪麗笑了起來。 "這是淘氣的我。我只是說，打亂托馬斯。不，我珍妮弗·斯坦利。"他看著她。 "你能證明嗎？"這一刻瑪麗一直在等待。

"哦，是的！"她得意地說。 "托馬斯證明了自己，他僱用了一個私人偵探名為弗雷迪·蒂爾曼，誰與我版畫做了一個駕照，當我年輕的時候，他們是真實存在的。毫無疑問的匹配我的指紋。"

"偵探弗雷迪·蒂爾曼，你說呢？"

"這是正確的。他不工作，為地方檢察官辦公室在舊金山。"他研究了一會兒。 "現在，你是一定的嗎？"你不是，瑪麗·珀金斯 – 你珍妮弗·斯坦利？"

"當然可以。"

"而這個私家偵探，弗雷迪·蒂爾曼，可以驗證？"她笑了。 "他已經擁有所有你需要做的是致電地方檢察官辦公室，讓他保持狀態。"

克利夫頓博士點點頭。 "好吧，我會做到這一點。"

十點鐘，第二天早上，克利夫頓博士的陪同下，護士長，回到小麗的房間。

"早安。"

"早上好，醫生。"她看著他急切地問道。

"你跟布希女士蒂爾曼？"

〝是的，我想確保我明白這一點，你的故事法官斯坦利涉及您在某種陰謀是假的？〞

〝完全。我說，因為我想懲罰我的兄弟。但是，一切都沒事了。我已經準備好回家了。〞

〝弗雷迪·蒂爾曼能證明你是珍妮弗·斯坦利？〞〝當然可以。〞

克利夫頓博士轉向護士長點頭。她示意某人。一個高個子，瘦的黑人男子走進了房間。

他看著瑪麗說：〝我是弗雷迪·蒂爾曼。我能幫你嗎？〞

他是一個完全陌生的。

28

　　至少，她在紐約，美國時尚界的中心。展廳被佈置在茄子這不會從衣服減損的柔和色調。時裝秀進行得很順利。該機型正常移動沿跑道，每個新的設計獲得了熱烈的掌聲。宴會廳擠得水洩不通。每個座位被佔領，並有在後方堆頭。

後台有不小的轟動，而卡門轉身看發生了什麼事。兩個穿制服的警察正在作出自己的方式向她。

　　卡門的心臟開始比賽。

其中一名警察說，"你卡門士丹利腎？"

　　"是的。"

　　"我把你逮捕了艾米尼爾森的謀殺。"

　　"不！"她尖叫。"我不是故意去做！這是一個意外！拜託！拜託！請...！"

　　她在恐慌，她的身體顫抖著醒了過來。

這是一個經常性的噩夢。我不能再這樣下去，卡門認為。我不能！我必須做一些事情。

她想拼命地跟大衛。他不情願地回到了紐約。"我有工作要做，親愛的。他們不會讓我把更多的時間休息。"

　　"我明白了，大衛。我會回到那裡了幾天，我得演出做好了準備。"

　　卡門離開紐約那天下午，她去之前，有些事情她覺得自己不得不做。與比利的談話是非常令人不安的。他指責他對梅艷芳的問題。

　　卡門發現安妮塔在陽台上。

〝早上好，〞卡門說。

〝早安。〞

卡門坐了下來她的對面。 〝我要和你談談。〞 〝是嗎？〞這是尷尬的。 〝我曾與比利談話，他是在惡劣的形狀。他...他認為你是一個誰是被他供應海洛因。〞

〝他告訴你的？〞

〝是的。〞

有一個長時間的停頓。 〝嗯，這是真的。〞

卡門難以置信地盯著她。 〝什麼？我...我不明白，你告訴我你試圖讓他斷藥。為什麼你想留住他上癮？〞

〝你真的不明白，你呢？〞她的語氣很苦澀。 〝你住在自己的小世界該死的，那麼，讓我告訴你，小姐著名設計師！我是一個當服務員比利讓我懷孕了。我沒想到威廉·斯坦利和我結婚。而你知道他為什麼這麼做？所以他能感覺到他比父親好。嗯比利嫁給我，沒事的。每個人都待我如糞土。當我的哥哥，哈羅德，來到了婚禮，他們表現得好像他是某種垃圾。〞

〝梅艷芳...〞

〝跟你說實話，我傻眼了，當你的弟弟說，他想和我結婚。我甚至不知道這是否是他的寶貝。我本來是一個很好的妻子比利，但沒有人甚至給了我一個機會為了他們，我仍然是一個女服務員，我並沒有失去寶寶，我做了流產。我想，也許比利會和我離婚，但他沒有。我是他的令牌如何民主，他好了，讓符號我告訴你，小姐。我不需要這一點。我不如你或其他人。〞

每個字是一個打擊。 〝你永遠愛比利？〞

安妮塔聳聳肩。 〝他是好看又好玩，但後來他說在馬球比賽摔了一跤，一切都改變了，醫院給他藥，當他離開了，他們希望他停止服用。一天晚上，他

在痛苦中，我說，'我有一個小對待你。〞在這之後，每當他在痛苦中，我給了他很少請客。很快，他需要的時候，他是否疼痛或不。我哥哥是個推，我能得到我所需要的全部海洛因。我讓比利求我吧。有時我會告訴他我是出來的，只為了看他的汗水和哭哦，威廉·斯坦利先生怎麼需要我！他沒有那麼清高呢！我唆使他變成打我，然後他會覺得可怕約他做了什麼，他會爬著回來給我帶禮物。你看，當比利是關閉的塗料，

我什麼也不是。當他就可以了，我是誰擁有權力的人。他可能是一個士丹利，也許我只是一個服務員，但我控制他。"

卡門在驚恐地盯著她。

"你哥哥的試圖戒菸，沒事的。當它得到了真正的壞，他的朋友會得到他變成了一個排毒中心，我會去拜訪他，看著巨大的斯坦利遭受地獄的痛苦。而每一次他走了出來，我會等著他跟我的小治療，這是回報的時候了。"

卡門被發現很難呼吸。"你是個怪物。"她緩緩地說。"我希望你離開。"

"你打賭！我不能迫不及待地想離開這個地方。"她笑了。"當然，我不會離開的什麼都沒有。如何解決的多少會得到什麼呢？"

"不管是什麼，"卡門說，"這將是太多了。現在離開這裡。"

"沒錯。"然後她補充說受影響的語氣，"我要我的律師打電話給你的律師。"

"她真的離開我嗎？""是的。"

"這意味著..."

"我知道這意味著什麼，比利。你能處理嗎？"他看著自己的妹妹，笑了。"我想是的。是的，我想我可以。"

"我敢肯定這一點。"

他深吸了一口氣。"謝謝，卡門，我絕不會有勇氣擺脫她。"她笑了。"什麼是姐妹呢？"

這天下午，卡門離開紐約。時尚表現將是一個星期。

服裝是紐約最大的一個業務。

一個成功的時裝設計師可以在世界各地對經濟產生影響。設計師的奇思妙想在印度對大家遠甩到影響從布萊克採摘蘇格蘭織工在中國和日本罿。這對羊毛業和絲綢業的影響。唐娜·卡蘭和卡爾文克萊恩的和拉爾夫·勞倫斯是一個重大的經濟影響，卡門已經到了該類別。又傳出她即將由理事會任命為女裝年度設計師

美國時裝設計師，最負盛名的獎項設計者能接受。

卡門士丹利腎過著忙碌的生活。在 9 月，她看了看面料花色品種的大，而在 10 月，她選擇了那些她想為她的新設計。十

BMD アラン·ダグラスによる悪い気分ドライブ AD

二月和一月是專門設計的新時尚，並於今年二月，地煉他們。
今年四月，她準備以顯示她的秋季系列。

卡門士丹利的設計是，位於 550 第七大道，共享建設與比爾·布拉斯和奧斯卡·德拉倫塔。她的下一個表現將是在布萊恩特公園帳篷可能容納一千人。

當卡門來到她的辦公室，克里斯蒂娜說，“我有好消息的表現是完全預訂！”

“謝謝你，”卡門心不在焉說。她的心是在其他的事情。

“順便說一句，有顯著迫切需要你在你的辦公桌上的信件，它只是提供了使者。”

這句話通過卡門的身體發出了顛簸。她走到她的辦公桌前，看著信封。回信地址是野生動物保護協會，3000 公園大，紐約州，紐約。她盯著它很長一段時間。有沒有 3000 公園大道。卡門開信用顫抖的手指。

親愛的夫人腎，

我的瑞士銀行家告訴我，他還沒有收到我的協會要求的百萬美元。鑑於你的人犯罪，我必須告訴你，我們的需求已經提高到 500 萬美元。如果作出付款，我保證我們不會再打擾你。你有 15 天存的錢在我們的帳戶。如果你不這樣做，我很遺憾，我們將與有關當局進行溝通。

這是無符號。

卡門在恐慌地站在那裡，讀一遍又一遍，一遍又一遍。五百萬美元！這是不可能的，她想。我永遠不能提高該種錢。什麼是傻瓜我！

當大衛回家的那天晚上，卡門給他看了這封信。

“五百萬美元！”他爆發了。 “這是荒謬的！誰做他們認為你是誰？”

“他們知道我是誰，”卡門說。 “這就是問題所在。我得趕緊抓住一些錢，但怎麼樣？”

"我不知道...我想銀行會借給你錢對你的繼承，但我不喜歡的想法..."

"大衛，這是我的生活，我在說什麼。我的生活。我要去看看有關獲取該貸款。"

格雷格·科爾曼是負責紐約聯合銀行的副總裁。他是在他四十多歲，並從大三櫃員工作過他的方式。他是一個有野心的人。有一天，我會在董事會，他認為，在那之後...誰知道？他的想法是由他的秘書打斷。

"小姐卡門士丹利在這裡見到你。"

他覺得小戰慄快感。她一直是良好的客戶作為一個成功的設計師，但現在她是最富有的婦女在世界之一。他曾試圖連續數年獲得羅伯特·斯坦利的帳戶，但沒有成功。現在...

"讓她進來，"科爾曼告訴他的秘書。

當卡門走進他的辦公室，科爾曼玫瑰和她打招呼帶微笑，一個溫暖的握手。

"我很高興見到你，"他說。 "你坐下。一些咖啡或更強烈的東西？"

"不，謝謝。"卡門說。

"我想提供我的哀悼你的父親的死亡。"他的聲音很合適的墳墓。

"謝謝。"

"我能為你做什麼？"他知道她要說什麼。她打算把她的數十億美元交給他投資...

"我想藉一些錢。"他眨了眨眼。 "請再說一遍？" "我需要500萬美元。"

他認為迅速。根據報紙，她的那份遺產應該是超過十億美元。即使稅收...他笑了。 "好吧，我不認為會有任何問題。你一直是我們最喜歡的客戶之一，你知道的。你想什麼安全忍受？"

"我在我父親的遺囑繼承人。"他點點頭。 "是的，我讀了。"

"我想借用這筆錢對我的那份遺產。"

"我明白了。請問你父親的遺囑被遺囑檢驗了嗎？" "沒有，但它會很快。"

“沒關係。”他身體前傾。 “當然，我們不得不看到的意志的副本。”

“是的，”卡門急切地說。 “我可以安排。”

“我們必須知道你的那份遺產的確切數額。”

“我不知道確切的量，”卡門說。 “好了，銀行的法律是相當嚴格的，你知道的。遺囑認證的可能需要一些時間。遺囑後，你為什麼不回來了，我會很高興的。”

“我現在需要錢，”卡門拼命說。她想尖叫。

“哦，親愛的。當然，我們希望盡我們所能來適應你。”他無奈的手勢舉起雙手。 “但不幸的是，我們的雙手被縛，直到...”

卡門站起身來。 “謝謝。”

“立刻...”

她走了。

當卡門回到辦公室，克里斯蒂娜激動地說，“我一定要和你談談。”

她沒有心情聽克里斯蒂娜的問題。 “它是什麼？”卡門問。

“幾分鐘前，我丈夫打電話給我，他的公司是他轉移到巴黎，所以我會離開。”

“你會...去巴黎？”

克里斯蒂娜橫梁。 “是的！是不是很奇妙？我會後悔離開你。不過別擔心，我會保持聯繫。”

所以這是克里斯蒂娜。但是，有沒有辦法來證明這一點。首先，貂皮大衣，現在巴黎。隨著 500 萬美元，她有能力在世界任何地方居住。我該如何處理呢？如果我告訴她，我知道，她會否認這一點。也許她會要求更多。大衛就知道該怎麼做。

“克里斯蒂娜...”

其中卡門的助手走了進來。“卡門！我要和你談談橋集合。我不認為我們有足夠的設計方案...”

卡門無法忍受沒有更多的。 “對不起，我不覺得很好。我要回家。”

她的助手看著她愣住了。 “但我們是在中間！”

“對不起。”

和卡門不見了。

當卡門走進她的公寓，裡面是空的。

大衛工作到很晚。她環顧四周，在房間裡所有的美好的東西，並認為，他們永遠不會停止，直到他們採取一切。他們要我睜不開眼幹。大衛是正確的。我應該去報警，當晚。現在，我是一個罪犯。我得承認。現在，當我有這樣的勇氣。她坐在那兒，想著這是什麼打算對她做了，大衛和她的家人。也就是聾人聽聞的標題，和審判，並可能入獄。這將是她職業生涯的結束。但我不能再這樣下去，卡門認為。我會發瘋。幾乎是在發呆，她起身走進大衛的巢穴。她記得，他把他的打字機在衣櫃裡的架子上。她把它取下來，並把它放在桌子上。她軋製一張紙進入壓印並開始打字。

敬啟者：
我的名字是卡門
她停了下來。字母 E 被打破。

〝為什麼，大衛？看在上帝的份上，為什麼？〞卡門的聲音充滿了痛苦。

〝那是你的錯。〞

〝不！我告訴你...這是個意外！我...〞

〝我不是在談論事故的發生。我說的是你！大成功的妻子誰是太忙了，抽空為她的丈夫。〞

這是因為，雖然他摑了她。 〝這不是真的，我...〞

〝你有沒有想過是自己，卡門。我們到處去，你永遠是明星。你讓我尾隨像寵物獅子狗。〞

〝這不公平！〞她說。

〝難道不是嗎？你去上你的時裝秀在世界各地，所以你可以讓你的照片在報紙上，而我坐在這裡獨自一人，等你。你以為我喜歡做'先生卡門'？我想要一個妻子。別擔心，我親愛的卡門。我讓自己舒服與其他婦女，而你都不見了。〞

她臉色蒼白。

〝他們是真正的肉和血的女性，誰沒有時間對我來說，不是一些該死的定制空了殼〞。

〝住手！〞卡門哭了。

208

"當你告訴我的意外，我看到了一種方式，成為自由的你。你想知道的東西，我親愛的？我很喜歡看，當你閱讀這些信件你不安。這還我一點點的一切屈辱我已經通過了。"

"夠了！包你的行李，並離開這裡。我永遠不想再見到你！"大衛微笑廣泛。 "有那可能性非常小。
順便說一句，你還打算去報警？"

"出去！"卡門說。 "現在！"

"我要走了，我想我會回到巴黎。而且，親愛的，我不會告訴你不會。你是安全的。"
一個小時後，他走了。

九點鐘在早晨，卡門撥了個電話給喬治·布朗。

"早上好，女士腎。我能為你做什麼？"

"我回到洛杉磯今天下午，"卡門說。 "我有一個秘密。"
她坐在對面的喬治，面色蒼白，繪製。她坐在那裡凍結，無法啟動。
喬治促使她。 "你說你有一個秘密。"

"是的，我...我殺了人。"她哭了起來。 "這是一個意外，但是...我就跑了。"她的臉痛苦的面具。 "我跑了...離開了她那裡。"

"放心吧，"喬治說。 "從頭開始"。她開始說話。

三十分鐘後，喬治望著他的窗口，想著他剛剛聽到的。

"你想要去報警？"

"是的，這是我應該首先做的事。我
...我不在乎他們做什麼我了。"
喬治若有所思地說，"既然你給自己自動放棄，這是一個意外，我認為法院會手下留情。"
她試圖控制自己。 "我只是想結束它。"

"你的丈夫嗎？"
她抬起頭來。 "關於他的什麼？"

"勒索是違法的。你有你的地方送他從你偷的錢在瑞士帳戶的數量。所有你所要做的就是按收費和..."

"不！"她的語氣非常激烈。 "我不希望任何更多的是與他，讓他與他的生活下去。我想與我的。"

喬治點了點頭。 "無論你說什麼，我要帶你到警察總部。您可能需要借宿在監獄裡，但我會讓你擺脫困境非常快。"

卡門笑了處於弱勢和疲憊的方式。 "現在我可以做一些我從來沒有做過的事情。"

"那是什麼？"

"設計的條紋連衣裙。"

那天晚上，當他回到家時，喬治告訴珍妮發生了什麼事。

珍妮弗卻著實嚇了一跳。 "她自己的丈夫被黑 – 郵寄她嗎？這太可怕了。"她研究了他很長一段時間。 "我認為這是美妙的，你花你的生活，幫助人們陷入困境。"

喬治看著她，心想，我是一個麻煩。喬治·布朗被驚醒的新鮮咖啡的香氣和烹飪熏肉的香味。他從床上坐起來，嚇了一跳。曾管家進來今天？他有告訴她不要。喬治把他的長袍和拖鞋，急忙下樓到廚房。珍妮弗在那裡，準備早餐。她抬起頭來喬治輸入。

"早上好"，她樂呵呵地說。 "你怎麼喜歡你的蛋？"

"呃...炒。"

"對，炒雞蛋和培根是我的特長。

事實上，我的 1 特產。我告訴你，我是一個可怕的廚師。"

喬治笑了。 "你不用做飯了。如果你願意，你可以僱一個幾百廚師。"

"難道我真的要拿到那麼多錢，喬治？"

"這是正確的，你的那份遺產將超過十億美元。"

她發現很難下嚥。 "一個十億...？我不相信。"

"這是真的。"

"沒有那麼多錢在世界上，喬治。" "好了，你父親有大部分內容有。"

"我...我不知道該說些什麼。"

"那麼我可以說些什麼呢？"

"當然。"

"雞蛋正在燃燒。"

"哦，對不起。"她連忙把他們關爐子。 "我要讓另一批。"

"不用麻煩的燒臘肉就足夠了。"她笑了。 "對不起。"

喬治走到櫃子，拿出一盒麥片。 "怎麼樣一杯冰涼的早餐？"

〝完美〞詹妮弗說。

他倒了一些麥片放入碗中為他們每個人，把牛奶從冰箱裡，他們在廚房的桌子坐了下來。

〝你沒有別人為你做飯？〞詹妮弗問。

〝你的意思是，我是參與的人？〞她臉紅了。〝差不多吧。〞

〝不，我是在兩年的關係，但沒有成功。〞

〝對不起。〞

〝你呢？〞喬治問。

她認為艾倫·沃克的。〝我不這麼認為。〞他看著她，好奇。〝你不知道？〞

〝這是難以解釋的。我們中的一個要結婚的，〞她委婉地說，〝我們中的一個沒有。〞

〝我看到，當這一切結束，你會被要回邁阿密？〞

〝我真的不知道。這似乎很奇怪，是在這裡。我媽媽跟我常常約洛杉磯，她在這裡出生，並愛上了它。在某種程度上，它就像回家了。我希望我能有知道我的父親〞。

不，你不這樣做，喬治想。〝你認識他嗎？〞

〝不，他與弗蘭克·哈羅德僅處理〞。

他們坐在那裡一個多小時的交談，而當時他們之間的情誼方便。喬治填寫詹妮弗在發生了什麼事誰自稱詹妮弗士丹利，空墳墓，唐納德·赫爾曼的〝消失的陌生人較早到來。

〝那真是難以置信！〞詹妮弗說。〝誰可能是這背後？〞

〝我不知道，但我想找到答案，〞喬治向她保證。〝在此期間，你將在這裡是安全的。很安全。〞

她笑了，說：〝我覺得這裡安全。謝謝。〞他開始說些什麼，然後停了下來。他看了看手錶。〝我最好穿好衣服，並踏踏實實地在辦公室，我有很多事情要做。〞

喬治會見哈羅德。〝任何進步了嗎？〞哈羅德問道。

喬治搖了搖頭。〝這是所有的煙。誰策劃這是一個天才。我試圖追查唐納德·赫爾曼，他從科西嘉島飛往巴黎到澳大利亞。我跟悉尼的警察，他們震驚地得知赫爾曼是在自己的國家。有圓形從刑警，他們正在找他。我認為羅伯特·斯坦利簽署了自己的死刑執行令時，他在這裡打了個電話，說他想改變他的意志。有人決定停止他，唯一的證人，當晚發生了什麼是唐納德·赫爾曼。當我們找到他，我們會知道更多。"

"我不知道我們是否應該把我們的民警在此。"哈羅德建議。喬治搖搖頭："我們所知道的是所有的旁證，弗蘭克。我們可以證明的唯一的罪行是有人挖出了身體，而我們甚至不知道是誰做的。"

"怎麼樣，他們聘請的偵探，誰驗證了女人的指紋？"

"弗雷迪·蒂爾曼。我已經為他留下了三個消息。如果我沒有聽到他的六時，今晚，我要飛到舊金山回來。我相信他的深入參與。"

"你猜是為了發生在莊園的股份，該冒名頂替者將要得到什麼？"

"我的直覺是，誰該計劃讓她交給他們簽下了她的份額。這個人可能使用一些虛擬的信託來掩飾它。我相信，我們正在尋找家族中的一員...我認為我們可以消除卡門的犯罪嫌疑人"。他告訴哈羅德有關的談話中，他曾與她。 "如果她是這背後，她就不會出來了懺悔，而不是在這個時候，反正她會等到莊園被解決，她的錢。至於她的丈夫而言，我認為我們可以消除大衛。他是一個小的時間敲詐者，他不能夠設立這樣的事了。"

"那其他人呢？"

"法官斯坦利我跟雷與舊金山律師協會的朋友我的朋友說，大家都認為非常高士丹利事實上，他剛剛被任命為首席法官的另一件事情對他有利：。法官斯坦利是一個誰說，誰似乎是一個騙局，他是誰堅持一個脫氧核糖核酸測試與第一個珍妮。我懷疑他會做這樣的事情。比利我感興趣。我敢肯定他是在藥物，這是一個昂貴的習慣。我查了他的妻子，梅艷芳，她是不是足夠聰明，是這個計劃的背後，但有傳聞她有一個哥哥誰是壞的生意。我要去調查一下。"

喬治談到他的對講機秘書。 "請給我拿中尉邁克爾·肯尼迪在洛杉磯警察。"

幾分鐘後，她忽然響起喬治。 "中尉肯尼迪是行的。"

喬治拿起了電話。

〝中尉。謝謝你帶我的電話。我喬治布朗與 REYNOLDS ＆ FRANK HAROLD 律師事務所。我們正試圖找到在羅伯特・斯坦利房地產此事的親戚。〞

〝布朗先生，我會很高興，如果我可以提供幫助。〞

〝請您檢查與紐約市警方，看看他們是否有對太太威廉・斯坦利的弟弟在法律的任何文件？他的名字叫哈羅德國王，他的作品在布朗克斯。〞

〝沒問題，我會還給你。〞

〝謝謝。〞

午飯後，弗蘭克・哈羅德停止了由喬治的辦公室。〝怎麼查去？〞他問。

〝太慢了，適合我。誰策劃這個漂亮的徹底遮住了他的或她的軌道。〞

〝怎麼詹妮弗拿著嗎？〞喬治笑了。〝她是美妙的。〞

有什麼東西在他說話的語氣，使得弗蘭克・哈羅德仔細看看他。

〝她是一個非常有吸引力的年輕女士。〞

〝我知道，〞喬治若有所思地說。〝我知道。〞

一個小時後，電話來自澳大利亞進來。〝布朗先生？〞

〝是的。〞

〝總督察麥克法林在這裡從悉尼。〞

〝是的，行政督察區。〞

〝我們發現你的男人。〞

喬治感到自己的心臟跳。〝那太好了！我想立即安排引渡帶給他...〞

〝哦，我不認為有任何匆忙。唐納德・赫爾曼已經死了。〞

喬治覺得自己的心臟下沉。〝什麼？〞

〝我們一小會兒前發現他的身體，他的右手已經被切斷，他被槍殺了好幾次。〞

〝俄羅斯黑幫有一個古樸的風俗。首先，他們切斷你的手，然後他們讓你來是盲目的，然後他們開槍打死你。〞

〝我明白了，謝謝你，督察。〞

窮途末路。喬治坐在那裡，盯著牆壁。他所有的線索都消失。他意識到如何嚴重，他一直指望唐納德・赫爾曼的證詞。

喬治的秘書打斷了他的思緒。 "有一個蒂爾曼先生，你在三個行。"

喬治看了看手錶。這是下午 5 時 55 分他拿起電話。 "蒂爾曼先生？"

"是的...我很抱歉，我不能更早回你電話。我已經出城，在過去兩天，我能為你做什麼？"

很多，喬治想。你能告訴我你是怎麼偽造的指紋。喬治選擇了他措辭謹慎。 "我打電話約珍妮弗·斯坦利。當你在洛杉磯最近，你檢查了她的指紋和..."

"布朗先生..."

"是嗎？"

"我從來沒有在洛杉磯。"

喬治深吸了一口氣。 "蒂爾曼先生，根據在假日酒店的寄存器，你在這裡的..."

"有人用我的名字了。"

喬治聽了，愣了。這是最後的窮途末路，最後領先。 "我不認為你有什麼想法這是誰？"

"嗯，這是很奇怪的，布朗先生。一個女人聲稱，我是在洛杉磯和我能確定她的珍妮弗·斯坦利我從來沒有見過她在我的生活。"

喬治感到希望大增。 "你知道她是誰嗎？" "是的。她的名字是帕金斯，帕金斯瑪麗。"

喬治拿起了筆。 "我在哪裡可以找到她？"

"她在舊金山精神衛生設施。"

"非常感謝，我真的很感激這一點。"

"讓我們保持聯繫。我想知道這是怎麼回事，我不喜歡的人繞來繞去冒充我。"

"沒錯。"喬治替換接收機。瑪麗珀金斯。

當喬治回到家那天晚上，珍妮弗正在等待迎接。

我固定的吃飯，"她告訴他。"嗯，我並沒有完全解決它。你喜歡中國菜嗎？"他笑著說，"愛在此！"

"好，我們有八個紙箱吧。"

當喬治·走進餐廳，表設置用鮮花和蠟燭。

"有什麼消息嗎？"詹妮弗問。

喬治說謹慎，〝我們可能已經得到了我們的第一次突破。我有一個女人誰似乎參與了這一名稱。我飛舊金山，早上跟她談談。我有一種感覺，我們可能有所有的答案的明天。〞

〝那將是美好的！〞詹妮弗興奮地說。 〝我會很高興的時候，這是結束了。〞

〝這樣，我，〞喬治告訴她。還是會嗎？她會的斯坦利家庭的出路我夠不著的地方一個真正的一部分。晚宴持續了兩個小時，他們甚至不知道什麼他們吃。他們談論的一切和他們談什麼，這是因為雖然他們已經知道對方永遠。他們討論了過去和現在，他們謹慎地避免談論未來。有沒有未來對我們來說，喬治覺得不高興。

最後，無奈地，喬治說，〝好吧，我們最好去睡覺。〞

她看著他豎起眉毛，他們都大笑起來。

〝我的意思...〞

〝我知道你的意思。晚安，喬治。〞 〝晚安，珍妮弗。〞

29

　早期的第二天早晨，喬治登上了美國飛行舊金山。從舊金山機場，他乘坐一輛出租車。

　〝去哪兒？〞司機問。

　〝舊金山精神衛生設施。〞

司機轉頭看著喬治。 〝你還好嗎？〞

　〝是的，為什麼呢？〞

　〝就問。〞

在設施，喬治·走近穿制服的保安人員在前台。

警衛抬起頭來。 〝我可以幫你嗎？〞 〝是的，我想看到瑪麗·珀金斯。〞

　〝她是僱員？〞

這沒有發生喬治。 〝我不知道。〞

　警衛採取了仔細的看著他。 〝你不知道？〞

　〝我所知道的是，她在這裡。〞

在抽屜裡的警衛達到並拿出名冊與名稱的列表。過了一會兒，他說，〝她已經不在這裡工作。莫非她是一個病人？〞

　〝我...我不知道，這是可能的。〞

門衛給了喬治再看看，再把手伸進一個不同的抽屜，拿出一張電腦打印。他掃描它，並在中間，他停了下來。 〝帕金。瑪麗。〞

　〝這是正確的。〞他很驚訝。 〝她是一個病人在這裡？〞

　〝嗯，你是親戚嗎？〞

　〝不...〞

〝然後，我怕你看不到她了。〞

〝我要見她，〞喬治說。 〝這是非常重要的。〞〝對不起。我有我的命令。除非你已經被清除

手之前，你不能訪問任何的病人。〞

〝誰是這裡的負責人？〞喬治問。

〝我是。〞

〝我的意思是，負責醫院的。〞

〝博士金博爾。〞

〝我要見他。〞

〝沒錯。〞後衛拿起電話撥了一個號碼。 〝金博爾博士，這是喬前台。這裡有個紳士誰想要見你。〞

他抬頭看著喬治。 〝你的名字？〞

〝喬治·布朗。我是一個律師。〞

〝喬治·布朗，他是一名律師...的權利。〞他取代了接收器和轉向喬治。 〝有人將沿著帶你到他的辦公室。〞

五分鐘後，喬治陪同下步入加里金博爾博士的辦公室。 金博爾在他五十多歲的男人，但他看起來老，飽經憂患。

〝為你我能做些什麼，布朗先生？〞

〝我需要看一個病人，你在這裡。瑪麗·珀金斯。〞 〝AB，是的。有趣的案例，你與她嗎？〞

〝沒有，但我調查一個可能的謀殺案，這是非常重要的，我和她談談。我想她可能是鑰匙。〞

〝對不起，我幫不了你。〞

〝你必須，〞喬治說。 〝這是...〞

〝布朗先生，我不能幫你，即使我想。〞 〝為什麼不呢？〞

〝因為瑪麗·帕金斯是在填充單元。她攻擊每個人都誰去接近她。今天早上，她試圖殺死護士長和兩名醫生。〞

〝什麼？〞

〝她不斷改變自己的身份和尖叫她的弟弟，托馬斯和她的遊艇船員。我們可以安靜了她唯一的辦法就是把自己的大量鎮靜劑。〞

〝哦，我的上帝，〞喬治說。 〝你有沒有時，她可能來自它的任何想法？〞

217

金博爾醫生搖了搖頭。 "她是在嚴密觀察下。或許在時間她會冷靜下來，我們可以重新評估她的病情。直到後來..."

30

在上午六時，一個海港巡邏艇游弋沿新港灘 Santa Ana 附近的河，當一名警察發現船上的對象浮在水面上前進。

〝關船首右舷！"他叫。 〝它看起來像一個日誌。讓我們把它撿起它下沉之前的東西。"

日誌竟然是身體，更令人吃驚的，已被防腐處理一具屍體。

警察低頭看著它，並說，〝到底是怎樣的防腐處理身體進入聖安娜河？"

中尉邁克爾·肯尼迪是說驗屍官。 〝你確定了嗎？"

驗屍官說，〝當然，這是羅伯特·斯坦利。我防腐處理他自己。後來，我們有一個折返秩序，當我們挖出來的棺材...嗯，你知道，我們立即向當地警方報案。"

〝誰問有身體挖掘出來？"

〝家庭，他們通過自己的律師弗蘭克·哈羅德處理它。"

〝我想我會和弗蘭克先生哈羅德談談。"

當喬治從舊金山回到洛杉磯，他直接去了弗蘭克·哈羅德的辦公室。

〝你看拍，"哈羅德說。。〝不打，打的整個事情正在分崩離析，弗蘭克我們有三種可能的線索：唐納德·赫爾曼，弗雷迪·蒂爾曼和瑪麗·珀金斯好，赫爾曼已經死了，這是錯誤的蒂爾曼和瑪麗·珀金斯在一個上鎖。庇護。我們什麼都沒有...！"

哈羅德的秘書的聲音傳來了對講機。 〝對不起。有一個中尉肯尼迪在這裡見到你，弗蘭克先生哈羅德。"

〝送他進來。"

邁克爾·肯尼迪是一個堅固的美男子與眼睛所看到的一切。

〝弗蘭克哈羅德先生？〞

〝是的。這是我的助理喬治·布朗。我相信你們兩個已經在電話上交談，坐下。我們能為你做什麼？〞

〝我們剛剛找到羅伯特·斯坦利的身體。〞 〝什麼？在哪裡？〞

〝游泳在太平洋聖安娜附近的河。你叫他的身體挖出來的，不是嗎？〞

〝是的。〞

〝請問為什麼？〞哈羅德告訴他。

當哈羅德結束，肯尼迪說，〝你根本不知道誰是它的提出為這一調查，蒂爾曼？〞

〝不，我跟蒂爾曼。〞喬治回答。 〝他不知道，無論是。〞

肯尼迪嘆了口氣。 〝它得到'奇妙而又奇妙。〞 〝哪裡是羅伯特·斯坦利的身體呢？〞喬治問。 〝他們讓他在太平間本。我希望他不會再次消失。〝

〝我這樣做了，〞喬治說。 〝我們將有保羅韋斯曼運行在珍妮弗的脫氧核糖核酸測試。〞

當喬治叫托馬斯告訴他，他父親的屍體被發現，托馬斯是真正的震撼。

〝這太可怕了！〞他說。 〝誰能做了這樣的事情？〞

〝這就是我們試圖找到答案，〞喬治告訴他。

托馬斯大怒。這無能白痴，布魯克斯。他要為此付出代價。我得到這個解決之前失控。 〝舊金山布朗先生，你也許知，我被任命為首席法官，我有一個非常沉重的工作量，而且他們迫使我回去。我不能

延遲更長的時間。我會很感激，如果你能做些什麼來讓遺囑很快結束。〝

〝今天早上我撥了個電話，〞喬治告訴他。 〝應該在未來三天內關閉。〞

〝這將是罰款。保持與我聯繫，謝謝。〞 〝我會的，法官。〞喬治坐在他的辦公室審查過去幾週的事件。他回顧了談話中，他曾與行政督察麥克法林。

"我們一小會兒前發現他的身體，他的右手已經被切斷，他被槍殺了好幾次。"別急，喬治想。有什麼東西，他沒有告訴我。他拿起電話，把在另一個呼叫到澳大利亞。

在電話的另一端的聲音說，"這是行政督察麥克法林。"

"是的，督察，這是喬治·布朗，我忘了問你一個問題，當你發現唐納德·赫爾曼的屍體，在那裡他的任何文件？...喔...這很好...非常感謝你。"

當喬治掛了電話，他的秘書的聲音傳來了對講機。"中尉肯尼迪持有兩行。"

喬治打了個電話按鈕。

"中尉。對不起，讓你久等了。我是在一個越洋電話。"

"紐約市警察局給了我一些有趣的信息，哈羅德國王。他似乎是一個相當濕滑的性格。"

喬治拿起了筆。"前進。"

"警方認為，他的作品為 Brooksy 是前一個販毒集團。"中尉停頓了一下，然後繼續。"國王可能是藥物推，但他很聰明，他們一直無法下手呢。"

"還要別的嗎？"喬治問。

"警方認為，操作紮成法國黑手黨通過馬賽的連接。如果我學到什麼東西，我會打電話。"

"謝謝你，少尉。這是非常有幫助的。"

喬治放下電話，走出了辦公室的門。

當喬治回到家，充滿了期待，他稱，"珍妮弗？"

沒有回答。

他開始恐慌。"詹妮弗！"她被綁架或殺害，他認為，他覺得報警器突然感覺。詹妮弗出現在樓梯口。"喬治？"

他深吸了一口氣。"我還以為..."他臉色蒼白。

"你沒事吧？""是的。"

她來到了樓梯。"做事情在舊金山去嗎？"

他搖搖頭。"恐怕不是。"他告訴她發生了什麼事。"我們將不得不在週四，詹妮弗意志的閱讀。這只是從現在三天。不管是誰，這背後有擺脫你那時還是他 －－ 或者她－計劃無法正常工作。"

221

她吞下。 〝我明白了，你有什麼想法這是誰？〞〝作為事實上...〞電話響了。 〝藉口

我的。〞喬治拿起電話：〝餵？〞

　〝這是湯普森在佛羅里達州博士。對不起，我沒有打電話較早，但我已經離開。〞

　〝湯普森博士。謝謝你給我回電話。我們公司代表士丹利房地產。〞

　〝我能為你做什麼？〞

　〝我打電話約威廉·斯坦利，我相信他是你的一個病人。〞

　〝是的。〞

　〝他有毒品問題，醫生？〞

　〝布朗先生，我不是在自由討論任何的我的病人。〞

　我明白了。我不是問這個是出於好奇。這是非常重要的〝

　〝我怕我不能。〞

　〝你做了讓他住進了港集團診所木星，不是嗎？〞

有一個長時間的猶豫。 〝是的，這是有案可查的。〞

　〝謝謝你，醫生。這就是我需要知道的。〞喬治更換接收器，站在那裡一會兒。

　〝這是令人難以置信！〞

　〝什麼？〞詹妮弗問。

　〝坐下...〞

　三十分鐘後，喬治在他的車貝爾空氣領導。所有的作品終於腳到位。他的輝煌。它幾乎工作。它仍然可以工作，如果什麼事，珍妮弗·喬治認為。在貝爾空氣，達蒙打開了了門。 〝晚上好，布朗先生。〞

　〝晚上好，達蒙。是法官斯坦利？〞 〝他是在圖書館，我會告訴他你在這裡。〞 〝謝謝。〞他看著達蒙走了下來。

一分鐘後，管家回來了。 〝法官斯坦利現在見你。〞

　〝謝謝。〞

　喬治走進書房。托馬斯坐在棋盤前，集中。他抬頭喬治走了進來。

　〝你要見我？〞

　〝是的，我相信年輕的女人誰來看你前幾天是真正的珍妮弗。另外詹妮弗是假的。〞

222

〝但是，這是不可能的。〞

〝恐怕這是真的，我發現是誰這一切背後的。〞

有一個短暫的沉默。於是托馬斯緩緩地說，〝你有嗎？〞

〝是的。我恐怕這會打擊你。這是你的弟弟，比利。〞

托馬斯仰望喬治愣住了。 〝你是說貝利是負責什麼的已經發生的事情？〞

〝這是正確的。〞

〝我...我不能相信。〞

〝無論我能，但所有檢查出來。我跟他的醫生在貝爾空氣。你知道你哥哥是什麼藥？〞

〝我...我懷疑它。〞

〝藥品價格昂貴。比利不工作，他需要錢，他顯然在尋找一個更大份額的遺產，他是誰僱用了假詹妮弗之一，但是當你來找我們，問了脫氧核糖核酸測試，他慌了，有你父親的屍體從棺材裡取出，因為他不能有這種測試進行。這就是放倒我。我懷疑他派人到邁阿密有真正的詹妮弗喪生。你知道嗎，安妮塔有是誰綁成暴民？只要詹妮弗的活著，有兩種詹妮弗的身邊，他的計劃無法正常工作的哥哥。〞

〝你確定這一切？〞

〝當然，還有別的東西，法官。〞

〝是嗎？〞

〝我不認為你的父親死於車禍，我相信比利有你的父親被謀殺。梅艷芳的哥哥也已經安排好了。有人告訴我，他已經與馬賽黑手黨連接，他們可以很容易地支付了船員要做到這一點，我飛意大利今晚與地方當局談話〞。

托馬斯被傾聽。當他說話時，他讚許地說，〝這是個好主意。〞

隊長巴爾加斯一無所知。

〝我會盡量回來週四意志的閱讀。〞

托馬斯說，〝怎麼樣真正的珍妮弗？...你確定她的安全嗎？〞

〝哦，是的，〞喬治說。 〝她住的地方沒有人能找到她。她是我的家。〞

31

　非凡的一塊好運，我已獲得了打我的方式的機會。眾神都在我的身邊。他簡直不敢相信自己的好運氣。這是運氣的不可思議的行程。昨天晚上，喬治·布朗曾發表珍妮弗在他手中。亨利·布魯克斯是一個不稱職的傻瓜；托馬斯認為。我會帶珍妮弗自己照顧這個時候。

他抬起頭，達蒙走進房間。

　〝對不起，法官斯坦利，有一個電話給你。〞

這是琳達鮑威爾。 〝托馬斯？〞 〝是的，林恩。〞

　〝我只是想給你帶來最新的瑪麗·珀金斯事。〞

　〝是嗎？〞

　〝克利夫頓博士剛剛給我打電話的女人是瘋了，她的賬面上如此糟糕，他們必須有她鎖在暴力病房。〞

　托馬斯感到一種如釋重負的銳利感。 〝我很遺憾聽到這個消息。〞

　〝無論如何，我想你放心，讓你知道她是再也沒有任何危險，你或你的家人。〞

　〝我明白，〞托馬斯說。而他做到了。

托馬斯去了他的房間，打電話康妮。

有一個較長時間的延遲之前康妮回答。

　〝您好？〞托馬斯可以聽到背景聲音。 〝康妮？〞

　〝這是誰？〞

　〝這是托馬斯。〞

　〝哦，是的。托馬斯。〞

他可以聽到眼鏡的丁當。 〝你有一個黨，康妮？〞

〝嗯，你想加入我們嗎？〞

托馬斯想知道誰是在黨。 〝我希望我能，我打電話告訴你，做好準備去我們談到了這一趟。〞

康妮笑了起來。 〝你的意思是上豆大的白色遊艇聖爵菲斯？〞

〝這是正確的。〞

〝當然，我可以隨時準備好，〞她嘲諷說。

〝康妮，我是認真的。〞

〝哦，別胡扯了，托馬斯。法官沒有遊艇，我現在得走了。我的客人叫我。〞

〝等待一分鐘！〞托馬斯拼命說。 〝你知道我是誰嗎？〞

〝當然，你是....〞

〝我是托馬斯·斯坦利。我的父親是羅伯特·斯坦利。〞有一個沉默的時刻。 〝你在開玩笑吧？〞 〝不，我在洛杉磯現在，解決了房地產。〞

〝哎呀！你斯坦利。我不知道。我很抱歉。我 ...我已經聽到這個消息的東西，但我沒太注意。我從來沒有想通這是你的。〞

〝沒關係。〞

〝你真的意味著它大約帶我去聖特羅佩，不是嗎？〞

〝當然，我做到了。我們要做很多的東西放在一起，〞托馬斯說。 〝也就是說，如果你想。〞

〝我一定做到！康妮的聲音突然充滿了熱情。 〝哎呀，托馬斯，這真是天大的好消息...〞當托馬斯取代了接收器，他面帶微笑。康妮拍攝的，照顧現在，他認為，現在是時候來照顧我的同父異母的妹妹的。

托馬斯走進其中，羅伯特·斯坦利的槍集合保持庫，打開的情況下，並刪除了

紅木盒。從下面的情況下，抽屜裡，他拿出了一些彈藥。他把子彈在他的口袋裡，攜帶的木箱子上樓到他的房間，關上了門，並打開了盒子。裡面有兩個匹配橄欖球左輪手槍，羅伯特·斯坦利的收藏夾。托馬斯刪除了一個，仔細裝好，然後放在額外的彈藥和含在他的抽屜吧其他的左輪手槍的盒子。一出

手就會去做，他想。他們教他在軍校他的父親把他送到拍好。
謝謝你，爸爸。

接下來，托馬斯拿起電話目錄，尋找喬治·布朗的家庭住址：
280 紐伯里街，洛杉磯。

托馬斯做他的方式對車庫，那裡有半打車。他選擇了黑色奔馳
作為是最顯眼的。他打開車庫門，聽，看是否有噪音干擾任何
人。世界上只有沉默。在驅動喬治·布朗的房子，托馬斯想過
他正要去做。他從來沒有身體之前犯了謀殺罪。但是這一次，
他別無選擇。珍妮弗·斯坦利是他和他的夢想之間的最後一道
障礙。與她走了，他的問題就結束了。永遠，托馬斯認為。

　　他開車慢，注意不要引起注意。當他到達紐伯里街，托馬斯
巡航過去喬治的地址。被停在路邊的一些汽車，但是沒有行人
約有。

　　　　他把車停在一個街區之遙，走回屋裡。他按了門鈴，等待
著。

通過門珍妮弗的聲音傳來。 〝是誰？〞 〝這是法官斯坦利。〞
詹妮弗開了門。她詫異地看著他。 〝你在這裡做什麼？是什麼
問題？〞

　　〝不，一點都沒有，〞他說著容易。 〝喬治·布朗問我和你的
談話。他告訴我，你在這裡，我可以進來嗎？〞

　　〝是的，當然。〞

托馬斯走進大廳，看著珍妮弗關上了門。她一馬當先走進客
廳。

　　〝喬治是不是在這裡，〞她說。 〝他是在他的途中舊金山。〞

　　〝我知道。〞他環顧四周。 〝你是一個人嗎？是不是有一個
管家或者有人留下來嗎？〞

　　〝不，我這裡安全，我可以給你的東西？〞 〝不，謝謝。〞

　　〝你想要什麼我談？〞

　　〝我來談論你，珍妮弗。我對你失望。〞

　　〝失望...？〞

　　〝你不應該來這裡。難道你真的認為你可以走在並嘗試收集
不屬於你的財富？〞

她看著他一會兒。 〝但我有權利...〞

　"你要什麼的權利！"托馬斯搶購。　"你在哪裡都是這些年來，當我們被羞辱和我們的父親的懲罰？他出去他的方式來傷害我們都被他拿到機會。他把我們走過地獄，你沒有經歷任何。好了，我們做到了，我們應得的錢，不是你的。"

　"我...你要什麼我做什麼？"
托馬斯給了一個淡笑道。　"那我要你做什麼？什麼也沒有。你已經做到了。你該死附近被寵壞的一切，你知道嗎？"

　"我不明白。"

　"這真的很簡單。"他拿出左輪手槍。　"你會消失。"
她向後退了一步。　"可是我..."

　"不要說什麼。讓我們不要浪費時間，你和我去一個小旅行。"
她僵硬。　"如果我不走？"

　"哦，你該走了。死的還是活的。隨你便。"

　在寂靜隨後的時刻，托馬斯聽到他的聲音熱潮從隔壁房間。　"哦，你該走了。死的還是活的。隨你便"他轉過身。

　"什麼...？"
喬治·布朗，弗蘭克·哈羅德，中尉肯尼迪和兩個穿制服的警察走進了客廳。喬治拿著一個錄音機。
中尉肯尼迪說，"把槍給我，法官。"
托馬斯愣了一會兒，然後他強作歡顏。　"當然，我只是想嚇唬這個女人到離開這裡。她是一個騙局，你知道的。"他把槍偵探伸出的手。　"她試圖聲稱士丹利遺產的一部分。好吧，我是不會讓她逃脫它，所以我..."

　"這是結束了，法官，"喬治說。

　"你說什麼？你說比利負責..."

　"比利沒有達到規劃的東西巧妙的，因為這和卡門已經很成功了。於是，我開始對你檢查了。唐納德·赫爾曼被殺害在澳大利亞，但澳大利亞警方找到了你的電話號碼，在他的口袋裡。你用他謀殺你的父親，你是誰帶來了瑪麗·珀金斯，然後堅持她是個騙子扔懷疑過自己的人。你是誰堅持的脫氧核糖核酸測試，並安排有體之一

　去除。而你是一個誰投入到蒂爾曼的假電話。

227

　　你聘請了瑪麗·帕金斯冒充珍妮弗，然後讓她致力於精神科病房。"

托馬斯環顧四周，當他說話時，他的聲音很平靜的危險。　"而一個死人的電話號碼是你的證據？我不能相信！你設置你的可憐的小陷阱的基礎上嗎？你沒有證據一絲一毫。我的電話號碼是唐納德的口袋裡，因為我想到我的父親可能有危險。我告訴唐納德要小心。很顯然，他不小心的話。誰殺了我的父親可能被打死唐納德。這是誰，警方應該尋找。我叫提爾曼是因為我想給他找事實的真相。有人冒充他。我不知道是誰。而且，除非你能找到他，把他綁我，你什麼都沒有。至於瑪麗·帕金斯而言，我真的相信，她是我們的姐妹，當她突然瘋了，打算在收購狂潮，並威脅要殺死我們所有人，我勸她去舊金山。然後我安排了她拾起，並承諾，我想保持這一切了記者的保護家庭。"

詹妮弗說，"但是你來到這裡殺了我。"

托馬斯搖了搖頭。　"我並沒有打算殺你，你是個騙子。我只是想嚇唬你了。"

　　"你在撒謊。"

　　他轉向其他人。　"還有別的東西，你可能會考慮，這有可能是沒有家庭的參與。這可能是一些內幕誰在操縱這一點，別人誰放在一個騙子，並計劃說服家人，她是真實的，然後分割的遺產份額和她在一起。這並沒有發生任何的你，是嗎？"

他轉向弗蘭克哈羅德。　"我要告你們誹謗，和我要帶走，你就擁有了一切。這是我的見證。之前我跟你，你會希望你從來沒有聽說過我。我控制數十億美元，而且我會用它們來消滅你"他看著喬治。　"我答應你，你的最後一幕的律師將在斯坦利的讀數。現在，除非你想我，攜帶無牌武器充電，我將離。"

本組面面相覷不確定性。　"沒有？嗯，晚上好，然後。"

他們眼睜睜地看著他走出門。中尉肯尼迪是第一個發現他的聲音。　"我的上帝！"他說。　"你相信嗎？"

　　"他虛張聲勢，"喬治緩緩說道。　"但是，我們不能證明這一點。他是對的。我們需要證明。我以為他會破解，但是我低估了他。"

228

弗蘭克·哈羅德說話。 〝看起來我們的小計劃事與願違，沒有唐納德·赫爾曼或帕金斯女的證詞，我們什麼都沒有，但懷疑。〞

〝那對我的生活的威脅？〞珍妮弗抗議。

喬治說，〝你聽到他說什麼，他只是想嚇唬你，因為他認為你是個騙子。〞

〝他不只是想嚇唬我，說：〞詹妮弗說。 〝他打算殺了我。〞

〝我知道，但是有沒有我們可以做的事情有狄更斯是正確的：。〞法律是一屁股...〞我們又回到了起點。〞

哈羅德皺起了眉頭。 〝這更糟糕，喬治·托馬斯的意思，他關於起訴我們，除非我們能夠證明我們的費用，我們就麻煩了說。〞

當其他人離開了，珍妮弗說，喬治，〝我很抱歉關於這件事，我感到有責任在走。如果我不來...〞

〝別傻了，〞喬治說。

〝但他表示，他會毀了你。他能做到嗎？〞喬治聳聳肩。〝我們將要看到的。〞

珍妮弗猶豫。 〝喬治，我想幫你。〞他看著她，不解。 〝你是什麼意思？〞

〝好吧，我將有很多錢，我想給你足夠的，所以你可以...〞他把他的手放在她的肩膀上。 〝謝謝你，珍妮弗。我不能拿你的錢。我會沒事的。〞

〝可是...〞

〝不用擔心。〞

她打了一個寒顫。 〝他是一個邪惡的人。〞

〝這是非常勇敢的，你做你做了什麼。〞

〝你說有沒有辦法讓他，所以我想，如果你給他發在這裡，這可能是該辦法陷害他。〞

〝看起來好像我們都是誰掉進了陷阱，不是嗎？〞

那天晚上，珍妮弗躺在床上，想著喬治，不知道她怎麼能保護他。我不應該來了，她想，但如果我不來，我就不會遇見他。

在隔壁房間裡，喬治躺在床上，想著珍妮弗。這是令人沮喪的認為她躺在她的床上，它們之間只有薄薄的牆。我到底在說什麼？這堵牆是一個數十億美元厚。

托馬斯是在他心情不好。在回家的路上，他想到什麼剛剛發生了，他怎麼也鬥不過他們。他們俾格米人試圖捧了個巨人，他想。他沒想到，曾經是他父親的思想。托馬斯有一個很不爽的車程。

當托馬斯達到貝爾航空，達蒙跟他打招呼。

"晚上好，法官托馬斯。我希望你還有今天晚上。"

"從來沒有好，達蒙。千萬不要好。"

"我可以幫你嗎？"

"是的，我想我會喜歡的香檳。""當然，先生。"

這是一個慶祝活動，他的勝利的慶祝活動。

明天我將是值得超過兩十億美元。他說的那句親切一遍又一遍。"兩十億美元...兩個十億美元..."他決定打電話給康妮。

這一次，康妮馬上認出了他的聲音。"托馬斯！你好嗎？"她的聲音很溫暖。

"好吧，康妮。"

"我一直在等待聽到你的聲音。"

托馬斯覺得有點興奮。"你？你想怎麼來洛杉磯明天？"

"當然...但是什麼？"

"對於意志的讀數。我要繼承超過兩十億美元。"

"兩...這是太棒了！"

"我希望你在這裡在我身邊。我們將挑選出遊艇在一起。"

"哦，托馬斯！這聽起來太棒了！""那麼，你會來嗎？"

"當然，我會的。"

當康妮更換接收器，她坐在那裡，說親切一遍又一遍，"雙十億美元...兩個十億美元..."

32

　羅伯特·斯坦利的意志在討論，不僅在媒體上，也與他的遺產和律師的中心。意志的閱讀前一天，卡門和比利坐在喬治的辦公室。

　"我不明白為什麼我們在這裡，"比利說。 "讀數應該是明天。"

　"有一個人我想讓你見見，"喬治告訴他們。

　"誰？" "你姐姐。"

他們倆盯著他。 "我們已經見過她，"卡門說。

喬治壓上的對講按鈕。 "你問她進來，好嗎？"

　卡門和比利面面相覷，不解。

　門開了，珍妮弗·斯坦利走進辦公室。

喬治站了起來。 "這是你的妹妹，珍妮佛。"

　"你到底在說什麼？"比利爆炸。 "你想拉？"

　"讓我來解釋一下，"喬治悄悄地說。他講了十五分鐘，並完成了說，"保羅韋斯曼證實，她的脫氧核糖核酸相匹配的父親。"

當喬治通過，比利說，"托馬斯！我不相信！"

　"信不信由你"。

　"我不明白。另外那個女人的指紋證明她是珍妮弗，"比利說。 "我仍然有指紋卡"。

喬治摸了摸他的脈搏衝擊。 "你做？"

　"是的，我一直是作為怎樣的一個笑話。"

　"我要你幫我一個忙，"喬治說。

在第二天早上十點多，一大群被聚集在雷諾和弗蘭克·哈羅德律師在法律的會議室。弗蘭克·哈羅德坐在一張桌子的。在房間裡的卡門，托馬斯，比利，喬治和珍妮弗。此外，有幾個陌生人在場。

哈羅德推出了他們兩個。 "這是科比·沃特金斯和杰拉爾德·沃爾頓。他們與律師事務所

代表士丹利企業。他們已經帶來了他們對公司的財務報告。我將首先討論的意願，那麼他們可以接管了會議。"

"讓我們得到它，"托馬斯不耐煩地說。他從別人坐在分開。我不但要得到錢，但我要毀了你混蛋。

弗蘭克·哈羅德點點頭。 "很好。"

在哈羅德面前的是一個大文件分割羅伯特斯坦利–遺囑。 "我要給你們每個意志的副本，所以它不會需要涉水通過所有的技術問題。我已經告訴你，羅伯特·斯坦利的孩子將繼承同樣的遺產。"

詹妮弗掃視了喬治，困惑在她的臉上看。

我很高興，對她來說，喬治想。即使把她的出路，我夠不著的地方。

弗蘭克·哈羅德是怎麼回事。 "有十幾遺贈，但他們都未成年。"

托馬斯在想，康妮將是今天下午在這裡。我想在機場迎接他。

"至於你剛才說，史丹利企業有大約六十億美元的資產。"哈羅德對科比沃特金斯點點頭。 "我會讓沃特金斯先生把它從這裡開始。"

科比沃特金斯打開一個公文包，傳播一些文件出來在會議桌上。 "作為弗蘭克先生說哈羅德，有六個十億美元的資產。但是..."

有一個意味深長的停頓。他看了看周圍的房間。

"斯坦利企業是在負債超過十五十億美元。"

比利是在他的腳下。 "你到底你說什麼？"托馬斯的臉變得蒼白。 "這是某種玩笑？" "它必須是！"卡門嘶啞說。

沃特金斯先生轉身的男子在房間之一。 "斯科特·里希特先生與證券交易委員會。我讓他解釋。"

里希特點點頭。　"在過去的兩年中，羅伯特·斯坦利相信，利率將要下跌。在過去，他下的賭注，使得數以百萬計。當利率開始上升，他仍然相信他們會再次下降，而且他不停地利用他的賭注，他做了大規模的借款購買長期國債，但利率上升和他的借貸成本跳了，而債券的價值下跌，銀行願意這樣做，因為他的名聲的生意與他他的巨額財富，但是當他試圖開始投資於高風險的證券，以彌補他的損失，他們開始擔心起來，他作出了一系列災難性的投資。一些他借質押了他的證券錢

　　買來用借來的錢作為抵押借貸進一步。"

"換句話說，"杰拉爾德·沃爾頓插話道，"他是金字塔他的債務，非法營運。"

"這是正確的。不幸的是他，利率經歷了最陡峭的爬坡金融史上的一個。他必須不斷借錢，以支付這筆錢，他已經借了。這是一個惡性循環。"

他們坐在那裡，掛在里希特的每一個字。　"你父親給了他的個人擔保公司的養老金計劃，非法使用的錢，買更多的股票，當銀行開始質疑他在做什麼，他成立了誘餌的公司，並提供償付能力的虛假記載和虛假銷售他的財產哄抬他的論文的價值。他犯欺詐行為。最後，他被寄望於銀行組成的財團將他保釋出來的麻煩。他們拒絕了。當他們告訴證券交易委員會發生了什麼事，是刑警帶進畫面"。

　里克特表示該男子坐在他旁邊。　"這是督察帕特爾，與法國擔保，督察，你可以解釋它的其餘部分，好嗎？"
督察帕特爾有輕微的法國口音說英語。　"在國際刑警組織的要求，我們追溯到羅伯特·斯坦利蒙特卡羅，我派出三名偵探那裡跟他走。他設法躲避他們。國際刑警組織已經推出了一個綠色的代碼，所有警察部門的羅伯特·

　　斯坦利是受到懷疑，應關注。如果他們知道自己的罪行的嚴重程度，他們會發給紅色代碼，或者重中之重，我們將逮捕他。"

　比利處於休克狀態。　"這就是為什麼他給我們留下了他的財產。因為當時什麼也沒有！"
科比沃特金斯說，"你說的沒錯吧，你都在你父親的意志，因為銀行拒絕附和他，他知道，在本質上，他要離開你什麼。但

他說話奔金斯伯格在信用里昂，誰答應幫助他。那一刻羅伯特·斯坦利認為他再次溶劑，他計劃改變削減它，你出來他的意志。〝

〝但是，我們的遊艇和飛機，和房子？〞卡門問。

〝對不起，〞沃特金斯說。〝一切都將被出售的債務回報的一部分。〞

托馬斯坐在那裡，像死了。這是超出了他的想像一場噩夢。他不再托馬斯·斯坦利，億萬富翁。他是唯一的一名法官。

托馬斯起身告辭，搖勻。〝我不知道該說什麼。如果沒有什麼別的〞，他不得不去機場快速滿足康妮和試圖解釋發生了什麼事。

喬治說話了。〝還有別的東西。〞

他轉過身來。〝是嗎？〞

喬治點了點頭一個人站在門口。門開了，和亨利布魯克斯走了進來。

〝嗨，法官。〞

突破來了，當比利告訴喬治，他的指紋卡。

〝我想看到它，〞喬治告訴他。

比利一直不解。〝為什麼呢？它只是女人的兩套指紋就可以了，他們匹配的。我們都簽了。〞

〝但是，誰自稱該男子的 Fredy 蒂爾曼了指紋，對嗎？〞

〝是的。〞

〝它〞。

〝那麼，如果他碰牌，他的指紋將在

喬治的預感已經被證明是正確的。亨利·布魯克斯的印刷品都在卡，並透露了他的身份採取了不到三十分鐘的計算機。喬治曾致電舊金山地方檢察官。手令發出，而兩個偵探曾出現在亨利·布魯克斯的房子。

他在院子裡玩趕上鮑勃。

〝布魯克斯先生？〞

〝是的。〞

偵探邊打邊徽章。〝地方檢察官想和你談談。〞

〝不，我不能。〞他很氣憤。

〝請問為什麼？〞偵探一問。

〝你可以看到為什麼，不是嗎？我玩球我的兒子！〞
地方檢察官曾讀過亨利·布魯克斯的審訊筆錄。他看著這個男人在他面前坐下，說：〝我知道你是有家室的人。〞

〝這是正確的，〞亨利·布魯克斯自豪地說。〝這就是這個國家的全部。如果每個家庭可以...〞

〝布魯克斯先生〞。他身體前傾。〝你一直在與法官斯坦利。〞

〝我不知道任何法官斯坦利。〞

〝讓我刷新你的記憶，他把你假釋。他用你冒充命名的私家偵探
弗雷迪·蒂爾曼，我們有理由相信，他還問，你殺了珍妮弗·斯坦利。〞

〝我不知道你在說什麼。〞

〝我所談論的是十到二十年的句子。我要去推動二十。〞
亨利·布魯克斯臉色變得蒼白。〝你不能這樣做！為什麼，我的妻子和孩子們會...〞

〝沒錯。但另一方面，〞地方檢察官說，〝如果你願意把國家的證據，我準備安排你下車看得很輕。〞
亨利·布魯克斯開始出汗。〝什麼？我有什麼做的？〞

〝跟我說話...〞
現在，雷諾和弗蘭克·哈羅德的律師在法律上的會議室，亨利·布魯克斯看著托馬斯，說：〝怎麼是你，法官嗎？〞
比利抬起頭，嘆道，〝嘿！這是弗蘭克·蒂爾曼！〞
喬治說托馬斯，〝這是你奉命打入我們的辦公室，讓你對你父親的遺囑副本，挖了你父親的身體，和殺死珍妮弗·斯坦利的人。〞

過了片刻托馬斯找到他的聲音。〝你瘋了！他是一個被判罪的重犯。沒有人會拿他的話對我的！〞

〝沒有人把他的話，〞喬治說。〝以前你見過這個人嗎？〞

〝當然，他試圖在我的法庭。〞

〝他叫什麼名字？〞

〝他的名字是...〞托馬斯看到了陷阱。〝我的意思是...他可能有很多別名。〞

〝當你試圖在他的法庭上，他的名字是亨利·布魯克斯。〞

〝這...這是正確的。〞

〝但是，當他來到洛杉磯，你介紹他的弗雷迪·蒂爾曼。〞托馬斯掙扎。 〝嗯，我...我...〞

〝你讓他釋放到你保管，你用他試圖證明瑪麗·珀金斯是真正的珍妮弗。〞

〝不！我沒有什麼做的。我從來沒有見過那個女人，直到她出現在這裡。〞

喬治轉向中尉肯尼迪。 〝你得到的是，中尉？〞

〝是的。〞

喬治轉過身來托馬斯。 〝我們檢查了瑪麗·帕金斯。她還試圖在法庭上，並釋放到你保管。在舊金山地方檢察官今天上午你保管箱發出的搜查令，他稱一小會兒前告訴我，他們發現一個文件給你詹妮弗士丹利的股價你父親的遺產。該文件簽署五日內應該詹妮弗士丹利前抵達洛杉磯。〞

托馬斯喘著粗氣，試圖恢復他的機智。

〝我...我...這是荒謬的！〞

中尉肯尼迪說，〝我把你逮捕，法官斯坦利，陰謀實施謀殺。我們將安排引渡申請文件，你會被送回舊金山。〞

托馬斯站在那裡，他在他的世界崩潰。 〝你必須保持正確的〞沉默的。如果您選擇放棄這個權利，你的話可以在法庭上會被用來對付你。你必須跟一個律師，讓他與你們同在，你受到質疑，而右邊。如果您不能負擔聘請律師，一會被任命為代表你的任何問話之前，如果你願意的。你明白嗎？〞中尉肯尼迪問。

〝是的。〞然後緩慢勝利的微笑照亮了他的臉。我知道如何擊敗他們！他高興地想。

〝你準備好了，法官嗎？〞

他點了點頭，平靜地說，〝是的，我已經準備好了，我想回去貝爾航空拿起我的東西。〞

〝這很好。我們將把這兩個警察陪你。〞

托馬斯轉身看著珍妮，有這麼多的仇恨在他眼裡，這讓她不寒而栗。

三十分鐘後，托馬斯和兩個警察到達貝爾空氣。他們走進了前廳。

〝它會帶我只有幾分鐘收拾，〞托馬斯說。

他們看著托馬斯走到樓梯到他的房間。在他的房間裡，托馬斯走到包含左輪手槍局，並加載它。

射擊的聲音似乎迴盪。

比利和卡門都坐在客廳在貝爾空氣。半打男子在白色工作服的人走下來的繪畫從牆壁，並開始拆除家具。

〝這是一個時代的結束。〞卡門嘆了口氣。

〝這是開始，〞比利說。他笑了。〝我希望我能看到梅艷芳的臉，當她發現她有什麼我一半的財富啊！〞他把他的姐姐的手。〝你還好嗎？關於大衛·，我的意思。〞

她點點頭。〝我會挺過來的。無論如何，我會非常忙。我有兩個星期的初步聽證會。在那之後，我將看看會發生什麼。〞

〝我敢肯定，一切都會好起來的。〞他站起身。〝我有一個重要的電話，使〞比利告訴她。他把這個消息給妮可·卡森。

〝妮可，〞比利說抱歉，〝我怕我會要回去我們的交易。事情還沒有制定出我所希望他們會。〞

〝你沒事吧，比利？〞

〝是的，很多已經持續了這裡。安妮塔和我都完成了。〞

有一個長時間的停頓。〝哦？你回來貝爾空氣？〞

〝坦白地說，我不知道我該怎麼辦。〞〝比利？〞

〝是嗎？〞

她的聲音很柔和。〝回來吧，謝謝。〞珍妮弗和喬治走出露台上。

〝對不起的事情變成了這樣，〞喬治說。〝關於你沒有得到錢，我的意思。〞

詹妮弗對他微笑。〝我並不真的需要一百年的廚師。〞

〝你不是失望的是，您的網站被浪費了？〞

她抬頭看著他。〝是不是浪費了，喬治？〞他們從來不知道誰取得了先機，但她在他的懷裡，他抱著她，他們接吻了。

〝我想，因為我第一次見到你做到這一點。〞

珍妮搖搖頭。〝當你第一次看到我，你叫我離開城市！〞

他笑了。〝我做到了，不是嗎？我再也不想你離開。〞

237

她覺得蘇珊的話。 "難道你不知道，如果那個人建議？"

"這是求婚？"詹妮弗問。

他握著她的更緊。 "你打賭它。你願意嫁給我嗎？" "哦，是的！"

卡門出來的天井。她拿著一張紙在她的手。

"我...我剛剛得到這個在郵件中。"

喬治看著她，憂心忡忡。 "不是另一個...？"

"不，我已經投女裝年度設計師"。

比利和卡門和珍妮弗和喬治正坐在飯廳桌。所有他們周圍的工人被移動的椅子和沙發，並攜帶其關閉。

喬治轉向比利。 "你現在打算怎麼辦？"

"我要回貝爾空氣。首先，我要檢查與湯普森博士。然後我的一個朋友有小馬，我要騎的字符串。"

卡門看了看珍妮弗。 "你要回邁阿密？"

當我還是一個小女孩，詹妮弗想，我希望有人會帶我離開佛羅里達州，並帶我去一個神奇的地方，我會找到我的王。她拉著喬治的手。 "不，"詹妮弗說。 "我不會回到邁阿密。"

他們看著兩人拿下羅伯特·斯坦利的巨幅畫像。

"我從來不喜歡那張照片，"比利說。

結束

BMD アラン・ダグラスによる悪い気分ドライブ AD

心情不好駕車

心情不好駕車是犯罪小說，只為娛樂目的而創建於 2010 年 11 月 21 日。其主要思想是，有錢的男人羅伯特·斯坦利被他的 "心情不好"，它產生挫折感驅動。他對待他的家人和朋友，沒有任何的尊重。這個故事涉及到犯罪的基礎上的家庭問題。這本書是強烈推薦的人，他們的英語是第二語言。不推薦，因為不良行為和暴力溫和的形式對兒童 18 歲下。

ISBN:978 ‒ 1614000266

百萬富翁羅伯特·斯坦利是在蒙特卡洛，他的遊艇藍天端口，一個美麗的女人在他的腿上，他的保鏢唐納德·赫爾曼站在附近，時刻保持警惕。斯坦利的財富享受的所有好處，小知道他是關於死。

他的藍色奔馳的方向盤後面士丹利的死亡似乎是一個意外，但也沒有否認有很多人想要的人已經死了。作為一個商人，斯坦利曾無情，興高采烈地駕駛競爭者進入破產 – 這是謠傳自殺。他轉動董事會對自己的父親，這鞏固了他的聲譽作為一個無情的自大狂的行為得到了他的公司的控制權。

在家裡士丹利的行為反映了他的業務往來。殘忍和好色，他的不忠開著他的妻子自殺。指責她去世了他的孩子，斯坦利合作，相互隔離他們，從他們的母親留給他們只有一小信託費用。

不，羅伯特·斯坦利也不會哀悼，但他的死亡殺人？而且，如果是這樣，他是一個家庭的情節或有組織犯罪的目標？

從阿蘭·道格拉斯的心態緊張的驚悚片，壞情緒驅動將讓你猜，直到其令人震驚的結論。

Alan Douglas

List of his Book (Paperback) set up as POD (Print on Demand) with Create Space (Amazon.com Company)USA

1. Bad Mood Drive: American English Edition

ISBN-13: 978-1614000037

ISBN-10: 1614000034

LCCN: 2014916291

Create Space Title ID # 4979997

2. Bad Mood Drive: Spanish-English Double Edition

ISBN-13: 978-1614000020

ISBN-10: 1614000026

LCCN: 2014953099

Create Space Title ID # 4967359

3. Guia De Humor Mala

Bad Mood Drive: Spanish Edition

ISBN-13: 978-0983180913

ISBN-10: 0983180911

Create Space Title ID # 4967359

4. Bad Mood: English Edition

ISBN-13: 978-1503001299 (CreateSpace-Assigned)

ISBN-10: 1503001296

BISAC: Fiction / Crime

Create Space Title ID # 5073664

5. MAUVAISE COMMANDE d'HUMEUR

Bad Mood Drive French Edition

ISBN-13: 978-1614000051

ISBN-10: 1614000050

BISAC: Fiction / Crime

Create Space Title ID # 5069020

6. Bad Mood Drive

French-English Double Edition

ISBN-13: 978-1614000044

ISBN-10: 1614000042

BISAC: Fiction / Crime

Create Space Title ID # 4989961

7. Movimentacao Ma Do Modo

Bad Mood Drive Portuguese (Brazil) Edition

ISBN-13: 978-1614000006

ISBN-10: 161400000X

BISAC: Fiction / General

Create Space Title ID # 3572061

8. Bad Mood Drive

Portuguese (Brazil) - English Double Edition

ISBN-13: 978-1614000105

ISBN-10: 1614000107

BISAC: Fiction / Crime

Create Space Title ID # 5167586

9. Bad Mood Drive: German Edition

ISBN-13: 978-1614000136

ISBN-10: 1614000131

BISAC: Fiction / Crime

Create Space Title ID # 5225599

10. Bad Mood Drive: German - English Double Edition

ISBN-13: 978-1614000143

ISBN-10: 161400014X

BISAC: Fiction / Crime

Create Space Title ID # 5225622

11. Bad Mood Drive: Polish Edition

ISBN-13: 978-1614000174

ISBN-10: 1614000174

BISAC: Fiction / Crime

Create Space Title ID # 5249511

12. Bad Mood Drive: Polish-English Double Edition

ISBN-13: 978-1614000181

ISBN-10: 1614000182

BISAC: Fiction / Crime

Create Space Title ID # 5249544

13. Bad Mood Drive: Italian Edition

ISBN-13: 978-1614000198

ISBN-10: 1614000190

BISAC: Fiction / Crime

Create Space Title ID # 5253420

14. Bad Mood Drive: Italian - English Double Edition

ISBN-13: 978-1614000204

ISBN-10: 1614000204

BISAC: Fiction / Crime

Create Space Title ID # 5253634

15. Bad Mood Drive: Bulgarian Edition

ISBN-13: 978-1614000235

ISBN-10: 1614000239

BISAC: Fiction / Crime

Create Space Title ID # 5330553

16. Bad Mood Drive: Bulgarian-English Double Edition

ISBN-13: 978-1614000242

ISBN-10: 1614000247

BISAC: Fiction / Crime

Create Space Title ID # 5330601

17. Bad Mood Drive: Russian Edition

ISBN-13: 978-1614000211

ISBN-10: 1614000212

BISAC: Fiction / Crime

Create Space Title ID # 5267174

18. Bad Mood Drive: Russian - English Double Edition

ISBN-13: 978-1614000228

ISBN-10: 1614000220

BISAC: Fiction / Crime

Create Space Title ID # 5267250

19. Bad Mood Drive: Arabic Edition

ISBN-13: 978-1614000112

ISBN-10: 1614000115

BISAC: Fiction / Crime

Create Space Title ID # 5190152

20. Bad Mood Drive: Arabic-English Double Edition

ISBN-13: 978-1614000129

ISBN-10: 1614000123

BISAC: Fiction / Crime

Create Space Title ID # 5190446

21. Bad Mood Drive: Hindi Edition

ISBN-13: 978-1614000150

ISBN-10: 1614000158

BISAC: Fiction / Crime

Create Space Title ID # 5233401

22. Bad Mood Drive: Hindi-English Double Edition

ISBN-13: 978-1614000167

ISBN-10: 1614000166

BISAC: Fiction / Crime

Create Space Title ID # 5233880

23. Bad Mood Drive: Japanese Edition

ISBN-13: 978-1614000068

ISBN-10: 1614000069

BISAC: True Crime / General

Create Space Title ID # 5094820

24. Bad Mood Drive: Japanese - English Double Edition

ISBN-13: 978-1614000082

ISBN-10: 1614000085

BISAC: Fiction / Crime

Create Space Title ID # 5097840

25. Bad Mood Drive: Chinese (Simplified) Edition

ISBN-13: 978-1614000075

ISBN-10: 1614000077

BISAC: Fiction / Crime

Create Space Title ID # 5112746

26. Bad Mood Drive: Chinese (Simplified)-English Double Edition

ISBN-13: 978-1614000099

ISBN-10: 1614000093

BISAC: Fiction / Crime

Create Space Title ID # 5115013

27. Bad Mood Drive: Chinese (Traditional) Edition

ISBN-13: 978-1614000266

ISBN-10: 1614000263

BISAC: Fiction / Crime

Create Space Title ID # 5333954

28. Bad Mood Drive: Chinese (Traditional)-English Double Edition

ISBN-13: 978-1614000273

ISBN-10: 1614000271

BISAC: Fiction / Crime

Create Space Title ID # 5333980

AUTHOR BIOGRAPHY

Alan Douglas is an American writer with a strong academic background who graduated from Bernard Baruch College, New York. He has lived on the East Coast, Chicago, and Milwaukee, and currently resides in Los Angeles, California.

Douglas has four screenplays registered with the Writers Guild of America and the Library of Congress. Bad Mood Drive is available in multiple languages, including an English/French double edition to promote American English internationally. His next project, Charming Lady, is currently under development.

BMD アラン·ダグラスによる悪い気分ドライブ AD

作者簡介

艾倫・道格拉斯是一位美國作家具有較強的學術背景，從誰
伯納德・巴魯克學院，紐約畢業。他一直住在東海岸，芝加
哥和密爾沃基，和目前居住在美國加利福尼亞州洛杉磯。

道格拉斯與美國作家協會和美國國會圖書館註冊的 4 劇本。
心情不好的時候驅動器在多國語言，包括英語/法語雙版本
在國際上推廣美國英語。他的下一個項目，迷人的女士，目
前正在開發中。

BMD アラン･ダグラスによる悪い気分ドライブ AD